公子无礼

上册

维和粽子 著

青岛出版社
QINGDAO PUBLISHING HOUSE

图书在版编目（CIP）数据

公子无礼 / 维和粽子著. — 青岛 ：青岛出版社,
2020.12
ISBN 978-7-5552-8333-1

Ⅰ. ①公… Ⅱ. ①维… Ⅲ. ①长篇小说－中国－当代
Ⅳ. ①I247.5

中国版本图书馆CIP数据核字(2020)第139538号

书　　名　公子无礼
著　　者　维和粽子
出版发行　青岛出版社
社　　址　青岛市海尔路182号（266061）
本社网址　http://www.qdpub.com
邮购电话　18613853563　0532-68068091
责任编辑　李文峰
特约编辑　崔　悦　田　宇
校　　对　宋　芸
装帧设计　蒋　晴
照　　排　李红艳
印　　刷　三河市良远印务有限公司
出版日期　2020年12月第1版　　2020年12月第1次印刷
开　　本　16开（710mm×980mm）
印　　张　29
字　　数　325 千
书　　号　ISBN 978-7-5552-8333-1
定　　价　59.80元（全二册）

编校印装质量、盗版监督服务电话　4006532017　0532-68068638
建议陈列类别：畅销・古代言情

人物档案

沈知离

性别：女
身份：回春谷谷主
昵称：知离
身高：168cm
体重：44kg
生日：农历六月二十八
出生地：未知
居住地　未知
武功：无
擅长：精通医术、毒术，极擅精打细算
爱好：数钱，学医术，陪在师父身边
外貌：秀丽干练，五官端正，模样清秀，也算得上是个清丽佳人
发色：纯黑
瞳色：纯黑
最大的心愿：完成师父的心愿，过着悠然自在的生活
座右铭：答应过的事情就一定要做到
最痛苦的事情：养母去世，被丢在冰天雪地里，师兄离开，师父去世……
最开心的事情：和苏沉澈在回春谷的日子
喜欢的食物：有营养的
喜欢的颜色：白色
喜欢的书：各类医书
家庭成员：师父、师兄
喜欢的类型：温文尔雅如师父般的男子
属下：蝶衣
人物独白：我只做我认为对的事情，至死不渝

◇来自他人的话：
沈天行：有时候知离你也不用把自己逼得那么紧，师父还是希望你能开心的。
花久夜：小师妹，我觉得你还是把那个苏什么的蹬了吧，师兄绝对能帮你找到更好的人！
蝶衣：小姐你也稍微注意一下身体啊！
苏沉澈：知离，我喜欢你哦！

人物档案

苏沉澈

性别： 男　　**身份：** 十二夜公子
昵称： 主上　　**身高：** 186cm
体重： 65kg　　**生日：** 农历十一月十五
出生地： 魔教总坛　　**居住地：** 齐州十二夜总部
武功： 上佳　　**擅长：** 几乎什么都精通，尤其擅长耍人
爱好： 寻找乐趣
外貌： 白衣翩翩佳公子，看起来纯洁善良清朗俊逸，经常弯起琥珀色的眼睛笑，双眸澄澈如水，好似纤尘不染，其实内心腹黑无耻，极爱戏弄人，还一脸纯真无辜
发色： 偏浅的黑色　　**瞳色：** 琥珀色
最大的心愿： 曾经是找到人生的乐趣，后变为和沈知离在一起
座右铭： 曾经版——没有趣味的事情也没有存在的意义
后来版——知离说的一切都是对的
最痛苦的事情： 生无可恋　　**最开心的事情：** 陪在沈知离身边
喜欢的食物： 沈知离做的　　**喜欢的颜色：** 沈知离喜欢的颜色
喜欢的书： 沈知离喜欢的　　**家庭成员：** 父亲苏慎言，母亲沈祭月
喜欢的类型： 沈知离这种类型
属下： 十二夜花堂堂主翟凤 掌管钱权美色，武器是刀，性格火辣暴躁的御姐
十二夜雷堂堂主牧歌 掌管器具制造，冷漠面瘫沉默寡言，但是机关术极其厉害
十二夜雨堂堂主青荇 掌管打探消息，武器是判官笔，性格温润谦和
十二夜电堂堂主战轩 掌管明杀暗杀，极其厚脸皮，自恋没下限，崇拜苏沉澈
十二夜暗部统领雷影 掌管监督刑罚，冰山面瘫，武功高强，常着黑衣，因为从小被苏沉澈玩弄，因而对他恨之入骨，又因为对方是自己的主上不得不保护他
人物独白： 知离，什么都不重要，只要你信我便好

◇来自他人的话：
青荇： 主上，你能少做些挑战性太大的事情吗？
雷影： 杀！
花久夜： 上次没比完，要再比一场吗？
叶浅浅： 我果然还是很想干掉你。
沈知离： 不用这样盯着我，我是不会说那种肉麻话的，苏沉澈你死心吧！

人物档案

花久夜

性别：男
昵称：师兄
体重：63kg
出生地：南疆皇宫
身份：毒妖花久夜，偶尔兼职回春谷谷主
身高： 82cm
生日：农历十月二十七
居住地 无定所，后定居魔教
武功：上佳
擅长：毒术
爱好：无特别爱好
外貌：外表妖艳邪魅，喜着红衣。眼瞳细长，眼角上挑，宛若一把闪着寒光的薄刀，锋利却又诱人。一道伤口从眼角延伸而下，只是非但没有破坏那张脸的美感，反而更显出一种令人心惊的妖异气质
发色：黑色
瞳色：浅灰色
最大的心愿：为父母和妹妹报仇
座右铭：做自己喜欢的事情，让别人去死吧
最痛苦的事情：妹妹的去世
最开心的事情：报仇成功
喜欢的食物：辣的
喜欢的颜色：黑色
喜欢的书：《养蛇的第一百种方法》《如何与蛇友好相处》
家庭成员：师妹
喜欢的类型：不知道
人物独白：我不需要同情和可怜，欠我的我会通通要回来

◇来自他人的话：
沈知离：师兄，你也稍稍改改你的臭脾气……啊，不，我什么都没说。
蝶衣：花公子真的好厉害啊！让人家都忍不住脸红心跳了呢。
苏沉澈：既然是师兄，花公子就好好记牢师兄的本分吧。
歌吹：有什么需要，可以来找我。我想要什么报酬，你明白的。

人物档案

叶浅浅

性别：女
身份：魔教右护法
昵称：叶妖女
身高：172cm
体重：50kg
生日：农历十二月一日
出生地：魔教总坛
居住地：魔教总坛
武功：上佳
擅长：刀法
爱好：啃甘蔗，做自己喜欢做的事情
外貌：五官轮廓极其精致，绯红的唇不点而朱，眉眼似画，被艳色裙装一衬，整个人显出了几分妖娆魅惑的气质，更因为眉宇间那股淡淡的冷傲之气，为美人增添了些许难以描摹的韵味
发色：深黑
瞳色：淡褐色
最大的心愿：找到一个不为外表、权势而愿意与自己真心相守的人
座右铭：做我认为对的事情，问心无愧。
最痛苦的事情：知道苏沉澈喜欢的其实是沈知离
最开心的事情：作为柏浅生活的那几年
喜欢的食物：甘蔗
喜欢的颜色：紫色
喜欢的书：不喜欢看书
家庭成员：父亲（已故）、母亲（已故）
喜欢的类型：受得了自己的脾气的人
人物独白：即便再坚强，一个人久了，也会觉得寂寞

◇来自他人的话：
苏沉澈：叶姑娘，今后若有苏某帮得上忙的地方，在下都会尽力的。
沈知离：叶护法，来回春谷看病我给你打九九折啊！
花久夜：喀喀，我不说了……你懂的。

上册

第一卷　情定回春谷

第二卷　情深明月宫

第三卷　情不舍南疆

下册

第四卷　情归回春谷

第五卷　情不舍魔教

番外卷

第一卷

情定回春谷

第一章
公子失忆了

看着床上的一摊东西，沈知离实在很难将其和名动天下的十二夜公子联系到一起，但很不幸的是，实际情况就是如此。

顶着身后一群黑衣男子殷切到灼热的目光，沈知离微侧首，咳嗽了一声：“青堂主，还能救，不过回春谷的诊费是很贵的……”

她的话还未说完，只听哐当一声，黑衣男子齐刷刷散开，几个红木箱子一字排开。角落处走来一名青衫男子，他掂了掂手中的判官笔，向上一抬，箱子齐刷刷地打开，满箱金灿灿的黄金成色十足，晃花人眼。

沈知离的面容几乎瞬间舒展开来——有银子就好说话。

受她那个吝啬成名的师父沈天行影响，沈知离在敛财方面简直是青出于蓝而胜于蓝，一接手回春谷就定下规矩，上门找她医病不管看不看，求诊费一个子儿也不能少，之后接踵而来的是治疗费、药材费、住谷客房费……所以，除非到了生命垂危的时刻，少有江湖人愿意来回春谷看病。但越是如此，回春谷的医术被

传得越发神乎其神。

沈知离套上特制的手套，把在床上的人身上的伤口翻了翻——啧啧啧，新伤旧伤加起来简直找不到一块好的地方，万幸的是，他虽断了七八根肋骨，但没有一根插进心肺里。

“他是怎么弄的？”

“摔伤。”顿了顿，十二夜雨堂堂主青荇才叹气道，“从悬崖上摔下去的。”

“怎么摔下去的？”

“被人推下去的。”

“被人推的？”沈知离抬起头，口气里略带几分诧异，“谁？”

沈知离对这位鼎鼎大名的风云人物慕名已久，江湖盛传十二夜公子侠肝义胆、文武双全，兼样貌出众、谈吐温文、口碑极好……这点沈知离差不多可以确定，因为她接治过不少被十二夜公子重伤的人，但没有一个不是败得心服口服，甚至有的人在疗伤过程中痛得嗷嗷叫，还在为十二夜公子说好话，大意基本是：“十二夜公子当真是人中龙凤，令吾等羞煞”“我这辈子就没见过比十二夜公子更加风华出众的人，假以时日，此子、此子真是……前途不可限量啊”。做人做到这个份上，基本上只有两种可能，一种是这人城府深不可测，一种是……笨蛋。

青荇又叹了口气道：“魔教左护法叶浅浅，或者叫柏浅。”

“十二夜公子视若珍宝的那个非常有性格的红颜知己柏浅姑娘？”

青荇轻轻点头。

与十二夜公子和魔教仇深似海的故事同样出名的，是他那位让天下无数女子羡慕、嫉妒、痛恨的心上人柏浅。

沈知离的性子不算太八卦，但她还是忍不住问了一句：“你家公子移情别恋？”

青荇的脸色难看了一些，他摇了摇头，显然不想就这个话题多谈。

对方不愿，沈知离也不多问，只是在脑中快速划掉前面猜测的选项。对方如此难以启齿，说明被骗的是他家公子，这位十二夜公子应该，不，肯定……是个笨蛋吧……

“你也不用担心了，既然收了你的银子，你们又没有违反回春谷的求医令，人我是一定会救的。”收人钱财替人消灾，沈知离随意安抚了两句，“你就放心地去吧。”

“放心地……去吧？”

“呃，有问题吗？”沈知离挑了挑眉。

“没什么……那就拜托沈谷主了。”

沈知离虽然人品不是太好，但医德还是有的。沈知离简单检查过伤口，剖胸、取骨、接好、缝合，一气呵成，各种灵丹妙药不要钱地用，足足忙到天黑她才将这位公子裹成粽子。末了，沈知离一边取下手套洗手，一边示意打下手的医童替床上的病人擦擦身。

额前长长垂下的染血发丝被轻轻撩开，露出男子光洁的额头，沈知离下意识地瞄了一眼，顿时有些发愣。一般人在这种时候会面色惨白、形容狼狈，但偏偏这张脸在极端狼狈的情况下依然清朗俊逸，如水般温润沁人，干净得好像纤尘不染。此时他在苍白失血的状态下，反而显出了一种让人心疼的脆弱感，恨不能温声将他唤醒。真是副好皮相，也难怪这么多女子倾慕他。

感慨归感慨，倒也不是没见过比他更好看的男子，沈知离想，等他的病好了，下次两人见面不知是何时。

在对得起银子的药材的帮助下，十二夜公子逐渐痊愈，他的伤虽然看起来严重，但毕竟没有伤及根本，这种学武之人的身体又极好，估计不出两个月他又可以活蹦乱跳了。如此一来，除了换药的时候，沈知离倒也懒得去看他。

十二夜公子醒来的那日，好巧不巧，恰是沈知离为他换药的日子。

扒光了十二夜公子的衣服，沈知离用手指一点点滑过受伤的地方，仔细检查伤口愈合的情况。即便是个女子，作为医者，她也对男人的身体见怪不怪。

沈知离用指尖按了按他的尾椎，嗯，伤口愈合得还不错，皮肤也不错，下面……沈知离一侧眸，就对上一双色泽浅淡的眸子。她眨眼，那双眼睛也眨了眨，眸中并没有刚清醒时的迷糊，显然对方已经看了好一会儿了。

房间里陷入了沉默。

沈知离面不改色心不跳地收回放在男子敏感部位的手，端起一本正经的神情，准备先混淆视听："我……"

那边的人已经先用略微沙哑的声音道："姑娘，幸会。"

静室里那双淡琥珀色瞳仁格外清澈剔透，瞳仁的主人弯起眼眸，笑容明亮和煦，宛如冬阳。

沈知离也淡定地道："不幸会，我看了你好几日了。"

"这里是……"十二夜公子又眨了眨眼睛，似乎思考了一下，突然握住沈知离的手道，"能冒昧问一句，你是……我的娘子吗？"

他那只脏手！有轻微洁癖的沈知离迅速抽手，斩钉截铁地道："不是！"

"那姑娘是？"

“回春谷谷主沈知离。”

十二夜公子垂下了长长的睫毛，仿佛不好意思般，笑得有些腼腆：“抱歉，我好像失忆了。”

沈知离捏眉心：“察觉了。”

“还有……姑娘，虽然这么说有些失礼，但……我觉得我似乎对你一见钟情。”

虽然突兀，但他语气中的真诚半分不减。

沈知离定定地看了眼前的男子一会儿：“原来是摔坏脑子了。”

她松了口气，扭头对外面的人叫道：“青堂主，你家公子出问题了！”

小小的静室里很快围满了人，十二夜公子坐在床上任由众人围观，面上风轻云淡笑得像个傻子。

沈知离伸出五指，问道：“这是几？”

“五。”

“很好。”她又伸出三根手指，“这呢？”

“三。”

“加起来呢？”

“八。”

沈知离转头对青荇笑道：“青堂主，恭喜你，你家公子只是失忆，尚未变成弱智，实在可喜可贺。”

青荇却笑不出口，一脸凝重地问：“沈谷主可有医治的办法？”

“尚无。”

“在下愿意再出一万两银子，不知……”

“有！”

青荇欣喜地道：“什么办法？”

沈知离舔了舔唇：“让我开颅检查一下，我有三成的把握解决……”

“开颅……这，不知又有几成可能会危及性命？”

“七成。”

“……”

“主上，你醒一醒，醒一醒，真的什么都不记得了吗？你再想一想，属下是青荇啊！雨堂堂主青荇！还有其他堂堂主，你还记得吗？”

“主上，小人是花堂的张远啊……”

“主上，小人是……”

“不记得，不过……”床上的人想了想，笑看着沈知离，“她真的不是我的娘子吗？”

屋中顿时安静了下来。

床上的男子见状，有些遗憾地半垂下睫，脸上的失落不加掩饰：“看来真的不是，那想必之前是我独自思慕姑娘，不然也不会一见到姑娘就觉得……”

这样的神态，别的男子做出来或许会显得很怪异，由他做出来，反而令人不由得生出一种同情怜悯之情。

“等等……”青荇忽然打断他的话，转头对沈知离道，“对了，沈姑娘，你熬的药还在外面吧？在下陪你去拿。”

沈知离会意出门。

刚合上门，她就听见青荇带着几分别扭的恳求声：“沈谷主，你……能不能先哄哄他？”

哄什么，她再清楚不过。

沈知离干脆地道：“没兴趣。”

青荇道：“诊费绝对不在话下，我们多的是银子！”

沈知离怒道：“我看起来像能被银子收买的女人吗？”

青荇痛苦地道：“拉拉小手一万两！”

沈知离：“成交！”

十日后。

没有任何征兆，沈知离将包裹着男子的绷带连着血痂整条撕下，床上的男人闭眸抿唇，身体剧烈地震了一下，便乖顺地定住。

“别动，嗯，骨头愈合得还不错。”

何止不错，简直就是恢复神速。这种程度的伤，寻常人至少要躺上三四个月才能好，这才不到十日，他断裂的骨头就几乎长好了。

打量着泛着粉红色的新生肌理，沈知离不客气地在那毫无赘肉却又蓄满力量的身体上捏了几把，内心轻叹：这真是堪比蟑螂的体质，是试药的绝佳对象。

“还疼吗？”

“不疼……不算很疼。”

躺在床上的男人任由她吃豆腐，只眨眨弯成新月的淡琥珀色眼睛，唇畔含笑，目光灼灼。

沈知离被盯得有些发毛，抬手正待做些什么让人目不能视的事情，一个声音清晰地送入耳中，炸雷般响起。

“一万两。”

这话宛如魔咒，沈知离神色一凛，半空中的手一转，顺势摸上了那张光洁的脸，露出怎么看怎么不自然的笑容，回忆着这几天恶补的成果，肉麻地道：“没关系，以后有我。”说完，就连她自己都觉得有些恶寒。

对面的男人却一下动容，按住她的手，清澈的双眸更加灼热，但很快黯淡下来：“你是在同情我吗？”他的声音低哑，带着些许受伤的感觉。

沈知离突然很想把边上的药囊摔到他的脸上。他有什么值得同情的？权力、身份、地位、金钱，他一样不缺，就算倒霉被人踹了，还有一堆忠心护主的属下忙前忙后地花钱买人哄他。

见她面色不豫，男人像是突然明白什么，握住她的手放下，星辰般透亮的眼睛直直对上她，认真地道：“你是生我的气吗？无论如何，我一定会努力想起来的，不用担心。”

谁担心了啊？他想不想得起来关她什么事？

沈知离一侧眸，就看见青荇对着她挤眉弄眼，身后的两个黑衣男子迅速掏出一万两的银票，迎风摇晃。

沈知离：“……”

刚走出门，沈知离立即从袖中掏出一本《逢情蜜爱宝典》，摔到青荇身上：“青堂主，你还是另请高明吧。我虽然对黄白之物有兴趣，但超过自身能力的事情，恕在下实在做不到。”

“这又是何必？沈谷主方才不是做得很好吗？”

青荇话音未落，就看见一只张牙舞爪的癞蛤蟆，被两根白皙手指夹着摆在自己面前。

沈知离面色阴沉地道：“若要你生吞这只癞蛤蟆，你可做得到？”

青荇不明所以：“能是能，只是未免……太恶心了吧？”

沈知离点头，幽幽地道：“所以你明白我的感受了吧！”

这种形容……看着近在咫尺的癞蛤蟆，青荇咽了咽口水道：“我家主上应该比癞蛤蟆好上不少吧？”

随手将癞蛤蟆甩开，沈知离淡定地道：“反正这活儿我不干了，道不同不相为谋。”

青荇还未想好对策，忽然见沈知离将手伸了过来。这是一双大夫的手，白皙、干净、修长、灵巧，令青荇愣了愣。

沈知离道：“拉拉小手一万两。”意指方才十二夜公子握住她的手的那件事情。

“这也算？”

沈知离挑眉：“你想赖账？”

再笨的人也知道，千万不要在一个大夫没治好病人时赖账。

青荇边掏银子，边沉痛地道：“沈谷主还是再考虑一下吧，价钱在下愿意翻上一番。”

沈知离断然拒绝道：“我不是为了银子，这是我个人的原则。”

“再加一万。”

“我说得很清楚……”

“五万两，真的不能再多了。”

“我……”

青荇咬牙道：“十万两！”

沈知离叹气：“好吧，我再试试。”

青荇顿时面露喜色，犹豫了一下又道：“沈谷主，你可想听听主上同那叶妖女的事情？”

这是个与一般的英雄美人略有出入的故事。年少的十二夜公子得罪了镇南镖局二当家，被重金悬赏缉拿。那赏金实在让人心动，柏浅姑娘撕了悬赏告示，杀到十二夜公子面前，最终却改了主意，反而带着十二夜公子冲入镇南镖局总舵，把平时庄严威武的总舵砍得处处哀号。就在这一片哀号声中，两人生出了浓浓的感情。

通过青荇的叙述，沈知离想象出了那一幕场景。

窗外罡风阵阵，一个架着九环大刀的妖艳女子，扣刀狠劈在十二夜公子面前，眯着眼挑起他的下巴，语气轻佻地道：“美人，我是来杀你的，不过现在我改主意了。”她舔了舔唇，“我看上你了。”

“于是你家主上就这么从了化名柏浅的魔教左护法叶浅浅？”

青荇沉重地点了点头。

“还把她视若珍宝，二人携手共闯江湖？”

青荇更沉重地点了点头，道：“谁也没料到她竟是魔教左护法。”

“难道她看起来不像？”

“不……就是因为太像了，所以没人怀疑。”说着，青荇忍不住握了握拳，语气极义愤填膺，“她玩弄了主上的身心不说，竟然还将主上推下山崖，若不是发现得早，只怕……”

看来十二夜公子不只是笨蛋，还是个白痴。

沈知离怀着复杂的心情，准备推门去见那个在房间里养伤的倒霉蛋时，正撞见送药的医童。

沈知离摆了摆手："给我，我去送吧。"

医童诚惶诚恐地将药递给她，便匆匆走了。

进去时，沈知离瞧见床上的病公子微微侧身，神情忧郁地望向窗外。此时已是日暮时分，夕阳将他的侧颜勾勒出极好看的弧度，然而他唇无血色、目光倦懒，很是能勾起人的恻隐之心。

见她进屋，床上的病公子才缓缓转动，将视线投落在她的身上。

沈知离弯腰放下药盘，就见病公子对她扬起一个勉强而落寞的笑容道："我想了一个下午，还是没有记起你。"

你当然记不起，因为之前我们根本不认识！

沈知离忍住腹诽的欲望，尽量温柔地端起药碗说道："别想那些不重要的了，喝药吧。"

"知离，你不用安慰我了，我知道都是我的错，我明明应该记得的……我怎么可以忘掉你呢？"

这哀怨的语气，这怨妇的口吻！

沈知离的手一抖，滚烫的药汁就洒到了手上，烫得她低哼了一声，药碗也砰的一声碎裂在地。

好烫，好痛，不行，她要去找药！

然而下一刻，她的手就落入了另外一个人的掌中。刚才还安然躺在床上的男人此时正站在她面前，好看的眉头紧皱，一脸掩饰不住的心疼:"怎么这么不小心？"

然后，然后……他把她的手指含进了嘴里。男子温热的口腔包裹着她的手指，舌尖细致地舔舐着她被烫伤的地方。沈知离霎时脸颊通红浑身发抖，不过不是羞涩，是气的。他知不知道人的口中有多脏啊？还有口水、口水，他蹭了她一手的口水！

见她如此，男子略略退开，仍旧心疼地抓着她的手道："方才……冒犯了。"

知道冒犯你还舔，还舔得这么带劲，你当这是酱肘子啊？

不行，还有十万两……沈知离反复呼吸几次，平复情绪道："那个……没事，你休息吧，我先出去了。"

她还没走一步就被人叫住。

沈知离压下心中的不耐烦，转过头柔声问："什么事？"

男子琥珀色的眼睛闪了闪："你可以叫一次我的名字吗？从醒来后我便一直

感到有些违和，你叫一声或许能让我适应些……”

“名字？”

沈知离想了想，江湖上的人素来只管他叫十二夜公子，倒少有人提到他叫什么，就连青荇也忘了告诉她，她只记得他似乎是姓苏的。

“呃……”

“苏沉澈，我叫苏沉澈。”他垂下的睫毛投落淡淡阴影，声音低柔暗哑，如丝绸轻擦心尖。

许是那声音太好听，沈知离鬼使神差地跟着念了一声：“苏沉澈。”

暮色染过他的眉眼，苏沉澈弯眸微笑，美好到令人心悸。

沈知离猛然垂下视线，落在地上时，突然一怔——这药味不对。她给的方子熬出来的药绝对不会有问题，那么就是熬药的人有问题。她回想起刚才送药的医童，似乎有些不对，不只低头不敢看她，说话的声音也小得让人根本听不清，整个人似乎很紧张。不对，那个人不是谷里的医童！如果不是自己来了这趟，苏沉澈喝下那药……这种猜测让沈知离背后一阵冷汗。

沈知离快步走出去，青荇正拦在门口。她绕过他，吩咐同样守在门外的侍女蝶衣：“马上叫所有的医童到大堂集合。”

蝶衣应下，正待离开，忽然道：“小姐，你受伤了？”

“手指被烫伤了一点儿而已，快去。”

蝶衣跺了跺脚：“小姐，你不能受伤的。”

“我知道，快去吧。”

青荇听得不明所以，问：“发生了什么？”

沈知离道：“没什么，谷里的私事。”她顿了顿，又道，“正好，青堂主，我还有个问题想问你。”

“什么问题，沈谷主尽管问。”

沈知离纠结了一下，嫌恶地皱眉道：“你说拉拉小手一万两，那如果我被你家公子舔了呢？”

青荇：“……”

不经允许擅入谷内者不救。

死人或一心求死者不救。

恶贯满盈、罪大恶极者不救。

回春谷从不涉及江湖争斗，只要不违反这三条戒律，病人给足银子沈知离马

上就救，不管是见面分外眼红的仇敌还是失散多年相逢的兄弟，都得乖乖排队看病。

人在江湖漂，哪能不挨刀，得罪谁也绝对不能得罪大夫。所以就算魔教的人明知十二夜公子就在回春谷，也不敢明目张胆地闹上门来。

沈知离仔细看过每一个医童，确定方才见到的那个并不在其中，抚了抚额，看来怕是魔教的人潜了进来。这就有点儿棘手了，无论如何，她拿了银子，至少要保证病人在回春谷的安全。

“小姐，你手上的伤？”蝶衣撇嘴，取了药囊替她涂抹包扎。

沈知离这才留意先前被烫的手指已经肿起，这点儿疼痛实在微不足道，便没有在意，她的体质不好，一旦生病受伤总是格外严重。

她出门时，青荇还等在门外，背对着她抬起手指，一只盘旋的白鸽缓缓落下。

“咯咯，青堂主……”

青荇从白鸽脚下抽出纸卷，苦笑道：“沈谷主，托你的福，这几日我只怕要被花堂那些家伙咒死了，你可否给在下开张收银证明？”

“这个没问题，不过……”沈知离看了一眼啄自己毛啄得正欢的傻白鸽，“用飞鸽传递信息不是很容易被捕捉到？”

“不会。”青荇对她笑了笑，将手中的鸽子向上一抛，接着手指做弹弓状凌空一击，鸽子登时翅膀一滞、小腿一抽，直挺挺地摔了下去，落到地面上，两只爪子反复抽搐数次，眼仁一翻，不再动弹。沈知离上前动手试探了一下，竟然真的像只死鸟。

“我们的鸽子都受过专门的训练，一旦有危险，立刻装死。”

沈知离看着刚才还显得傻头傻脑的鸽子，顿时有些肃然起敬：“这方法是谁教的？”

青荇顿了顿道：“我家主上。”

沈知离：“……”

真是人不可貌相。

青荇又咳嗽了一声：“沈谷主，我想过了，主上的失忆是因为脑部受到重击……”

沈知离诧异道：“你是打算让他再被重击一次吗？呃，虽然这么做是有点儿危险，弄不好把脑壳砸开的话再想愈合会更麻烦，不过也不是完全不行……”她边说边摸着下巴思忖，倒像是认真考虑的模样。

青荇急忙打断沈知离可怕的念头：“不是！这次主上醒来只怕将沈谷主当成了那个妖女。我的意思是沈谷主不妨模仿那妖女的行为，试试看能不能唤醒主上的记忆……”

出乎意料的是沈知离没有马上拒绝，只道:“过些日子再说吧，明日我有事下山。你家主上的伤只要按时喝药就好，暂时不需要我了。”

“可是……”

沈知离微笑着道：“还有，魔教的人似乎潜进来了。”她拍了拍青荇的肩，“为了你家主上和回春谷的安全，尽快走吧。回春谷里有卖马车的，报上我的名字，可以给你九九折。”

揉着烫伤久久不退的手指，沈知离坐着马车一直到了附近的镇上。入秋时分，阳光落在青石板路面上显得有些倦意。街上的店铺都已经开了，五花八门，各类物件应有尽有，叫卖声不绝于耳。马车缓缓停在镇口一家酒馆前。

“哎，谷主，就知道你要来，小的早早便准备好了。”

沈知离拍了拍酒坛，递给身边的侍女，正待叫人付钱，一只手拦在了她面前，递过去一锭五两的银子。她侧眸，只见一张极好看的笑颜，温润谦和中带着一分讨好。沈知离忍了忍，看向他身后一脸无辜的青荇。

“能不能解释一下？”

却是苏沉澈先温声道:“知离，不关青堂主的事，是我实在不放心你一个人出来，若是遇上什么危险怎么办？”声音柔和，他的眉头微皱，担忧之情溢于言表。

谁说我一个人出来了？我身边这些侍女都是死的吗？还有……

“谁让你叫我知离的？”

苏沉澈一愣：“难道以前我不是叫你知离？那不然是……阿离？离儿？知知？离宝贝？”

“我有姓的，你直接叫我沈知离就好。”沈知离转身忍耐地道，“还有，这个镇子是回春谷的属地，很安全，你也不用担心，赶快回去……”

沈知离刚走了两步，发现苏沉澈像是根本没听懂她的话，又亦步亦趋地跟在了她身后。

“你就……”苏沉澈垂了垂眸，有几分受伤，“是因为我什么都不记得，所以不方便带我去吗？”

又来！他除了装可怜、装受伤，就不会别的吗？不过，他这样的贵胄公子……

沈知离嘴角勾起一抹笑：“去也不是不可以，不过你确定想跟我去？”

苏沉澈惊讶地抬眸，忙不迭地道：“确定！”

一座陈旧的宅子出现在众人的视线里，这座宅子除了大，无论是位置还是周

围环境，都让人生不出一分想住在这里的愿望。

他们进去之后才发现里面的环境更加超乎想象，几百个年龄不超过十岁的孩子挤在一个大院里，有的在念书，有的在打闹，但更多的是在挑拣、处理堆满了院子的药材。人挤人，各种味道混在一起，无疑是一种难闻的气味。

看见沈知离进来，孩子们立马冲出来将沈知离围在了中间。

沈知离用手一指后面的马车，孩子们冲她鞠了一躬又飞快地冲向马车，在马车前规规矩矩地排起队来。马车上的侍女下来，掀开帘子，里头是满满的冬衣，外带一些零嘴和玩具，但都不是太过贵重。

沈知离自一进来便一直留意着苏沉澈的神情。出乎意料的是，她没有看到他露出什么嫌恶的神色，他反而显得很疑惑。

沈知离抿唇笑道："这些都是我的孩子，每个月我会在这里住上几日，给他们上课。正好上一个教武先生刚走，你愿意顶上吗？"

因为沈知离这一手出神入化的医术，想追她的世家公子不是没有，想打消一个人追求的热情，有时候并不是很困难。

苏沉澈沉默了一下。

沈知离也不再问，笑了笑，径直往屋里走去。

苏沉澈的声音在身后响起："我原本就打算陪你，只不过你为什么不给他们更好的环境呢？如果可以，我愿意出……"

这回轮到沈知离愣了愣，然后扑哧一声笑了起来，他还真是没受过打击的少爷……

沈知离回头道："我又不是菩萨，好吃好喝地供着他们，难道你要我养他们一辈子吗？"

如果这些孩子不是在这样的环境里成长，又怎么会拼命地想出人头地、自力更生？十年前她也曾是这里的一员，如果不是遇到了师父……

苏沉澈似乎沉思了一下，认真地道："你说得对，授人以鱼不如授人以渔。"

沈知离笑道："我可没你想的这么伟大，当年我就是这么过来的，能给他们口饭吃就不错了，我自然看不得他们过好日子。"

青荇已经在苏沉澈身后挤眉瞪眼半天了。

不等苏沉澈回答，沈知离叹了口气，重新换回温柔的语气："苏……沉澈，东西发好了，我们走吧。"

"去哪儿？"

"去客栈啊。"沈知离温柔地笑道，"傻瓜，你难不成把我刚才的话当真了？

我现在这么有钱，干吗陪着他们吃苦？”说罢她转身便走。

说话间，一个刚抱回冬衣的孩子猛地撞上了沈知离，沈知离没有提防，措手不及地退了一步，手支撑在后面的墙上。孩子也跌倒在地，刚刚领到的木风车轱辘断开，再也不能玩了。

沈知离连忙扶起孩子，孩子却只盯着掉在地上的木风车，紧咬着唇，一副想哭又强忍住的样子，低声呢喃道：“我拣了好几日药材才换来的，想给妹妹玩的……”

沈知离看了一眼，拾起木风车，又捡了一根细木棍，想把它拼回去，但摆弄半天不得其法。一根修长干净的手指从她手里接过木风车，苏沉澈摆弄了两下，木风车很快可以再转动，孩子捧过修好的木风车兴高采烈地跑进屋中。

沈知离有些尴尬道：“谢谢。”

她一抬眼，对上一双琥珀色的眸子，温柔而深情的光溢了满眼，仿佛要溢出一般。苏沉澈轻声道：“你明明是很温柔的人，为什么刚才要把自己说得那么坏？”

沈知离又一次被这个男人的肉麻镇住，甚至没发现苏沉澈捧起了她的手。

一阵酥麻感顺着手心传来，沈知离低头看去，惊怒道：“你是属狗的吗，怎么又舔我？”

苏沉澈抬起眸，无辜地道：“你的手流血了。”

连她自己都没发现，刚才手心蹭在墙面上，用力过猛，竟然蹭破了皮。

沈知离从怀中拿出特制的金疮药，还没打开瓶盖，便被苏沉澈拿去了。他认真地挤出药，均匀地涂抹在她的手心处。

自沈知离的角度可以看见他微垂下的头，柔软的发丝在额前微微浮动，遮盖住清俊的面容，纤长的睫毛拉出长长的阴影，神情是认真而细致的模样，仿佛他在做的是一件极其重要的事情。

沈知离莫名地心头一动。

“你以前真的在这里生活吗？”

沈知离下意识地嗯了一声。

下一刻，她却被人温柔地拥入怀中，耳畔是苏沉澈低沉动人的声音：“知离，我好心疼你，若早些认识你就好了。”

沈知离：“……”

那个……青堂主，我们好像还没讨论到如果抱一下要付多少银子的地步吧？

第二章
师兄回来了

夕阳西落，暮色沉醉。

沈知离从客栈出来的时候，只带了贴身侍女蝶衣。徒步走了半个时辰，沈知离停在城门外一座凉亭前。她拢了拢衣袖，斜坐在凉亭中，蝶衣将抱来的酒坛放下便无声地退了出去。

沈知离的脸上漾起一抹笑：“老头子，起来喝酒了。”

拍开酒坛上的封泥，沈知离取出两个酒杯，一杯自斟自饮，一杯斟满便洒落在凉亭地面上。不多时，已有几分醉意漫上她的心头。

沈知离将最后一口酒咽下，扶着廊柱打了一个酒嗝，醉意熏染的眸子眯了眯，似想起什么，怅然道：“师父，那个人收到消息差不多快回来了吧？他这些年在外面混得不错，不知道现在是个什么模样……”她按了按额头，“这次想再骗他，应该难度更高了吧……”

空旷的凉亭里除了风声，只有她一个人的声音空寂回荡。谁也想象不到，天下闻名的神医沈天行死后，竟然就葬在这座破败的小凉亭里。

酒劲上来，沈知离回到客栈倒头就睡。夜里她被梦惊醒，刚坐起身，就看见一双目光灼灼的澄澈眼眸，在暗夜里更觉醒目。沈知离吓得往后一退，后脑撞上了床榻，发出砰的一声响。

沈知离忍着痛，不等对方反应就抽出榻下藏着的特制短弩，对准对方淡定地道："请问阁下是要劫财还是劫色？财的话，超过五两就不要想了；色的话，隔壁有个更好看的叫苏沉澈，好走不送。"

令她耳熟的温柔声音响起："知离，吓到你了吗？"

淡淡的月光透过窗棂照在他的脸上，的确是苏沉澈的面孔。沈知离揉着后脑松了口气，随即更警惕地向后挪了挪道："你三更半夜跑我房间里做什么？"

被沈知离远远隔开，苏沉澈眨了眨眼睛，委屈道："睡不着。"

你睡不着关我屁事？

"自己出去还是我叫人赶你出去？"沈知离怒，"还有，你是怎么进来的？我明明……"

视线扫过门上已经硬生生被扯开的锁，沈知离咽了口口水。

苏沉澈用衣袖擦了擦沈知离额头上的汗，温声道："你做噩梦了，我很担心。"顿了顿，他又道，"看你安稳睡着，我才睡得着。"

什么叫看我睡着你才睡得着？

冰冷的手掌贴在她的额头上，苏沉澈像没有听见她的话："你方才做噩梦了，好像很难过的样子，可以告诉我梦到什么了吗？"取下她的手，苏沉澈略微皱眉，"还有，你的手又流血……"

他的话还没说完，沈知离迅速抽回自己的手。她定睛一看，之前磨破皮的掌心又渗出血迹了，她习以为常地道："只不过是伤好得慢了些，没什么，我自己会上药的。"

等等……沈知离突然有种很不好的预感，犹豫了一下，问："在回春谷的时候，你不会也是这样，半夜跑进我的房间吧……"

苏沉澈毫不避讳地点头："我不放心。"

看在银子的分上，她不同他计较！

沈知离忍住气，循循善诱道："你知不知道这样擅闯女子的闺房是不对的？"

苏沉澈："我知道。"

沈知离气结："知道你还这么做？"

苏沉澈认真道：“所以我会负责的。”

沈知离：“……”

你根本很期待说出这句话吧？

“好了。”沈知离抚额，“滚出去吧。”

待苏沉澈走远，沈知离才慢慢靠在床榻上，合上眼眸。

刚才她梦到了什么呢？琐碎的片段在她的脑中渐渐连接成串。

月色如练，凉风习习，清澈通透的湖面波光粼粼。湖心正中，色泽冰冷的深紫花萼托着淡紫的瓣朵，骨朵晶莹剔透，光华流转。银白月辉浸染，一池凄迷。

“知离，答应我，你后悔吗？”男人的声音傲慢中带了一丝低哑。

她牵起嘴角，露出一丝浅浅的笑容：“你养我，不就是为了以后会有的那一天，我有什么可后悔的？”

沉默了良久，男人才道：“对不起，委屈你了。”

“不委屈。”她笑着摇头，“我的命是你给的，我这一身医术也是你教的，你养了我这么多年，我不过是还你恩情，又算得了什么？”

男人忽然笑了，伸手远远地描摹着花瓣的模样，像在抚摸自己心爱的恋人，神情温柔，音色温润：“我死了以后，回春谷就交给你了，好好帮我打理啊！”

“我会的，到我死之前。”

下一瞬间，画面跳转到了回春谷外，刻着三个偌大黑字的参天巨石上染满鲜血。

容貌俊美到妖异的少年，狼狈地捂着受了重伤的手臂，冷漠而狠厉的面容上，一条长长的伤疤横切过他的脸颊一侧，鲜血淋漓。他舔了舔唇，用一种令人胆寒的声音冷笑道：“沈天行，你等着，我会回来的，然后亲手毁掉这回春谷。”

沈知离睁开眼睛，叹了口气，这么一想，好像已经过去很多年了。死老头子，你还真会给我找麻烦啊……

沈知离在镇上待了三日。她说给孩子们上课倒也不假，不过都是教授些简单的药材知识。若有孩子对医术感兴趣，等他到了年龄入回春谷，自然会有人系统地教习医术。

意外的是，苏沉澈竟然还真在这里教了几天武艺。江湖上对十二夜公子的传闻不少，但众口一致的是十二夜公子武艺非凡，堪称已臻化境。门外汉沈知离自然是看不懂的，只瞧苏沉澈提着一根木棍舞得挺好看的，身上半点儿看不出半月前血肉模糊的模样。摸着手心还未好的伤口，沈知离难得生出些羡慕、嫉妒和恨来。

回到回春谷，青苻旧事重提。他苦着脸，一副无可奈何的模样：“沈谷主，你就帮帮忙吧，主上如今真是什么也不记得，不只大小事务无法处理，万一被有心人拐走，只怕会更麻烦。”

沈知离平静地道：“不用担心，我觉得你主上就算失忆，也只有拐他人的份儿。”

青荇苦兮兮地道：“沈谷主当真不肯帮忙？”

“看在大家这么熟的分上，也不是不可以……”沈知离不疾不徐地道，“把你带来的银子都留下吧，嗯，就是你们第一天抬来的那些箱子。”

青荇手中的判官笔颤了颤：“沈谷主，你……你也太黑了吧？”

沈知离微笑，摊手耸肩：“那在下就爱莫能助了。”

青荇挣扎良久，痛心疾首道：“好吧……”他深深哽咽了一下，又道，“沈谷主，我有没有说过，你真的和主上很般配？”

沈知离瞪眼：“怎么会？他比我无耻多了！”

更无耻的某个人略带忐忑地朝着沈知离住的院落走去。他推门而入，但见回廊曲折纵横、庭院幽深，举目远望，回廊尽头连接一水中楼阁，清泉细流自假山上潺潺流出，环楼阁回绕，泠泠水声悦耳动听，似绵延不绝，很有几分仙气袅袅的味道。

真是个……很适合她的院子，嗯。某个人这么想着，一转身就看见沈知离手握一把九环大刀，吃力地朝他砍来。

喘了口气，沈知离用尽全力将刀劈在他面前，苏沉澈当即心疼道：“知离，这么重的东西我帮你拿吧？”

沈知离：“……”

那个，戏词是什么？哦，对。

沈知离用手指勾起苏沉澈的下巴，语气轻佻地道：“美人，我是来杀你的，不过现在我改变主意了。”她舔了舔唇，“我看上你了。”

苏沉澈眨巴了两下眼睛，沈知离也眨巴了两下眼睛。

眼眸弯成新月，苏沉澈轻松地把沈知离手中的刀丢至一边，双臂紧紧抱住沈知离，语气难掩开心地道：“既然你也喜欢我，那还等什么？夜长梦多，我们赶快成亲吧……”

沈知离：“……”

这是什么情况？青堂主，我们说的部分里面可不包括这个啊！

天色晴好，万里无云。沈知离定定地看着眼前才入谷的女子。

“沈谷主，小女子十二夜花堂堂主翟凤，我家不懂事的主上真是给你添麻

烦了。”

身着水色曳地纱裙的翟凤以袖掩唇，头上的金凤步摇随着她的动作微摆，煞是美丽。

将一个蓝缎锦盒推到沈知离面前，翟凤娇笑道：“这是我的一点儿小意思，不成敬意，还望沈谷主不要介意。”

沈知离愣愣地将视线从女子玉雪般的肌肤上移开，滑过傲人的双峰和不堪一握的纤腰，落到她手中的锦盒上。忍不住低头瞧了瞧自己，沈知离只觉一股莫名其妙的悲愤霎时涌来。虽然沈知离从不觉得自己难看，但对比起来……

不等沈知离反应，那女子已纤指一抬，揭开锦盒，露出里面一颗拳头大小的夜明珠。夜明珠正散发着淡淡柔和的光晕以及一种“我很贵”的信息。

沈知离死死地盯着夜明珠，言不由衷地道：“这怎么好意思……”

翟凤大方道：“有什么不好意思的，沈谷主照顾主上多日，这是谢礼。”

跟在一侧的青荇忍不住插口道：“主上说那个是聘……”

翟凤霍然回头，冷道：“聘、聘、聘，聘你个头啊，反正老娘没钱，想下聘礼你自己当亵裤去！”

青荇被噎了一句，还是道：“可是主上说……”

“主上说、主上说，你怎么就知道主上说，有没有一点儿主见啊？你还是不是男人啊？难怪年纪一把连个老婆都找不到！”

如此犀利，如此毒舌！沈知离顿时觉得自己平时实在太过和善。

她正想着，翟凤转头对沈知离绽开一个风情万种的笑容：“不知我家主上痊愈得如何，何日能同我们回去？”

沈知离掂量了一下夜明珠，回以一笑：“随时可以。”

翟凤转脸便对青荇凶道：“那还等什么？走人！”

青荇刚想说些什么，一个紫衣少女满脸惊慌地冲了进来：“谷主，谷主，不好了，十二夜公子出事了……”

沈知离匆匆跟着少女到了苏沉澈所住的春香阁。药香萦绕间，苏沉澈双眸紧闭、脸色惨白、嘴唇泛紫，显然是中毒的症状。

床边还放着喝完的空药碗，沈知离用手指蘸了些许药渣，一闻便知不妙：“这药是谁给他喝的？”

紫衣少女颤了颤道：“是我。”

“是你熬的？其间有没有离开过这药？”

紫衣少女死死攥着手指，拼命回忆道："似乎是有一段时间，我熬药时听见外头有人叫我，就出去看了看，结果发现没人我就又回来了……"

"好了，我知道了。"沈知离道，"你下去吧。"

不用想她也知道是谁做的。魔教和他的仇怨就这么深吗？还是那个左护法叶浅浅……

青荇半扶起苏沉澈，将手臂抬起，沈知离替苏沉澈把了把脉，眉头越皱越深。

"沈谷主，我家主上中的是什么毒？到底怎么样了？"

沈知离抿唇道："很麻烦。他中毒不久，先替他洗胃看看，若是不成，我再寻解毒的方法……"

刚想起身，沈知离忽然发现自己的手臂不知何时被苏沉澈攥住，怎么也挣脱不开。

沈知离无奈，对侍女蝶衣道："你去准备洗胃要用的东西……"

她的话未说完，却被人打断。

"等等。"翟凤瞪起一双凤目，说道，"这也未免太巧了吧？早不中毒晚不中毒，偏偏在我要带他回去的时候中毒，沈谷主，你不觉得有点儿问题吗？"

经翟凤一提点，沈知离忙又把了一次脉，喃喃道："可他真的是中毒，没错啊？"她顿了顿，又难以置信道，"难道他自己给自己下毒？"

他们说话的时候，又有人进来。

"翟堂主，方才我们抓到一个鬼鬼祟祟的人。"

两个黑衣男子押着一个鼻青脸肿的青衣小童，一人道："方才我们见他在周围晃悠，神色不对，便将他扣下，谁知他极力挣扎，我们就把他抓了来，还在他身上搜到了这个。"另一人手掌一翻，露出一包白色的粉末。

沈知离接过粉末检查，当即道："你家主上中的就是这个毒。"

翟凤藏在长裙中的美腿一伸，一脚将青衣小童踹翻，她厉声问道："是谁让你来的？"

青衣小童躺在地上突然眼仁一翻，口吐白沫，四肢抽搐起来。翟凤大惊，松开腿正要细看，青衣小童身子一扭，脚底抹油般从她身下溜开，身形似风蹿出门口。众人追将出去，已经再寻不到那抹青影。

"该死的。"翟凤狠狠骂了一句。

沈知离望着青衣小童消失的方向，总觉得这招有些似曾相识。

青荇扶着苏沉澈道："那人是魔教的吗？"

沈知离颔首道："瞧着应该是……蝶衣，不用洗胃了，有了毒药，要弄出解药应该不难。”

“不见得。”翟凤凤目一转，看向头歪到一侧中毒昏迷的苏沉澈，“我怀疑刚才那个人是主上安排的。”

“他不是失忆了吗？”

翟凤断然道：“就算失忆，某些本能还在。”

沈知离收着毒粉，忍不住道：“翟堂主，他以前就这样吗？”

翟凤目光远眺，露出几分让人不忍的神色：“他现在比以前好多了……”

那十二夜公子以前该有多么可怕啊？

两人正在说话间，巨大的轰隆声打断了她们的交谈，然后是接连不断的碎石落地声，种种声响交叠，极是震撼。

沈知离正准备去看发生了什么事，未料苏沉澈的手竟还抓着她。

纷乱的脚步声后，两个守卫顶着一脸血冲了进来。

“谷主，糟糕了，有人炸了谷口，谷口整个塌陷下来！”

“谷主，外头好多魔教的人冲进来！”

沈知离顿时脸色一变。自从她待在回春谷以来，别说有人敢炸谷口，就是敢硬闯的人都很少。回春谷的谷口很特别，是一条斜通下来的石阶，极陡也极难行走，往往不等对方到，回春谷的守卫就已经利用石阶上的机关将人擒下。没想到，今天居然有人敢直接将谷口炸了！

翟凤和青荇对视了一眼，翟凤从腰间抽出一条艳红的皮鞭，轻甩出破空声，率先冲了出去。

青荇将苏沉澈的头靠在沈知离的肩膀上，郑重道：“沈谷主，我们先出去抵挡魔教的人，主上就交给你了。”

青荇前脚刚走，回春谷中便回荡起一阵用内力扩大的声音：“我回来了。”

简单的四个字硬生生散发出让人战栗的森冷之意，尾音微颤，恍若一把将落未落的刀卡在离人心房最近的位置。

沈知离忽然明白为什么魔教的人敢冒着得罪回春谷的危险闯进来了——毒妖花久夜的医术不输回春谷，毒术更是当之无愧的天下第一。浑蛋，怎么来得这么快……

再也顾不上其他，沈知离对蝶衣低声道：“魔教的目标是十二夜公子，跟我一起扶着，把他丢进密道。”

蝶衣应声，两个人半扶半抱，拖着苏沉澈绕到沈知离所住院落里的水榭中。好在所有人的注意力都被吸引到了谷口，没有人注意到他们。沈知离在水榭的石桌上手指连点，只听轰的一声，轻纱帷幔遮掩的水榭中，露出一个可容一人通过的洞口。沈知离目测了一下深度，抬脚准备将苏沉澈踹下去。

院门外，一道戏谑而冰冷的声音响起：“知离师妹。”

他怎么一来就直奔这里？自己现在真的一点儿也不想见到他。

沈知离悲愤，目光缓缓转向蝶衣。

蝶衣会意，握住沈知离的手，视死如归般点头道：“小姐，你快跟着下去吧，上面交给奴婢就好！”

下一刻，沈知离只觉身子一轻，重重落在地上，头顶的机关闭合，目之所及，一片黑暗。好在她并未受伤，因为身后……压了一个肉垫。

沈知离虽然号称神医，但实际上还是个手无缚鸡之力的大夫。她小心翼翼地从苏沉澈身上爬下来，才发现抓住她的那只手竟然还没有松开——他真是超级死心眼啊！不过还有力气，就代表他还没摔死吧？她又小心翼翼地掰过苏沉澈的肩膀，果不其然看见他满脸的血。沈知离的手指在他身上摸索了两下，糟糕，刚长好的肋骨好像有裂的趋势。

沈知离用尽全力将苏沉澈拖拽到密道深处，里头有个小石洞，放着一些常用的药材和可够几日的干粮，边上有一条清澈见底的小溪潺潺流过。

石洞里的药材不够她替苏沉澈解毒，简单疗治倒是足够。沈知离用所能用的药材替苏沉澈处理了伤口，又打水替他擦去血迹污渍，忙完这些，她已经累得一身汗。

密道中始终黑暗，听不见外面的声音，沈知离也不知道过去了多久。许是到了夜晚，密道里越来越冷，她不觉抱紧了双臂。几丝阴森的风从石洞里吹过，反复撞击石壁，仿佛婴儿的啼哭，令人毛骨悚然。沈知离欲哭无泪地想，早知道会有这种体验，还不如在上面被花久夜抓住呢！

就在这时，沈知离察觉到一只冰冷的手缓缓地搭在了她的肩上，她无声地咽了口口水。

那只手顺着肩膀滑到了腰间，她的耳畔是带着低喘的声音：“知离，你踩到我了。”

“报告叶护法，十二夜的花堂堂主、雨堂堂主皆已负伤逃窜，十二夜公子尚未寻到，还有……”顿了顿，禀告的紫衣男子一扬手，一口紫檀木的棺椁被抬了上来。

听禀告的两人却连眼皮都没抬。

“花公子，没找到你的师妹吗？”

“嗯。”用指刀在被捆绑住的一脸惊恐的女子面前比画了一下，花久夜舔了舔唇，漫不经心地道，“师妹不想见我，真令人伤心。”

花久夜眯起细长眼眸，眼角上挑，宛若一把闪着寒光的薄刀，锋利却又诱人。一道伤口从他的眼角延伸而下，非但没有破坏那张脸的美貌程度，反而显出一种令人心惊的妖异感。他明明用着遗憾的口气，却怎么听怎么透着一股难以抑制的兴奋，就像是忍耐多时，终于能够对垂涎已久的猎物出手。

跟在他身边的魔教教众齐刷刷散开，退开数丈，脸上皆露出了不自然的怪异神色。一条深紫花纹的蟒蛇自谷中优雅逶迤而来，巨大的头颅在花久夜的手下乖顺地顶了顶。花久夜温柔地摸了摸蛇头，轻叹一声：“好像真的不在呢。叶护法，那就杀光吧。”

另一侧则是个无论衣着、样貌都极其美艳的红衣女子，她一手倒提着九环大刀，一手握着一根甘蔗，一副意兴阑珊的模样。

咔嚓——甘蔗被红衣女子狠狠咬下一口，狠戾程度让在场的魔教教众皆感觉脖子上一寒。什么样的美人绝对沾不得，眼前这个就是。不少魔教教徒在心中暗暗钦佩那位十二夜公子，眼光如此独特、品位如此神奇，每天顶着脑袋搬家的压力谈恋爱很辛苦吧？

叶浅浅咔嚓咔嚓把甘蔗吃完，打了个哈欠道：“再找。他们绝对没时间出谷，反正做都做了，就算把回春谷翻过来，也要把人找到。”

“旧情人吗？”花久夜眯起眼睛，笑得不怀好意，“我一直很好奇，十二夜公子对你做了什么，让你狠到把他从悬崖上推下去？”

唰！魔教教众又忍不住退开几丈。

叶浅浅缓缓地转过头，同样不怀好意地道：“我也很好奇，回春谷前代谷主到底对你做了什么，让你这么多年念念不忘，人家死了你还惦记着挖人家的坟？”

同一时刻。

“阿嚏。”

“知离，你很冷吗？”

沈知离道：“离我远点儿。”

“我不是故意吓你的。”苏沉澈揉着身上被硬生生用拳头揍出来的伤，低低呻吟了一声，才又用有些委屈的声音道，“是你自己抱过来的。”

沈知离怒道：“你还敢说！”

时间倒回一炷香之前。

沈知离被突如其来拍在肩上的手吓得魂不附体，只觉得头皮发麻、手脚冰凉，根本没听清对方在说什么，一个纵身扑了过去，直接骑在对方身上，拳头不要钱一样揍了下去。

就算苏沉澈受了伤，男女之间的体力差别仍是不可逆转的。苏沉澈只是起初愣了一下，随即稍微用力，就很轻易地一个翻身将沈知离压了下去。

沈知离骤然被压倒，条件反射地抬头，好巧不巧正撞上某公子迎过来的脸，于是黑暗中……天雷地火，五雷轰顶。

沈知离抱膝坐在距离苏沉澈最远的地方欲哭无泪，后悔得几乎想要捶墙。刚才那一幕依然清晰地浮现在她的眼前，触碰的肢体、唇瓣柔软湿润的触感、暧昧而温热的吐息，还有……啊，好恶心啊！我到底是哪根筋不对，才会跟着他进来啊？

“阿嚏！”

她抬头，看见一双看起来极其真诚的眸子，扇子般的睫羽一闪，遮盖住琥珀色的瞳仁，澄澈得不染尘垢。

“知离，不要任性，万一着凉了可不好，如果你生气的话……”苏沉澈停了停，眼眸微眨，“大不了我让你压回来便是。”

沈知离：“滚！”

浑蛋！重点是这个吗？

虽然石洞里有足够支撑几天的食物，但沈知离觉得绝对不能再这么待下去了。平时她就算被占占便宜，好歹还可以从青荇那里讹诈一大笔银子，现在这种状况……

沈知离揉了揉有些酸麻的手脚，扶着墙壁站起身，转眸看见一个巨大的黑影，立即道：“坐下！”

黑影动了动，又缩了回去。

这处密道是师父临终前告诉她的，回春谷到底只是个医谷，一旦惹上麻烦，只怕会大祸临头，想来多少也跟花久夜有关吧？

回忆没来由地蹿了出来。也不过八九年前的光景，那一年冬天，天寒地冻，不计其数的人死在无法抵御的寒冷中，看着过去时常照顾她的寡妇姐姐冻得面色青紫，沈知离抱着膝盖瑟瑟发抖，挣扎了许久，冲到镇中的药房求救，却被人毫不留情地丢了出来。

躺在冰冷的雪地里，她本以为自己会死，醒来时她却躺在了温暖的榻上，漂亮到妖异的少年微笑着递给她一碗热乎乎的姜汤。她永远记得那碗好喝到让她几

乎把舌头吞下去的姜汤，和从没见过的少年宛若天赐的美貌。

但是美好印象也到此为止，她一喝完姜汤，少年便毫不留情地揉捏着她的脸邪笑道：“虽然你又丑又笨人又脏，不过沈天行说，以后你可以跟着我们要口饭吃。”

忽略他说的话，她当时其实还是有一点点感动的，不过此后就连那一点点感动也以极其迅猛的速度消弭了。她被揪辫子、塞蛇进包、涂花脸、下巴豆……少年的种种恶行罄竹难书。这家伙从小便以欺负她为乐，现在如果落到他的手里……更何况还是在那种情况下……想到这，沈知离忍不住叹了口气。

“知离，你生我的气吗？”

沈知离的耐心告罄，她不客气地道：“别废话，好好坐着！”

说着，她的手指贴着墙面一寸寸地摸了过去。师父告诉她，这个密道除了可以躲藏，还有可以出去的通路，只不过时间隔得太久，她未曾试过，难免记得不清楚了。

不知过去了多久，砰的一声，镶嵌在石壁上的烛火被她点燃，石门慢慢打开，露出一条小通道。

沈知离松了口气，又觉得有些不对。她让他闭嘴他就闭嘴吗，苏沉澈什么时候这么乖过？

她回头一看，苏沉澈正斜靠在石壁上，他微垂着头，呼吸浅浅，额发遮掩住眸子，烛火的橘光染亮了他好看的轮廓。他面色苍白如纸、唇色泛紫，分明还是中毒的模样。方才太黑看不到，她怎么忘了他的毒还没解？

沈知离跑回去握住苏沉澈的脉，面色渐渐凝重起来。这点毒若放在平时，她根本不看在眼里，可是眼下根本没有药，实在是巧妇难为无米之炊。

“知离……”苏沉澈挣扎着半抬起眸，嘴角微扬，“你好凶。”

沈知离反省了一下，认真道：“我已经很克制了。”

苏沉澈低笑一声，忽然道：“知离，可以让我抱一下吗？”

沈知离：“不可以。”

话音未落，苏沉澈已经整个人歪倒在她身上，温热的呼吸拂过耳垂，带着别样的旖旎感觉，低弱的声音在她耳边响起：“知离，找到出路你就先出去吧，不用留在这里陪我了。”

苏沉澈明明没有用上半分力气，沈知离却突然推不开他。她怔然了一会儿才回神，低声道：“我什么时候说要留下来陪你了？”

苏沉澈笑道：“嗯，那就不陪，你走吧。”他缓缓靠回石壁，被烛火投射出的巨大剪影和漾了满眼的温柔交相辉映，看得沈知离莫名心虚。

嗫嚅了一会儿，沈知离道："我走了，那你怎么办？"

苏沉澈仍是笑道："我在这里坐着……总有办法出去的。"

沈知离定定地看着他，犹豫片刻，问出了一个一直很想问的问题："苏沉澈，你为什么会对我一见钟情？"

苏沉澈想了想回道："我也不知道。"

沈知离摸了摸自己的脸："难道是我太好看了？"

苏沉澈："……"

沈知离危险地眯眼："怎么，你有意见吗？"

苏沉澈低头，略带害羞地道："当然没有，在我眼里，知离最漂亮了。"

沈知离："……"为什么她越听越觉得这像假话？

沉思片刻，沈知离问："想出去的话，你知道这是哪儿吗？"

苏沉澈摇头。

沈知离又问："你知道我们为什么在这里吗？"

苏沉澈又摇头。

沈知离继续问："那你知道怎么出去？外面又是什么人吗？"

苏沉澈还是摇头。

沈知离抓狂，这个笨蛋什么都不知道还充什么英雄？

沈知离叹气："好了，你给我乖乖坐着，我上去一会儿马上下来。"

走了不到一步，衣角就被人拽住，她回头便看见苏沉澈微微皱眉道："上面应该很危险吧？你不用为了我……"

沈知离把他的手指掰开，道："你见过丢下病人一个人跑的大夫吗？这点医德我还是有的。而且我也不完全是为了你……也许上面的人已经走了。"

苏沉澈摇晃着身体站了起来："我陪你一起去。"

他清澈的眼睛里满是固执的味道，还有隐隐可见的担忧。

被人关心的滋味怎么也不会太差，沈知离笑着摇头："别给我添麻烦了，我只是去探探风，不会有什么危险的，你在这里等着，我很快回来。"

密道出口就在沈知离的院落里，进入房间再取药材其实并不困难，顺便还可以拿几套换洗的衣物下来。这么盘算着，沈知离小心翼翼地推开机关摸了上去。

意外的是，沈知离的院落里竟然一个看守的人也没有。她快步进去寻了药材、衣服，外带两盒点心，用布帛包好。她刚想出门，就听见外面隐约有交谈声，头疼了一下，她爬进了床榻。

“果然还是这间院子最舒服。”

熟悉的声音让沈知离立刻提起了十二万分的警惕。

后头响起的却是个陌生的女声：“回春谷上下已经清过了，没什么事的话，我们的合作也到此为止了。”

“十二夜公子好像失忆爱上我师妹了呢。”磁性十足的声音含着几分玩味，尾音拖长，“叶护法，你不会担心吗？”

女子冷哼了一声：“花公子，你觉得我需要担心吗？”说着她便踩靴离去。

叶护法……那不就是叶浅浅？苏沉澈真正的心上人？沈知离缩在榻上，忽然有那么几分别扭。

她偷偷掀开床帘一角，红衣女子的身影霎时映入眼帘——极其精致的五官轮廓，绯红的唇不点而朱，眉眼似画，被艳色裙装一衬，红衣女子整个人显出了几分妖娆魅惑的感觉，更因为眉宇间那股淡淡的冷傲之气，为美人增添了些许难以言喻的韵味，当真是美人！

沈知离不甘心地对着床榻上的镜子照了照，镜子里立刻映出了一个样貌秀丽干练的女子，虽然她五官端正、模样清秀，也算得上是个清丽佳人，但是……沈知离悲愤地想，一对比起来，差距就显得格外巨大啊！那个叶浅浅绝对是个“回眸一笑百媚生，六宫粉黛无颜色”的祸水啊！苏沉澈到底是看上自己哪里了啊？怎么眼光水准下降得如此厉害？

脚步声远离后，房间里渐渐安静下来。

花久夜挠了挠巨蟒的下颌，蟒身上的深紫花纹渐次扭动，很是美丽。不知过去了多久，花久夜的声音突兀地响起，像是自言自语，又像是……

“我当然也不会担心。”花久夜看也没看沈知离那边，温声道，“知离师妹，你还要躲多久呢？”

夜色不知何时已然降临，窗外的树叶纷纷摇落，似谁人的叹息。

花久夜的声音温柔，仿佛对恋人的呢喃，沈知离却整个人僵住，只觉得汗毛直竖。他应该不是在叫她吧？

那边的人依然慢条斯理地道：“你都不知道我有多想你，你的愚蠢和幼稚实在令我怀念。沈天行的棺椁就在门口，真想看看他的尸身会是什么样的，如果做成傀儡又会是什么样……”

沈知离打了一个寒战。如果过去的花久夜还只是性格恶劣，现在就是彻底变态了！

靴子摩擦地面的声音骤然响起，花久夜朝着她的方向走了过来。

被发现了！沈知离摸出藏在床上的毒粉，用力攥紧，不自觉退了些许。

脚步声，一下一下响起。

沈知离心跳加快，心脏几乎到了嗓子眼。实在不行，她直接跟他求饶会不会好一点儿？不行，投降的话她肯定会更惨！早知道她就不来拿药材了，这年头好人怎么这么难做？

“师妹……你是谁？”

电光石火间，从床帘外骤然伸出一只手，用力将她拽了出来。

沈知离踉跄了两步靠着门边站稳，那边的两人却已经动上了手。锵锵几声金石交错之后，她才看清来人染了血迹的白衣和依然苍白的面颊——是苏沉澈。

他手握长剑，眼眸中剑光闪耀，凛冽的气势毫无保留地释放，不再是过去温文无害的模样，整个人宛如一柄出了鞘的宝剑。

然而，青紫的唇色还是泄露了他的身体状况。方才的交手几乎耗尽了他储存的体力，他站立的身体已变得摇摇欲坠，却始终不肯倒下。

“快走。”低低的声音传入沈知离的耳中。

明知此时绝不是该啰唆的时候，沈知离还是忍不住道：“笨蛋，为什么出来？不是让你在下面等吗？”

“打断一下。”花久夜转着手中的短刀，笑得越发妖孽，“别把我说得像反派一样嘛，毕竟是我的师妹，我又不会杀了她。十二夜公子，看到你对我的师妹如此情深，我也很感动，只是不知道另外一个人会怎么想……你不是失忆了吗，想不想知道你之前的记忆是什么样的？师妹不行，我或许可以帮你恢复记忆哦。”

随着他的尾音落下，沈知离的心不自觉地沉了几分，挣扎良久，她抿唇不言。

苏沉澈的呼吸有些紊乱，声音却很清楚：“不用。”

“为什么？”花久夜诧异。

“因为不需要。”苏沉澈的目光涣散了一瞬，复又清澈。

花久夜低笑出声：“你还真是很喜欢我的师妹啊，不过……”

“走！”在说出这个字后，沈知离手中突然爆起一片烟雾，接着她拉起苏沉澈的手腕就朝着水榭跑去。

花久夜一见便知不对，袖口扬起风尘，驱散烟雾。沈知离已经带着苏沉澈钻入了密道。花久夜冷笑一声，打了一个响指，身边跟着的巨蟒便嗖的一声，游进了未来得及合紧的密道。

刚想下去，花久夜的心里突然生出一股不好的预感，他用指腹抵唇，吹出一声短促而尖锐的哨声。巨蟒的头刚刚探出密道，只听一声巨响，整条密道被硬生

生炸毁，坍塌入地下。花久夜被炸得灰头土脸，瞬间神色阴沉。

天色昏暗，一轮弯月自天边升起。潮湿的地面柔软而湿润，泥土的气息钻入鼻中，沈知离睫羽轻颤着睁开眼，满天繁星霎时映入她的眼瞳中。

“这是哪儿？”

沈知离一起身就觉得浑身酸痛，死定了，还不知道这次身上有多少伤，要养多久才能好！

过了良久，也没人回答她，沈知离手撑着地面刚想要坐起来，却忽然愣住。她触碰到的并不是地面，而是已经有些冰冷的手臂，还有血液黏稠的触感。

沈知离忽然想起之前发生的事情。钻入密道后，她想也不想就从石洞中拿出炸药，点燃丢了出去。没有想到炸药会有这么大的威力，巨大的冲击力犹如火焰涌了出来，苏沉澈把她扑倒在身下，她便什么也记不得了。可她现在并不在那个石洞里，那么……

沈知离用一种很可怕的眼神转过头，颤抖着手搭上苏沉澈的手腕，他的脉搏已经趋近于无。微风掀起他的发，露出依然清朗俊逸、纤尘不染的面庞。

是他把她背出来的？还好，还好她是神医沈知离，只要人还活着，就没有她治不好的伤！

第三章
师兄很可怕

半月后。

“沈姑娘真是医术高明啊，我孩子这病从小就跟着她，没想到能有治好的一天。”妇人的兴奋溢于言表，“这点儿小东西说什么你也要收下，千万别不好意思，权当是你的诊费了！”说着妇人塞给沈知离两个鸡蛋。

沈知离看着两个鸡蛋，陷入了一瞬间的沉默，她的诊费……

僵硬了一下，沈知离才缓缓道：“谢谢。”

“哦，对了。”妇人似想起什么，从怀中取出一块绣了花的手绢，窃笑道，“沈姑娘，这是我家二丫送给你哥哥的，请一定记得转交，切莫忘了。”

她的哥哥……

见沈知离呆呆地接过，妇人又掩着唇笑：“哎哟，如今瞧瞧，沈姑娘如此清丽可人，又识字又通医术，真是不错，这里刚好有几个好男儿家，不知沈姑娘可有意让我为你搭个线？”

门帘蓦然被掀开，白衣男子用指节抵了抵鼻梁，温文笑道：“舍妹尚幼，恐怕暂时不用，多谢夫人好意，还望夫人不要生气。”

白衣男子笑容温和，配上那副村中少有的白皙清俊面容，看得妇人直了眼睛，只一味愣愣地点头：“苏公子说得是、说得是。这有什么可生气的，都是我的错、我的错！”

待妇人走后，沈知离才两指夹着那块手绢，不辨喜怒地道：“你又出去勾引良家姑娘了？”

“我怎么会……”苏沉澈一改方才落落大方的神情，坐到沈知离对面，眼神忧伤得能让人心碎，“知离，把哥哥改成夫君不行吗？”

沈知离：“不行。”

苏沉澈苦恼地道：“可是，每天我一出去就有好多姑娘来搭话……”

沈知离：“你是在炫耀吗？”

苏沉澈沉默了一下才道：“不，主要是想刺激你。”

沈知离怒道：“被人养活的小白脸没资格说话！”

苏沉澈委屈地眨眼：“你答应嫁给我的。”

沈知离挑了挑眉，冷哼道：“你真好意思说！反正一无人证，二无物证，你奈我何？”

这话得从他们刚逃出密道说起。

密道另一个出口连着的是一个小村落外的树林，沈知离忍着身上的伤痛，找人将苏沉澈抬进了一间屋中借宿，她用药解了他的毒，又配了伤药替他处理好了所有伤口。

看着苏沉澈伤痕累累的身体，沈知离心里愧疚得一塌糊涂。别人对她再差，她都能泰然处之，偏偏若是有人对她好，最是让沈知离受不住，因为别人的好，她总会想着要还的。

沈知离守在苏沉澈的榻前三天，苏沉澈一直处在半昏迷状态中，她又是喂水又是擦身，衣不解带地照顾了他三天。第四日，沈知离终于撑不住，瘫倒在苏沉澈的床上。

她再醒来时，苏沉澈仍然合着眸子，眼瞳下覆盖着一片漆黑的阴影。沈知离再坚强，到底是个女子，眼下举目无亲，说不定还要面对魔教和花久夜的追杀，偏偏唯一可以同她分担的人还重伤昏迷生死不定，惶急和无助让她忍不住揪着苏沉澈的衣袖，摇晃道：“苏沉澈……苏沉澈，你快醒过来啊，只要你肯醒过来，我做什么都行，就算让我嫁给你都没问题！”

然后……苏沉澈就醒过来了！

即使现在回想起来，沈知离还是觉得自己跟个傻帽儿一样，真是蠢不可及啊！

苏沉澈听见她的话，却并没有生气，弯了弯眼眸道："知离，你是在害羞吗？"

沈知离："……"

懒得理他，沈知离站起身，自顾自地收拾着行医的摊子。待了半个月，她身上的碎银子早就用完了，银票又无法兑换，她干脆租下这间小屋开了间医馆。

收拾了一会儿，沈知离才问："你的伤也好得差不多了，接下来你打算如何？是回十二夜还是……"

"开间点心铺吧。"

沈知离回头："什么？"

苏沉澈弯起的眼眸里溢出温柔笑意："点心铺啊！你不是喜欢吃点心吗？喏，村口的桂花糕、李大婶家的糯米饼，还有……"

沈知离目瞪口呆了好一会儿才道："你开玩笑的吧，你还真打算在这里住下去啊？"

村子不大，物件稀缺，仅有的一些东西还都是品质低劣的，沈知离都觉得日子难过，更何况一看便知是贵胄出身的苏沉澈。

苏沉澈笑着点了点头道："嗯，你不喜欢吗？等我们多攒点儿钱就成亲吧。"他顿了顿又道，"不过现下的话，我可能出不了那么多银子做聘礼提亲，知离，你介意吗？"

沈知离道："苏沉澈，你摔坏脑子了吗？"揉了揉眉心，她犹豫了一下又道，"等等，你……你真的不想记起过去的事情吗？"

"不想。"苏沉澈的答案和那日在花久夜面前回答的一样。

平心而论，如果是沈知离失忆的话，她肯定会想要弄清楚之前发生过什么，未知的东西实在太过危险。而且，苏沉澈或许不知道，可沈知离很清楚，过去和苏沉澈有过感情纠葛的人是叶浅浅，而不是她沈知离。

沈知离脱口而出："为什么？"

苏沉澈敛了几分笑，认真道："过去的事情就算记起了又能怎么样？现在才是最重要的，不是吗？而且我觉得，就算记起了，我也不可能更喜欢你了。我很清楚我现在在做什么，我现在想做的，就是陪你过些简单的日子。"

那一瞬间，沈知离得承认她的心动了一下，可是理智很快提醒她，要是相信这个傻蛋说的话，除非她是个大傻蛋！

对方仿佛根本没察觉到她内心的挣扎，继续刚才的幻想，语气颇欢快地邀约道：

“知离，其实我跟李大婶学过怎么做糯米饼的，嗯，不过还没试过，你要不要尝尝看？”

沈知离忍不住怒道：“我就知道，难怪李大婶的女儿天天往这里送糯米饼。”

就在这时，一个声音突兀地插了进来：“公子，我们终于找到你了！”

沈知离一转身，就看见一排十几个黑衣男子齐刷刷地跪了下来，几乎热泪盈眶。

半个时辰后。

修长的手指揉搓着面团，裹着围裙的男子微微侧眸。

“你喜欢甜一点儿还是淡一点儿？”

沈知离僵硬地看着苏沉澈，额头上有一滴汗缓缓地落了下来。

一丈来远的地方，一众黑衣男子跪地齐号：“公子，我们来做吧。”

“你们会吗？”苏沉澈抬眸，语带疑惑道。

黑衣男子们面面相觑，有琐琐碎碎的声音响起：“我们……我们可以学……”

苏沉澈绽开笑容：“那你们出去买面粉吧，我这里没有多余的。”

顿时，一半黑衣男子风卷残云般跑出去，席卷了村中所有的面粉店的面粉，剩下一半人继续观摩苏沉澈。

苏沉澈垂下头，双手灵活地将面团捏成小块饼状，又卷了少量的豆沙馅，包成红薯糯米球，再按平成饼状。他神色认真、动作熟练，好似已经做过多次。

见他竟然真的是在认真做糯米饼，沈知离原本看热闹的心倒是淡了几分。

只是，他的属下已经来了，而她还是要回回春谷的，他们迟早是要分别的。她这般逃出来，除了对花久夜心中有惧外，也是担心苏沉澈的安危。青苻将苏沉澈托付给她，就算看在那些银子的面子上，她也不能就这样将苏沉澈丢下。眼下苏沉澈已经没了性命之忧，她也是时候道别了。师父把回春谷交给她，就算被魔教捣毁，她始终要负担起责任，更何况回春谷里还有她绝对不能舍弃的东西。

“知离。”

沈知离下意识地应声：“嗯？”

苏沉澈擦了擦手上的面粉，眼眸无意识地朝上望了望：“我越来越喜欢你了，怎么办？”

沈知离的脸蓦然一红：“苏沉澈，你能不能不要一脸风轻云淡地说出这种甜言蜜语啊？”

被面粉染得雪白的手按着心口，苏沉澈的声音有种低哑的魅惑：“你在边上，这里一直跳得很快。”

沈知离按额，试图掩盖住心跳："油烧开了。"

锅中油热，苏沉澈将饼一个个放了下去，反复翻面油煎，直到饼两面金黄焦酥，散发着浓郁的食物香气。不多时，一盘新鲜出炉的糯米饼就盛了出来。糯米饼的色泽、卖相、香气都不比李大婶家做了十几年的差，反而因为烹饪者力度掌握得极好，而使糯米饼看起来更加甜润可口。

沈知离狐疑地道："你以前就会做的吧？"

苏沉澈眨了眨眼，摇头："不记得。"

糯米饼的模样实在诱人，沈知离作势想要动手去拿，却被苏沉澈躲开，他笑了笑道："很烫。"他又从灶台边取出一个小纸袋递给她，"早给你做好了。"

另一侧的黑衣男子们，早就对着苏沉澈的糯米饼大咽口水。

苏沉澈端着盘子走过去，笑得温和："你们要尝尝吗？"

黑衣男子们挣扎着摇头："属下不敢！"

苏沉澈取了一个饼，轻咬了一口："不难吃啊！"他眨了眨眸，有些落寞地垂下睫毛，"是嫌弃我做得不好吗？"

黑衣男子们异口同声道："没有！"

苏沉澈歪了一下头，额前的碎发随之摆动，恍若在人心头漾动。他递上盘子，笑容明媚如春，让人完全无法拒绝："那尝尝吧。"

人群骚动了一下，有胆大的人动手拿了一个饼下来，毕竟他们找寻十二夜公子多日，风餐露宿，也没有吃过什么好东西啊！有了开头，后面就快了，一阵手影晃动，盘子里的糯米饼就被抢夺一空。

沈知离一边咬着焦香酥脆、滋味绝妙、入口即化的糯米饼，一边有些不爽地盯着被瓜分干净的糯米饼盘子——要吃自己做啊！吃人家做的东西好意思吗？

一炷香时间后。

"啊……"

"呃……"

"嗯……"

黑衣男子一个个捂着肚子呻吟着倒下。

沈知离咬着饼问道："发生了什么？"

苏沉澈解开围裙，牵过沈知离的手，笑容和煦如常："走吧。"

"啊？"

"不用管他们了，药效只有一个时辰而已。"

"公子，你不能……走……啊……"

“公子……”

苏沉澈的人生格言——做自己想做的事情，把属下往死里折腾。

踏过满地哀号的黑衣男子，沈知离不知不觉被苏沉澈拽着走了许久。咽下最后一口糯米饼，她甩开他的手，道：“你要带我去哪儿？”

苏沉澈摸着下巴：“哪儿都好，你喜欢什么地方？听说云郡不错，景色宜人，号称天下美景一绝。不过，从这里坐船过去差不多要一个多月的样子，是有些远了。知离，你晕船吗？”他琥珀色的眼睛里满满的期待色彩。

沈知离擦了擦手，视线落在地上，酝酿了一下，让语气尽量显得冷漠：“你想去的话就去吧，不过我恐怕不能陪你了，我要回回春谷。”

苏沉澈连一瞬也没犹豫，笑道：“也行，我陪你。”

他到底在想什么啊？

沈知离沉默了一下，缓缓道：“不用了，我一个人回去就够了。就像我师兄说的，他不会杀我，却未必不会杀你。而且无论是青堂主还是翟堂主，现在恐怕都在找你，你既然没事，何必让他们担心……”狠了狠心，她动唇继续道，“更何况，我照顾你这么久，其实为的都是他们付给我的银子，你要是不回去我怎么收钱？”

苏沉澈为了救她连性命都不在乎，她又怎么可能仅仅是为了银子照顾他？可她还是忍不住开口，他可以不在乎身份、地位、责任，她却不能。

听到这样的话，苏沉澈该觉得被她伤害了吧？沈知离的心沉了沉。

“是这样的吗？”耳畔苏沉澈的声音仿佛在认真思考，“那……知离，如果我一直付你银子，你可以陪我一辈子吗？”

沈知离道：“我的诊费很贵的。”

苏沉澈微笑：“我觉得……我似乎还蛮有钱的，就算把刚才那些人卖了，应该也能赚不少吧？”他的笑容里没有一丝阴郁，他仿佛根本不在意她说的话。

沈知离：“好吧……”她和苏沉澈的对话根本不在一个世界里！

沈知离转身道：“那跟我没关系，不过我警告你，如果有危险你再逞能，我可不见得能救活你。”说着，她快步跑远，只是嘴角勾起的弧度怎么也压不下去。

此处离回春谷并不算远，出了村子是座小镇。沈知离买了辆马车，她赶车无能，正想雇个车夫，苏沉澈已经拉过缰绳，坐上了车辕。刚才她怎么拉也不动的马匹，在苏沉澈手中乖得像只兔子，还不时用尾巴上的毛蹭着苏沉澈。

沈知离很不爽：“为什么它这么听你的话？”

苏沉澈愣了愣，下车研究了一下，道：“也许因为它是匹母马？”

沈知离抚额：“好了，你不用炫耀了，我知道全江湖的雌性都喜欢你。”

苏沉澈释然地弯眸，极自然地接道：“喜欢我的人再多，可我只喜欢你一个。”

帘子唰的一声被拉下，沈知离丢出了一枚铜板，闷声道：“车夫，赶车。”

车轮缓缓转动，车子行得极平稳。马车里有崭新的茶具，沈知离动手给自己倒了一杯茶，眼神渐渐沉了下来。只喜欢我吗？如果找回以前的记忆，你还会这么说吗？算了，这也跟她无关。

马车没有直接到回春谷，而是停在了另一座小镇的镇口。沈知离下车，独自拐进了一间酒馆。

“沈……”酒馆的掌柜一脸惊讶地四处看了看，忙将沈知离拉进屋中，“谷主，都说如今谷主换成了你师兄，这到底是怎么回事啊？还有，你……怎么就一个人，蝶衣姑娘呢？”

沈知离忽然有些懊恼，她师父沈天行除了医术、毒术出色，武功也堪称当世一流，敢闹上门来的人基本是竖着进来横着出去。她接手回春谷这些年也都顺风顺水，料想花久夜一个人也掀不起什么风浪，就没有如何布置。谷中的人大多手无缚鸡之力，就算会武，也未必见得是魔教众人的对手。早知道会这样，她当初花银子去雇几个武林高手也比现在强啊！

沉吟了一下，她问：“那你瞧着谷里这几天有什么变化吗？”她最怕的便是花久夜大开杀戒，血洗回春谷。

掌柜张口刚想回答，突然愣住。

一股说不出的阴冷之气袭来，沈知离浑身一颤，刚想躲开，滑腻的蛇身却早一步将她盘住。

“师妹既然想知道，为什么不问我呢？”来人懒洋洋的声音柔若清风，却又满是戏谑，“我还在找你呢，没想到师妹会自投罗网。”

下一刻，那声音已经近在咫尺，花久夜的一条手臂将她锁入了他怀中。

沈知离想的是……苏沉澈那个笨蛋还在外面啊！

“在等什么？”花久夜的呼吸拂过沈知离的耳垂，让她觉得毛骨悚然。

那条巨蟒已经在沈知离身上盘了几圈，艳红的蛇芯一下一下吐露着……

柔软的触觉贴上耳垂，沈知离一个激灵，挣扎起来。冰冷的手掌捂住她的唇，花久夜轻笑一声，音色魅惑中含着一丝冷意：“他不会来了，叶浅浅堵在外面呢。他们老情人见面，哪里顾得上你？师妹还是乖乖跟我回去，好让我们叙叙旧。”

叶浅浅……他不是什么都不记得了吗？一股说不出来的郁结涌上沈知离的

心头。

她的脑中一阵恍惚，花久夜的手臂骤然勒得更紧，他在她耳边调笑道：“这个时候走神，我可是会生气的哦。”

沈知离哆嗦着唇道：“师兄，你别这样。”

花久夜微挑眉头：“那你喜欢我怎么样，嗯？”

沈知离道：“你先让蛇放开我。”

“放了你，你跟我回去吗？”

沈知离戒备着点了点头。

花久夜绽开一个笑容：“好啊。”他打了一个响指，蛇身一圈圈退开。

沈知离刚喘了一口气，突然腰间一紧，登时觉得天旋地转，再回过神来，花久夜已经将她整个扛上了肩膀。

反手翻出两根细如银丝的长针，沈知离刚想刺下，花久夜早已反握住她的手，将针刺到了她自己身上。重剂量麻痹散侵入体内，沈知离瞬间身体僵直。

仿佛一点儿也不生气，花久夜仍是笑着道：“回家吧师妹，我同你和沈天行还有笔账没算呢。”

花久夜带着沈知离大踏步走出酒馆，街市林立，人头攒动，沿街种下的连株桂花簇簇开放、香气袭人，却唯独不见苏沉澈的身影。

自作孽不可活。手脚不能动弹，沈知离轻易地就被丢进马车，只能任由颠簸的马车载着她向谷内驶去。

花久夜靠在另一侧望向车窗外，眸色浓黑，沉沉如夜，扬起嘴角似笑非笑，眼角的伤口更添妖冶。他一手托着下巴，一手有一搭没一搭地挠着巨蟒的下颌，巨蟒似乎对此非常受用，在他手底温顺地来回扭动。

沈知离也冷静下来，无论如何，现在她的小命被捏在花久夜手上，此时不套关系更待何时？她尽量放柔声音道：“师兄，你脸上的伤……用碧瑕膏，不出三日就可以去掉。”

“伤？你说这个？”花久夜转过头，摸着眼角上那道伤口，鲜红的舌舔了舔唇，“当然可以治，可是治好了又怎么能让我记住呢？多亏这道伤口，我对你们念念不忘了很久呢。”他的语气越发令人心寒。

马屁拍在马腿上了！一滴冷汗落下，沈知离语气更柔地道：“那个，师兄吃饭了吗？我院子里还有几坛尚未挖出来的美酒。”

“嗯，我知道。”花久夜笑道，“我都喝完了，还有你养的那些珍禽也很美味，都是寻常难见的哦！对了，我还挖了你的金库，没想到沈天行不在，小师妹的敛财本事更胜一筹嘛，那些银子足够师兄挥霍到死了，真是感谢。”

我忍！我忍……我忍！我忍不住了！

“花久夜，你要是敢动我的金库里的一枚铜板，老娘跟你拼了！”沈知离狂吼出声后，才意识到眼下是个什么局面，立刻忍痛讪笑道，“没什么，没什么，刚才说着玩的，师兄高兴就好。”

花久夜大笑，毫不犹豫地上前动手，将沈知离的脸揉捏成各种形状：“师妹真是一如既往地可爱啊。”

可爱个头！死老头子，你能不能显灵，赶紧劈死这个祸害啊？

台阶被花久夜整个轧平，马车径直驶进了沈知离的院子。刚才那一出之后，沈知离彻底断了套近乎的念头——跟花久夜套近乎，只能越套越让她想吐血。透过车帘缝隙，她可以看见回春谷的守卫已经完全换新。

下车的时候依然是花久夜把她扛下来的，沈知离不能动，只得认命。

沈知离被丢下的位置很是熟悉——她过去的床。沈知离稳了稳身形，四下一看，只觉胸中血气翻腾，她咬牙忍耐地道：“师兄，我房里的东西呢？”她的青瓷螺珠瓶、镏银八宝明灯、金线绣花镜屏……

花久夜扫了一眼，随口道：“卖了。”他想了想又补充，“门口有个收垃圾的，我让他论斤称着卖的。”

沈知离声音发颤：“论……论斤……你可知道那些东西值多少银子？”

花久夜从一旁的小笼子里取出一只白鼠丢给巨蟒，道：“跟我有什么关系？反正是你的东西。”

沈知离又颤了颤，闭眼说道：“你杀了我吧。”

花久夜缓缓转头，如刺刀般的视线扫着沈知离的身体，忽然绽开一丝让人鸡皮疙瘩丛生的笑容：“师妹，我怎么会杀你呢？”

阳光从窗外直射而入，却偏偏躲开了花久夜那一隅，斑驳的光线从他的额前扫过，映出点点阴影，他的神色笼在黑暗中，让人辨识不清。

“如果说真要对你做什么，那……上了你呢？”他像是刻意的，尾音微提，仿佛漫不经心，懒洋洋的语气令人分不出真假。

沈知离忽然不颤了，睁开眼平静地道：“你回来不是为了这个吧？”

花久夜颔首：“嗯，不是，不过顺便做做也没什么。”

说话间，沈知离身旁的床榻凹陷下去，花久夜的气息袭来，属于医者的手灵巧地解着她胸前的衣结。

沈知离胸前起伏了一下：“你又不喜欢我，何必做这种事情？”

花久夜笑道："你怎么知道我不喜欢你？"

沈知离抿了抿唇，说道："之前欺负我就不提了，毕竟大家年纪都小。最后，你应该知道是我出卖了你吧？"

"我知道，你站在沈天行那边。"花久夜笑得云淡风轻，隐约的阴冷之气却慢慢袭来，"你选他的确没错啊，那时候我哪里都比不过他。你看，你现在不是活得很好吗？这证明你的选择并没有错啊！"他的语气中带着淡淡的轻嘲。

沈知离垂下眼眸，眼中闪过一丝不忍，随即语气冷了下来："你若想要报复师父，又何必拖累整个回春谷？反正师父已经死了，更何况师父好歹养育你多年，你怎么能这么忘恩负义，简直禽兽……"

花久夜已经将沈知离的外衫褪了下来，顺着沈知离的话道："他已死，我现在不是在报复帮凶吗？嗯，我就是禽兽没错！"

冷风冻得沈知离打了一个哆嗦，花久夜的手指又在扯她的里衣。

"师兄，你冷静……"

"我很冷静地在脱你的衣服啊。"花久夜咂咂嘴道，"我都没用撕的。"

肩头那片常年不见天日的白皙肌肤暴露在空气中，沈知离脑中飞转："师兄，其实今天我来癸水。"

花久夜接道："我不嫌弃你。"

可我嫌弃你啊！

沈知离脑袋的转速提高一倍："不，师兄，其实这些年我修习了一种功法，一旦与人交合，就会吸取交合人的内力。"

花久夜笑道："没关系，师兄不靠内力也可以横行江湖。"

眼见衣服快褪到胸前，沈知离厉声道："师兄，其实我怀孕了。"

花久夜的手指果然一顿，他抬头看着她道："谁的？我去杀了他。"

沈知离嗫嚅道："我也不知道。"

花久夜沉思了一刻，才说道："生下来，然后取血肉看看是谁的孩子，我再杀了他。嗯，顺便也杀掉那个孩子。"他的话半点儿也不像在开玩笑。

沈知离喷泪："师兄，当年都是师父那个浑蛋的错，跟我没关系的啊！"

花久夜咧嘴一笑，神色温柔："错不错，今天我都要上你。"

思前想后找不到人骂，沈知离在心中哀号，苏沉澈你这个浑球儿，有了旧爱忘了新欢，我都快被人上了，你怎么还不来啊？之前你说得那么好听，全是骗人的啊！

仿佛听见了她的声音，一个更加温柔的声音传来："放开我的知离，不然我杀了它。”

沈知离转眸，看见形容有些狼狈的苏沉澈手握长剑，目光清冽地看了过来。沈知离从来没有觉得苏沉澈这么该死地好看，只不过，苏沉澈手里用来威胁花久夜的是……那条蛇？沈知离的嘴角抽了抽，苏沉澈，你能找个靠谱点儿的东西吗？

花久夜却突然脸色一变，目光冷冷地射了过去：“好，你若是敢动它一根汗毛，我就要你五马分尸、死无葬身之地。”

沈知离忍不住道：“为什么我跟一条蛇的价值对等？”

“不。”花久夜微微转眸，嘴角勾起一抹戏谑的笑 “它比你重要。”

沈知离道：“苏沉澈，你杀了那条蛇吧！”

人蛇对调。沈知离一个踉跄，摔进了苏沉澈的怀里，勉强说道：“快走。”

苏沉澈先动手把沈知离的衣襟合紧，才御起轻功准备离开。

“等等。”床榻边，花久夜轻轻抚摸着蛇头，神色淡定，慢条斯理地道，“既然来了，哪有这么容易就走的道理？师妹，看你的手腕。”

沈知离垂头，手腕那里不知何时多了一条淡粉色的线。脑中飞快翻阅典籍，她愣愣地道：“南疆蛊毒？”

她虽不出回春谷，但也知道花久夜当年离开回春谷，销声匿迹三年后，便是在南疆一夜成名。花久夜单枪匹马烧了南疆圣殿，被南疆四大蛊师追杀了整整五个月，结果非但逃脱，还致使四大蛊师两死两伤，简直战绩骇人，毒妖花久夜的名头也渐渐传入中原。

掩去讶异，沈知离毫不客气地回道：“师兄，你看你的胸口。”

花久夜扯开自己的领口，平坦而苍白的胸膛前隐约有一团黑气。

“夜遗之毒？哦，就是那个用九九八十一种毒物的排泄物制成的号称史上最恶心、最无聊、解起来最麻烦的毒？真是辛苦师妹了！”花久夜勾唇道，“你就这么料定我会懒得自己动手配制解药？”

沈知离点头道：“交换解药。”

这家伙过去就懒得像头猪，什么都让她做！

“师妹还真是了解我呢，不过……”花久夜懒洋洋地抬头，摊手，“如果我说我没有解药呢？给你下的是我从南疆那些老畜生手里夺过来的蛊毒，连蛊毒的毒性我都不是很清楚呢。”

你当我傻啊？沈知离压抑着吐血的欲望：“什么都不知道，你也敢下？”

花久夜温柔地抚摸着蛇身，眯起细长眉眼：“没关系，你留下来，师兄帮你一种方法一种方法地试，总能试验出解蛊方法的。”

沈知离在心里把花久夜骂了一百遍又一百遍！

“苏沉澈，我们走！”叫了一声却没反应，沈知离诧异地转头道，“苏沉澈……”

方才一直垂着头的苏沉澈突然抬头，沈知离猝不及防便对上了一张笑得格外灿烂的面孔，心跳莫名加快几分。她刚想说话，苏沉澈已经抱着她靠坐在一边的椅子上，又脱下外衫披在她身上，声音无比温柔地道：“知离，你在这里等一会儿就好。”

然而他越是笑得明媚，沈知离就越是有种心中发毛的感觉，这种感觉就像是暴风雨前的宁静？为什么她有种不祥的……

哐当！苏沉澈手中的长剑骤然劈在花久夜身侧，沈知离那张梨花木的床板硬生生被劈成了两段。

花久夜一个侧身闪开，眼中流露出危险的气息，他冷笑道：“你想跟我对打吗？”

苏沉澈露出谦和的微笑：“不是对打，是我揍你。”说话间，他手中的长剑已然挥出。

花久夜挥着短刀抵挡，同时手指一翻，抽出腰间别着的铁笛，低吹一声，之前还优雅慵懒的巨蟒顿时目露凶光，龇牙向苏沉澈扑去。

恶战一触即发，剑影笛啸交错，家具断裂声不断传来，间隙传来短促的对话声。

“再砍我的蛇，信不信我让你这辈子都不能做男人？”

“那也请你不要拿笛子往不该戳的地方戳。”

沈知离愣愣地坐着，眼睁睁地看着自己心爱的房间即将被两个杀伤力巨大的人形武器彻底捣毁，万念俱灰，心如刀绞。

“浑蛋，都给老娘住手！”

此话一出，两个忽闪的身影顿时一滞。

白影率先掠下，修长手指抚了抚沈知离被对战气压吹乱的发丝，温声道：“知离，哪里不舒服？”

花久夜擦了擦铁笛，懒洋洋地道：“她不是难受，是心疼。”他斜睨了沈知离一眼，嘲讽道，“还是那副见不得世面的穷酸样。”

沈知离变了变脸色，忍耐道：“苏沉澈，我们走。”

苏沉澈收剑，抱起沈知离。

花久夜这次倒是没拦，只是神色笃定，似笑非笑道：“师妹，你还是要回来的。你只能回来。”

尾音幽幽落下，苏沉澈已经抱着沈知离跨出了房间。

待人影走远再看不见，花久夜才缓缓撑着墙壁倒下，几缕鲜血顺着嘴角溢出，滴落在地。

方才他靠着蛇外加身上的毒，令人投鼠忌器才与苏沉澈打了个平手，若单论武功他未必打得过苏沉澈，如今又……该死，蛊怎么在这个时候发作？他迟早要再回去宰了南疆那帮畜生！

一旁休息的巨蟒似乎察觉到了主人的不适，扭动着身子蹭到花久夜身边，巨大的头颅顶了顶花久夜的胳膊。

花久夜冰冷的眼眸中露出几分柔和之意，握着短刀的手温柔地抚过巨蟒，声音也不觉软了下来："对不起了。"

刀割破蛇鳞，撕开一道血口，花久夜俯身过去，鲜红的舌舔过蛇身上的伤口，近乎贪婪地吮吸着涌出来的鲜红血液。急速跳动的心脏渐渐稳定下来，他苍白而妖冶的面容上出现了一瞬的狰狞和不顾一切的狂暴。

巨蟒挣扎了一下，花久夜像是猝然被惊醒，松开了唇。他慢慢坐起身，手背粗暴地抹去唇上的蛇血，自我厌弃般闭上了眼睛，伤痕累累的腕间一条深黑丝线横贯。他再也不愿去回想那地狱般流落南疆的日子。

巨蟒蹭过来，花久夜缓缓抱住巨蟒庞大的身体，身体紧贴，仿佛这样才能找回身体里的温暖——很久以前的温暖，他曾经想守护一辈子的温暖。

茫然和无措只在脸上交替了一瞬，花久夜再睁开眼眸时，便又一次被森冷而漫不经心的神情取代。

这蛊真是碍事。花久夜舔了舔唇上余留的咸腥味道，小心地在蛇身上涂抹伤药，手指轻柔细致，犹如完成一件工艺品。

一发作就会被莫名其妙的情绪影响，他早就不是过去那个软弱无能的花久夜了，他想做的事情，谁也阻止不了！

抱着沈知离走了好一段路，苏沉澈迟迟没有开口，一时气氛有些沉默。

这种时候他闹什么别扭？

"往北边去，那边不会有守卫。"犹豫了一下，沈知离又道，"我身上的麻痹散还没解，解药在衣袋的第二个囊中，是个小瓶子，放到我鼻子下嗅一下就行。"

话音未落，苏沉澈已经将手探进她的衣襟。

沈知离面无表情地道："苏沉澈，你的手往哪儿摸呢？"

苏沉澈无辜地道："我在找解药。"

他的手越发朝里探去。

沈知离忍了忍:“算了,看在你刚才救我的面子上……浑蛋,不要得寸进尺啊!”

嗅过解药,没过半炷香工夫,沈知离的手脚就可以动弹了。从苏沉澈怀中跳下,活动了一下手脚,沈知离才看了看外头道:“你刚才怎么进来的?以你的身手,带着我毫无损伤地出去有几分胜算?”

“你腕上的……”

“哦,你说那个南疆蛊毒啊?”沈知离无所谓地笑道,“我看过医书,南疆的蛊颜色越深越危险,像我手上这种,恐怕是最不用担心的。”

又沉默了一刻,苏沉澈却突然有些委屈地道:“你都不生气的吗?”

沈知离不明所以:“什么?”

“刚才你师兄……”

沈知离握拳抵在唇边,想了想道:“是有点儿,不过的确是我对不起他在先,而且他应该不会真的伤害我,所以不算太生气……”

最后一个音还在唇中,沈知离已经被苏沉澈拥入怀中。

“可是,知离……我很生气,很担心……在看见你衣衫凌乱、肩膀和半个胸口都露出来被他搂在怀里的时候,我甚至想杀了你师兄……”

“你真的不用刻意强调我当时什么样。”

那个怀抱的主人沉浸在悲伤的情绪中似乎难以自拔,沈知离刚解了麻痹散,根本挣脱不开,望了望天,叹气道:“真的这么在意吗?那在镇口的时候你为什么不早点儿来?你应该见到叶浅浅了吧?”

苏沉澈微微松开怀抱,惊喜地看向沈知离:“你在吃醋吗?”

沈知离:“……”

见沈知离眼角微抽,苏沉澈漂亮的琥珀色眸子弯了起来,笑容中带了些苦恼:“我真的不认得她,她拦了我没说两句,就开始蛮不讲理地动手,我肩膀上还有她砍的伤呢……”他顿了顿,又边思忖边讨好地道,“不过这么凶的女人哪里比得上我家知离,我怎么可能喜欢上她?我觉得应当是她暗恋我不成,于是恼羞成怒、因爱生恨……呃,知离,你扒我的衣服做什么?光天化日的,你要是想……”

沈知离低头,扯开衣襟看伤口:“闭嘴!”

苏沉澈的肩膀上还真有一道流血的伤口,好在并不是特别深。

沈知离一边掏出药效最烈的金疮药往上撒,一边想:笨蛋,受伤了,那刚才还和花久夜打得那么激烈!她却未曾留意自己抿唇间不自觉逸出的笑容。

第四章
情敌很霸气

将苏沉澈的伤口处理好，沈知离才似忽然想起，问道："今天是什么日子？"

苏沉澈想了想回道："九月初五。"

垂头算了算日子，沈知离皱眉道："我要先去一个地方，离这里不远。"

苏沉澈微笑道："你去哪儿我去哪儿。"

沈知离无声地别开了视线。

沈知离住的院落的北边通向一处瀑布，素来守卫较少。沿着瀑布边缘绕下，有一条隐秘的石道，他们拾级而上，一处石窟现于眼前。

沈知离领着苏沉澈走进石窟，指着里头一扇密闭的石门道："我大概要进去半个时辰，如果急的话，你可以先在回春谷里逛逛。"

苏沉澈眨眼道："我不能跟你一起进去吗？"

沈知离毫不犹豫地拒绝："不行，绝对不许跟进去！"想了想她又补充道，"里

面不会有危险的。”她一点儿讨价还价的余地也没给他。

苏沉澈无奈，摸着鼻梁席地而坐，对她微笑：“好吧，我等你。不过有什么事一定要叫我。”

石窟内倒也不是什么都没有，苏沉澈从石台上随手取了本书，嗯，是本传奇话本。

他粗粗翻阅着，书中说的是一个富贵小姐同书生情投意合，却遭到家人阻挠，小姐带了银两同书生私奔，书生用那银子进京赶考考中功名，末了被富贵小姐家人承认，最终过上幸福生活的故事。

故事没什么稀奇的，倒是书的最后有一溜清爽潇洒的小楷接了另一个结局。书生没去赶考，反而将银子挥霍殆尽，又盘算着将小姐卖入青楼好再得一笔银子，小姐得知，万念俱灰之下杀了书生自尽。

小楷的主人似乎对这个结局颇满意，又多添了几个字——世人皆薄幸，唯有银子真。

苏沉澈摩挲着话本，反复思量，莞尔一笑——他的知离真可爱。

他又寻了其他话本一一看去，时间很快过去。

石窟内的石门再次打开，沈知离蹒跚着合上门，脸色比之方才苍白了不少。见苏沉澈还在，沈知离唇上挂了一分浅笑，叹道：“别把我的书弄乱了啊。”

苏沉澈已经早一步丢下书，扶住她，皱着眉，语气中的关心丝毫不作伪：“知离……”

沈知离这次却没推开他，一头栽进苏沉澈的怀里：“我没事，让我睡一觉就好了。”

她似乎累极了，没多久就陷入沉睡中。

苏沉澈靠在坚硬的石壁上，调整好姿势，让怀里的沈知离尽量睡得舒服。他修长的指节拨动着沈知离略显凌乱的发丝，发丝掩映下的睡颜很安然。静静看着，苏沉澈唇畔的笑似乎也温柔起来，只是转眸看向那严丝合缝的石门时，琥珀色眼瞳中闪过一丝阴沉之色。

沈知离再醒来的时候，已是月上中天。她抬眸便对上苏沉澈那双温柔醉人的眸子，他眨了眨眼，道：“知离，你好香。”

从被花久夜掳走，她已经一天一夜没洗澡了。

沈知离：“好恶心，换一句吧。”

苏沉澈思索了一会儿道：“知离，你好美。”

沈知离：“……”

他真的见过叶浅浅吗？

沈知离挣扎着坐起，活动了下僵硬的手脚，取来打火石点燃石窟里的火炉，又瞧了一眼外面的天色道："再过一会儿就到丑时了，到时候人都睡了，我们再走吧。"

苏沉澈："好。"

沈知离伸了个懒腰，才发现苏沉澈还坐在原地："你不起来活动一下吗？"

苏沉澈笑着摇头："不用了。"

沈知离只觉不对，弯腰细看才发现他的胳膊上都是被压的瘀血，不由得怒道："你是傻的吗？就不会活动一下？"

苏沉澈笑得依然温柔："你睡得很香，我不想吵醒你。"

沈知离单膝跪地，动手帮苏沉澈揉胳膊，好一会儿才开口道："喂，苏沉澈，别对我这么好啊，我会当真的……"

火焰灼烧声噼啪作响，苏沉澈的声音也被掩盖在火焰声中，显得有些模糊："知离，那就当成假的好了。"

沈知离愣然："啊？"

苏沉澈清俊的面容宛如初见时那般干净，眼眸清澈："当成假的，你就不会有什么压力了吧？我只是想对你好，仅此而已。"

那一刻，沈知离能听见自己的心跳声，快到几乎无法控制——真的有这样的人吗？她松开手，掩饰般垂下眸，坐到一边，捡起一根木柴捅着火炉，沉默不言。

苏沉澈的声音再度响起："知离，既然还早，跟我说些你以前的事情好不好？我想听。"

沈知离闷声道："我的事情没什么好说的。"

苏沉澈显得有些失落："很不甘心啊，为什么我没能早认识你？我的记忆里只有你，可是有关你的记忆我还什么都不知道……"他琥珀色的眼眸半合，带着几许哀伤，几许落寞。

沈知离捏了捏眉心："好吧。"

话音一落，她就看见苏沉澈抱着膝盖朝自己的方向挪了挪，他眉梢眼角笑意流转，两只耳朵仿佛竖起，同时不知从哪里掏出纸笔道："你说吧！"

沈知离："……"

她现在反悔来得及吗？她以前的事情，实在不是很光彩啊……

沈知离闭上眼眸想了想，才缓缓开口道："我九岁之前都住在那个大杂居里，就是上次带你去的那个地方。过去那里就收容无处可去的人，从前的环境比你看

到的更恶劣，因为有不少游手好闲的流浪汉，所以也更肮脏。”她顿了顿，又道，“算算看，我在那里住了六七年，没见过父母，一有记忆就是在那里……”

苏沉澈的笔没有动，他只静静地望着她，眼中透出若有似无的情绪。

一打开话匣子，沈知离忽然就不想停下了。太久没有机会跟人说往事，就连她的记忆都变得有些模糊，可她并不想忘掉这些事。

沈知离将视线落在远处，笑道：“其实也不难理解，我是女儿家，身子又不好，养在家里无非一个累赘。我该感激我的父母把我丢在那里，而非直接掐死，至少他们给了我存活的机会……我的运气不错，丢在那里没多久就被我的养母捡到。她是个死了孩子的可怜女人，被自己的夫君抛弃，娘家更穷困，所幸她还剩下一张不错的脸，就做些暗娼的私活养活我们娘儿俩。可我总是生病，一生病就要花好多银子，没银子她就必须变本加厉地接活……最后她还是死了……

“那天是我的生辰，她跟嫖客商量能不能多给几个铜板，想给我买份蜜饯做生辰礼物，结果一言不合被人揍了一顿。没银子治病，她躺在床上没挨过一个月就死了……那时候哪怕只有一两银子，不，只要半贯钱，也许她就不会死。你大概想象不出吧？人命可以低贱到这种程度……”

苏沉澈突然按住她的肩膀，沉声道：“知离，别说了。”

沈知离推开他，若无其事地浅笑道：“值得同情的部分也就这么多了。再后来我在那个大杂居没待多久，就被师父救走了。他带我来到回春谷，替我治好了一身宿疾，还传授我医术，甚至将回春谷交给我继承……师兄虽然看起来又凶又坏，小时候其实挺仗义的，虽然欺负我，但我做错事时他也没少帮我顶缸，我生病的时候还会替我带零嘴和小玩意儿进来，不过我那时不懂事真的蛮讨厌他的……”沈知离又笑了笑，摊手道，“早跟你说过，我的事情真的没什么好说的……”

苏沉澈将指腹轻轻触在沈知离的眼眶下，他的声音温柔得仿佛可以滴出水：“可你看起来快哭了。”

“哪有！”沈知离缩了缩肩膀，“我只是有点儿冷而已，喂，别坐这么近啊。”

苏沉澈伸出左臂缓缓地虚环住她，手臂收得并不紧，只要她愿意，随时可以挣脱。

沈知离忽然不知道该说什么，只是觉得冷一般蜷起身子，双臂抱膝，长睫轻颤着合起，面沉如水。

她没有说出口的事还有很多。比如，养母病重的时候，沈知离忍着病痛跑了许多家医馆，又求了许多养母曾经的恩客，可没人愿意救她唯一的亲人。她甚至想把自己卖了，可她不够漂亮，身体也不好，没人肯要。又比如，在养母死去后她受了不少白眼，日子又过得何等艰难，倒在雪地里再也爬不起来的时候，她真的觉得就这么死去未尝不是一种解脱。所以，她要足够有钱，比谁都有钱。

一时间，连呼呼的风声都渐渐停住，寂静长夜里只能听见火焰灼烧木料的声音。火焰燃烧了很久，之后就连那声音也微不可闻。

沈知离用力眨了眨眼睛，再睁开时，那双眸子里已再不见昨夜的任何感情。她站起身，在扫到苏沉澈时略一迟疑，便侧身脱离他的手臂和身体的包围圈，接着走到已经燃尽的火边，重新填好木柴，扬起嘴角道："我们走吧。"

苏沉澈也站起身，眸中除了一如既往的深情，还带着若有似无的怜惜。

沈知离头疼地道："你能不能不要用那种看小可怜的眼神看我啊？我不想跟你说我的事就是怕你这样……我很头疼啊……"

苏沉澈摇头笑道："我不可怜你。"

沈知离目露怀疑之色。

苏沉澈好看的手指一下一下地理顺沈知离有些散乱的额发，他的声音低沉而动人："以后有我，不会让你有机会觉得自己可怜的。"

沈知离愣了一下，随即挥开苏沉澈的手，咳嗽了两声，正要说话，外头突然传来一阵脚步声。

知道这个地方的人绝对不超过五个，沈知离当机立断，拉着苏沉澈躲进了石门后。

随着石门轰隆合起，沈知离的心也暂时放了下来，她松了一口气道："你别乱逛……你在干什么？"

苏沉澈敲着一口石棺，问道："这是？"

石门内的空间颇大，甚至有一方冷湖，湖中栽着数种花卉，连成一片煞是好看，却因为在暗无天日的空间内，显出几分阴森之意，而石棺就摆在湖边。

苏沉澈垂着头，指尖触在石棺上，若有所思。柔顺的长发顺着一侧肩膀垂落下来，遮掩住了苏沉澈的面颊，只露出高挺的鼻梁和一只温柔的眼眸，沈知离突然觉得一阵恍惚。

同样的石门内也曾有一个男人，目光缠绵地扫过石棺，男人那深情到极致的目光，几乎可以让任何一个女子沉醉。他坐在石棺边，一坐便是一夜，或饮酒，或弹曲。很难想象，那个傲慢得不可一世的男人也会有软弱无力的时候，也会有求而不得的挣扎。

那时她就坐在另一边，托着下巴呆呆地看着那个好看又强大的男人——她的师父。半醉半醒间，他会笑着同她说些似是而非的事情，有真有假，却都是关于

那个女子的，琐碎细致的画面一点点地在她的脑海中成形，那是她无论如何都达不到的模样。

“说了别乱动！”沈知离回神，一把将苏沉澈拉回来，简单地道，“这石棺里摆着我师父最心爱的女人。”

苏沉澈沉吟：“你师娘？”

沈知离顿了顿，说道：“不是，她喜欢的不是我师父。”

苏沉澈猜测道：“你师父就因爱成恨，杀了人将尸体藏在这里？”

沈知离禁不住愤然道：“你能不能不要想得这么恐怖？哪儿有人会杀自己的心上人的？”

“不会！”仿佛辩解般，苏沉澈又补充了一句，“呃，反正我不会。”他的话为什么有种欲盖弥彰的感觉？

石门这时恰巧打开。

“小姐……”

“蝶衣……”沈知离一下子松懈下来，靠着墙叹气道，“幸好，我还以为……”

蝶衣提着一盏八宝琉璃灯走下来，神情有些急切又有些忐忑：“小姐，现在整座谷里的人都在找你，我猜想你可能在这里，就找来了。快，我带你出去。”蝶衣的视线扫过苏沉澈，动作迟滞了一下，随后她露出几分心知肚明的暧昧笑容，“原来苏公子也在啊。”

苏沉澈回以一笑，温文尔雅地道：“我自然不会让知离一人……”他拱了拱手，“劳烦蝶衣姑娘带路。”

蝶衣又将视线转向沈知离：“之前奴婢还担心了小姐好久，既然有苏公子在，奴婢就放心了。”

沈知离：“你再用这种眼神看我，信不信小姐我揍你？”

蝶衣以袖掩唇，笑声若银铃：“哎哟，小姐这是在害羞吗？真是好可爱啊！”

沈知离抖了抖身体：“才半个月，你怎么……”你怎么变得这么变态了？花久夜到底对你做了什么？

“好了，小姐，我们还是快走吧，万一被发现就麻烦了。”蝶衣挥了挥衣袖，扫去烛光，率先出了石窟。

沈知离迟疑片刻，然后跟着蝶衣走了出去。姑且不论蝶衣跟了她多年，就算蝶衣要害她，现在她也未必有能力反抗，最不济的结果是被师兄抓住，也没什么大不了的。

沈知离正这样想着，手突然被人握住，有暖意传来。她一惊，回头想要将对方甩开，却看见苏沉澈认真地望向她道：“知离，我不想再看见你在我身边被人抓走。”

沈知离想了想，怔然地问道：“你不会是指那天……你独自下马车后我被花久夜带走的事情吧？”

苏沉澈点头承认道：“我很耿耿于怀。”

沈知离抖了抖手，抚额道：“那也不用抓着我的手啊！”

苏沉澈想了想，松开手，扯住沈知离的衣袖说道：“呃，那这样好了。”

沈知离低头看着抓着自己衣袖的手，干净修长、指节分明，却攥得极紧，好似那日即便中毒昏迷掉落密道，他依然死死抓住她的手，死心眼得不行。

念头只在瞬息间闪过，沈知离便硬生生地拂开苏沉澈的手，语气有些冷硬：“别闹了，走吧。”

夜深人静，幽静的回春谷里只有呼啸的风声。沈知离裹紧了外衫，忽略身后灼热的视线，加快脚步跟上了蝶衣。

蝶衣带着他们一路躲开守卫，到了谷口：“小姐，我就送到这里了，出谷的路你也熟悉……”

沈知离微微颔首，突然愣道：“你不跟我们一起走吗？”

蝶衣绞了绞衣袖，映着天边一缕晨光的脸颊显出几分薄红：“奴婢还要留在谷中伺候花公子。”

他果然对你做了什么吧？

沈知离怒道：“是不是他强迫你？”

蝶衣微抬起眼眸，羞涩一笑，扭过头去：“没有。”

沈知离不解地道：“那你……”

蝶衣羞涩地捂住了脸：“时至今日，奴婢才发现花公子是这么有魅力。不论是花公子抱着蛇睡觉的模样，还是邪魅一笑的时候，都性感得一塌糊涂，让奴婢的心一下一下跳得好激烈。”

沈知离大惊道：“蝶衣，你中风了吗？”

蝶衣又低低一笑道：“其实奴婢知道的时候也好惊恐，不过习惯了就好，能留在花公子身边伺候真是太幸福了。”

沈知离定定地看着蝶衣的瞳孔，良久，松了口气，拍着蝶衣的肩，沉痛地道：“好蝶衣，你的牺牲我记下了，有朝一日，我一定会救你出来的。”

蝶衣不解地道：“小姐，你在说什么？奴婢不……”

沈知离已经转身走远。

“她怎么了？”

沈知离按着眉心，闷声道：“自我催眠术。我师兄太精明，想要骗到他只有连自己一起骗才有可能……我们快走。”她快步走着，半晌听不见身后的声音，回头道，“你……”说话间，她心口忽然一荡，身子保持半倾斜状态变得僵直。

苏沉澈扶住沈知离：“怎么了？”

沈知离挣扎着抬头，眼前的男子眉目俊雅如画、气质温润，一双极其清澈的眼眸因为动情染了三分红尘，却又干净得不似凡尘中人。清晨的蒙蒙雾光中，他的呼吸轻缓而绵长，那般动人，拂过面颊时有一种令人酥麻的热气。

沈知离倒退两步，怔怔地盯着苏沉澈，几乎站立不稳：“你对我……”你对我做了什么？

那三个字简直柔媚得不像话，沈知离生平第一次发现自己的嗓子竟然能发出这种可怕的声音。

果然，她一说话，苏沉澈的眼眸突然一暗。此情此景，令沈知离欲哭无泪。

不对……苏沉澈若想对她下手，之前多的是机会，那么就应该是……沈知离在脑中迅速排除这个可能，却得出一个更加惊悚的结论——之前的南疆蛊毒？

“知离，你到底……”苏沉澈略带紧张地问，目光真诚，丝毫不作伪。

但是这个时候就算他再真诚，她也越看他越觉得危险啊！

沈知离捂着领口，扭开视线，继续倒退：“你……你先别过来。”

她只是想让苏沉澈走远，但是发出来的声音……啊，让人好想死啊！她简直丢人丢到师父家了！

只疑惑了一瞬，苏沉澈便果断地走近一步，目光闪闪，更加认真地道：“知离，你的脸好红。”

沈知离径直向后退去，直到背脊抵在谷门口的巨石上。苏沉澈身上有种极好闻的味道，不似花香，淡淡的却又沁人心脾，他的面庞也仿佛被放大了数倍投进沈知离的视线中，温润的声音在耳畔来回环绕，沈知离登时耳根通红。

她想靠近他……一滴冷汗落了下来，沈知离伸手挡在眼前，语气瞬间变得有些慌乱：“离我远点儿。”

但无论是气氛、场景还是语气，她都完全没有表达出这句话应有的气势，反而软绵得像是邀请。

云袖擦在她的额上，两人的距离近得呼吸可闻。苏沉澈的声音也仿佛带着魅惑的味道，他眨了眨眼，语气却一如既往地纯良：“你是着凉了吗？额头上好多汗……”

何止是汗，沈知离觉得现在她浑身上下冒着热气，口干舌燥，很想做些什么，但是做什么呢？

理智挣扎间，沈知离咬了咬唇，声音沙哑地勉强道："别装了，我不信你没看出我不对劲。"

苏沉澈沉默了一刻，说道："我可以装作不知道吗？"

沈知离咬牙道："不行！"

破罐子破摔，沈知离控制住想要靠近苏沉澈的欲壑，瞪大眼睛看着他喘气道："要么离我远点儿，要么帮我想办法，这东西发作只会持续一段时间。浑蛋，什么破蛊！"

对南疆蛊毒她也有所涉猎，但中原毕竟消息闭塞，她只知道曾经出现过的几种较为出名的蛊毒和其简单的抑制方法，花久夜施的这种蛊明显不在名单上，别说解，就连这是什么蛊毒她都不知道！

温热的手猝然覆盖在她的眼睛上，沈知离听见苏沉澈喉结滑动的声音，而后是他压低了些许的声音："知离，别看着我，我的控制力没你想象的好。"

沈知离张口欲言，却感觉到一根手指抵在了她的唇上。

"别说话。"

她看不见，感官更加敏锐，苏沉澈的声音宛如暗夜中最深沉的诱惑，她所有的触觉被调动到了极致，胸前起伏，呼吸急促。

"放松，相信我。"

沈知离不自觉地顺从了那个声音，合上眼睛放松下来。

有人压着她的手，环抱住她。淡淡的好闻气味萦绕在她的身侧，诱惑着她凑向前，她的身体却被牢牢禁锢住，完全动弹不得。

挣扎徒劳，沈知离的眼睛开始变得迷蒙，她无意识地喃喃出声，却连自己也不知道自己在说些什么。然而，苏沉澈抱着她的手越发紧，好像生怕一旦松开她就会消失。

距离太近，沈知离探头靠了过去，温软的唇擦过他光洁的面颊，禁锢住她的身体一颤。似乎发现这很有趣，沈知离探出舌，在那张味道不错的面颊上舔了舔，又傻傻笑了一声，道："师父……"

这一声犹如炸雷，那具身体一僵，用手托住她的下颌。沈知离仍旧迷蒙着眼睛，全然不知自己做了什么的样子，甚至还不明所以地笑了笑。

苏沉澈的声音沙哑得不行，他盯着沈知离泛着粉红、茫然无措的脸颊，道："知离，你记得我是谁吗？"

沈知离摇头。

苏沉澈："你记得你自己是谁吗？"

沈知离继续摇头。

苏沉澈："你知道你现在在做什么吗？"

沈知离还是摇头。

苏沉澈："很好。"

说着，他捧着沈知离的脸，低下了头。

他们之间的距离越来越近，就在四片唇相触的瞬间，一阵浓烈的杀气骤然袭来。苏沉澈拉着沈知离疾退两步，只见方才他站着的地方正插着一把杀气腾腾的九环大刀！

朝阳初升之处，样貌美艳的红衣女子猛然从石缝中拔出刀，地平线上渐起的一抹晨光投射在她的身上，宛若为其镀上了一层薄薄的金光，耀眼到令人难以逼视。

红衣女子眼神淡淡地瞟过苏沉澈，冷艳高贵的女王气场全开，慵懒的声音犹如一把正在缓慢出鞘的刀："苏沉澈，这就是你宁可受我一刀，也要回去做的要紧事吗？我在谷口等了你两天！"叶浅浅掂量着刀，一下一下地向上抛着，凌厉的寒光折射而来，无比犀利！

沈知离一个踉跄，手背蹭过身后的石壁，跌坐在地。手背上的尖锐疼痛让她清醒了几分，她握住手背，晃了晃脑袋，视线在阳光的照射下渐渐清晰。刚才……不对，现在这是什么状况？逆着初升的朝阳，一白一红两道修长的身影矗立在眼前。

苏沉澈挡在沈知离身前："抱歉，我不记得你。"

叶浅浅悠然抛刀，语带威胁："忘了也没关系，我会让你记起来的。"

苏沉澈想了想道："你以前喜欢我吗？"

叶浅浅迟滞了一下，回道："还行吧。"

苏沉澈："我们之间有什么父母之命、媒妁之言的婚约吗？"

叶浅浅："这个……好像没有。"

苏沉澈："那我们有什么深刻到非要记起的关系吗？"

叶浅浅抓了抓如瀑长发："好像也没有。"

苏沉澈微笑道："既然如此，姑娘可以走了。"

叶浅浅："……"

"就知道不该跟你废话！再信你的话，我'叶浅浅'三个字倒过来写！"叶浅浅把刀往身后的刀鞘中一插，一把上前揪住苏沉澈的衣襟，用力之大几乎要将他的衣襟扯烂，她精致而漂亮的眼睛危险地眯起，"我不管你记不记得，反正你现在要跟我走，不然我就杀了你！”

苏沉澈被揪住衣领，眸子瞬间暗了下来。他用力掰开叶浅浅的手，嘴角依然带笑对她道：“叶姑娘，既然我们不熟，你又何必？”他的语气里有隐约的客套或者说疏离之意。

叶浅浅的手缓慢松开，一点点垂下，她美丽的脸庞上有着些许憔悴神色，看着苏沉澈的目光也有些复杂：“你真的……什么都不记得了？”

“嗯，不记得了。”苏沉澈回答得很干脆。

叶浅浅：“你居然……都忘了……你怎么敢……”

情绪被压抑在她的话语中，尾音落下却像怅然的叹息，带着不可名状的失落。如此强悍的美人，此时此刻却露出这样怅然若失的神情，实在不能不叫人动容，可是……

“那个……两位，我可以打断一下吗？”被忽略的某人默默按着手背让自己清醒，虽然这时候出声有点儿不厚道，但沈知离还是忍不住抬头道，“叶浅……护法，十二夜公子之所以会重伤失忆，不是因为你玩弄了他的身心，然后将他推下山崖才导致的吗？”你现在到底在装什么可怜啊？

此话一出，正在进行狗血对话的两人同时转头。

“我？”叶浅浅指了指自己，又指了指苏沉澈，“玩弄他？”她盯着沈知离，柳眉倒竖，“你哪只眼睛看出他是被人玩弄过的样子的？”

苏沉澈以指点额，思忖了一下，道：“原来我以前这么惨？难怪他们不肯告诉我。那叶姑娘，你来抓我是因为……”他弯眸微微一笑，“你还没玩够吗？”他明明眼中笑着，叶浅浅却感觉到一股莫名的寒意。

叶浅浅骤然皱起眉头，心中涌起十万分的不爽：“她说你就信？”

苏沉澈：“嗯，我信。”

叶浅浅的不爽更重：“凭什么？”

苏沉澈：“凭我喜欢她。”

简简单单的五个字，让张开口的叶浅浅一下噤声，那一抹艳红的身影，在渐渐盈满天际的阳光下显得有些黯然。

“喜欢她？”叶浅浅低笑一声，随即大笑，仿佛听见最可笑的事情，接着寻找支撑一般反手握住身后的刀，将视线挪开，一字一顿地道，“可你也说过喜欢我啊！你不记得就可以当作不存在吗？”

苏沉澈沉默了一下，才道：“对我来说，不记得当然等于不存在了。”

“真是狠心啊……”叶浅浅半低下头，额发在脸上投射下淡淡的阴影，语气

阴森道，“我果然应该在那个时候就杀了你，而不是只推你下悬崖。不过，既然事已至此……”她缓缓抬起头，刀从身后出鞘，冲天杀气从寒光袭人的刀面上涌出，“我只有先杀掉你的姘头，再找花久夜帮你洗脑了！”

“谁是他的姘头了？”

沈知离坐在地上按着脑袋，眼看那把刀径直朝着自己劈来，只来得及稍稍挪开避开要害。刀锋入肉，扑哧一声，却是劈在苏沉澈身上。叶浅浅的手一抖，她猛然拔出了刀。苏沉澈闷哼一声，手按着汩汩流血的伤口，身子仍挡在沈知离身前。

叶浅浅紧紧握着刀：“苏沉澈，就算我杀了你，你也要拦着吗？”

血染白衣，苏沉澈的眸子清澈依旧：“我总不能眼睁睁地看着你杀了我的心上人。”

叶浅浅深深地看了苏沉澈一眼，声音忽然弱了下来：“原来……竟然是真的。苏沉澈，你骗我……”她反手将刀击出，带着十成威力的刀射入她身后的石缝，深陷其中，“骗子。”说完，叶浅浅转身便走，红衣下的身影显得格外单薄萧索。

看着那深陷足有几尺的九环大刀，沈知离咽了口口水，如果刚才叶浅浅劈过来的是这种力道，两个苏沉澈都扛不住吧？

她又看了看叶浅浅远去的背影，莫名觉得好像自己才是那个横插一脚的配角。不对，这两人的破事，关她什么事？

蛊毒已经渐渐过了时效，沈知离的意识越发清醒，她顿了顿，委婉地道：“苏沉澈，你这样会不会太狠心了？啊，喂，喂，你在干什么？”

苏沉澈握着她的手掌，指尖触着手背上那片蹭破皮泛着血丝的肌肤，心疼地舔了舔：“知离，你好不小心，怎么又受伤了？”

到底谁的伤更重啊？

沈知离抽出手，看着半身浴血的苏沉澈，边掏药边无奈地道：“刚才你明明可以用刀挡开叶浅浅，为什么……”

“嗯，当然是想看你心疼。”苏沉澈的笑容不再是之前对待叶浅浅时的客套，和煦如冬日暖阳。

沈知离头疼地撕开苏沉澈的衣衫给他上药：“就为了让我心疼？你到底都在想些什么？”

苏沉澈歪头笑看着沈知离道：“如果不挨这一下，她怎么肯走？”

沈知离的手一顿：“你是故意刺激她的？”

苏沉澈回道：“算是吧。”他的脸上甚至还挂着笑容。

沈知离耳中不自觉地飘过叶浅浅的话：“真是狠心啊……”明明江湖传言

十二夜公子将化名柏浅的叶浅浅视若珍宝，倾万金买一笑，恨不得夏天化作小凉扇、冬天化作小火炉，常伴美人身侧呵护，上刀山下火海，抛头颅洒热血，可是现在……看着苏沉澈温柔的表情，沈知离原本还想问的问题哽在口中。

沈知离快速替苏沉澈处理好伤口，淡淡地道："估计她短时间内不会再过来，我们快走吧。"

她刚站起身，就听见苏沉澈的声音："等等……"

沈知离没转头："还有什么事？"

苏沉澈有些委屈地抬眸问道："知离，你师父是个什么样的人呢？"

师父是个什么样的人？沈知离似乎也没琢磨过这个问题，对她而言，那个人太过完美，完美到硬要给他加一个形容她都不知从何入手。

沈知离第一次见到师父的时候也是在那个院落，木榭尽头，冷湖冰泉，世界仿佛也染上了冰霜的色泽。

沈知离忐忑地被侍女领到院子中，甚至没来得及感慨院落的美丽，就被当中坐着的男子吸引去了目光。男子一袭雪白锦袍，衣袂翩跹地拖到地上，乌黑长发松松垂下，遮盖住一边的肩膀，纷扬的雪花在他的身侧飞旋落下，只一个轮廓分明的剪影，就令她看得目瞪口呆——这世上竟然还有这般好看的人。

他握着一只玉质温润的白玉琼杯，侧眸对她招手，声音宛若金石玉碎："傻丫头，过来。"

她已经呆呆地看了许久。

时至今日，她仍然记得他那仿佛化在冰雪中的容颜，冷漠的面容下嘴角微勾，眉宇间却是似乎永远冰封不化的怅然。花久夜虽然也好看，但那时他毕竟年幼，更没有沈天行身上深深沉淀后的内敛沉稳气息。

师父其实不是个温柔的人，就连在医术上天赋异禀的花久夜都经常被他骂得狗血喷头，但教她的这些年，他一句重话也未曾对她说过。

她问为什么？师父摸着她的头，理所当然地说："女孩子是拿来宠的，男孩子是拿来揍的，很公平嘛。"

他这一宠就宠了她将近十年，她被他养得娇贵，他竭尽所能传授的医术她皆学来，就连吝啬的性子也学了十成。只可惜，被师父放在心上的那个人并不是她。

苏沉澈垂下眼眸："知离，那你喜欢你师父吗？"

"嗯。"沈知离小心地给手臂上的伤上药，嘴角溢出一丝笑意，"师父又好看又强大又靠得住，还这么照顾我，外带是我的救命恩人，喜欢他也没什么奇怪的吧？不过一开始我还真的以为他也喜欢我……"似乎想到什么，沈知离不好意

思般摸了摸鼻梁。

及笄少女揣着一颗萌动的春心，生辰那天换了一身新衣，内心半点儿挣扎也没有，兴奋地跑到沈天行桌前：“师父，我今年及笄了。”

沈天行从桌上繁乱的医书中抬起头，冷淡的面庞上勾起一抹笑：“哦，很好，成大姑娘了。”

少女扭捏了一下，说道：“师父，我可以成亲了。”

沈天行端起茶盏，皱了皱眉道：“是谁给你说这些乱七八糟的事的？你师兄那个小浑蛋吗？果然是两天不揍就皮痒了！”

“不是师兄。”少女脸红了。

“哦，那是……”

少女眨了两下眼睛：“师父，我喜欢你，我们成亲吧。”

沈天行一口茶喷了出来。

“我算了算，若我嫁给师父，聘礼和嫁妆自然都可以省掉了，亲戚朋友更是完全不需要请。从我的院子到师父的院子这么点儿距离走过去就够了，花轿也可以省了，就是布置新房和准备嫁衣有点儿麻烦，不过应该可以控制到五两银子以内！”

沈天行端着茶杯又咳了两声，老脸有点儿端不住：“知离，成亲不需要这么省。”

少女皱了一下眉，又舒展开：“也是，我应该只成一次亲吧？那……十两好了。”她顿了顿，又掰着手指头道，“师父，我已经合过生辰八字了，下个月初三就是宜嫁娶的黄道吉日，蝶衣已经在赶制嫁衣了，我想月底应该就可以做好。呃，那还差什么呢？我想想……”

一只手骤然伸过来揉乱了少女的发，沈天行有些沙哑的低笑声在她的头顶响起：“傻丫头，怎么能嫁给师父呢？还有，以后就算嫁人，这些事情也用不着你操心，我家知离值得更好的人。”

少女还想说话，沈天行起身从酒柜中取出一坛酒递给她：“这就当作你今年的生辰礼物吧。”

少女抱着酒坛，疑惑地道：“这是什么酒？”

沈天行笑道：“南柯梦。”

沈天行带少女见了石棺中的女人，他们坐在石阶前喝完了那一坛酒。酒入口后先是微苦，而后淡淡的醇香涌入，介于甘洌与香醇之间的滋味有种别样的口感，纠缠在她的唇齿间，弥久不散，回味悠长，饮后恍若大梦初醒。

那滋味她只怕一辈子都记得——南柯一梦，错爱一生。

沈知离见苏沉澈沉默不语，笑了笑道：“喂，你不会是在吃醋吧？”

苏沉澈抿了抿唇，老实道：“有点儿不舒服。”随即他莞尔一笑，“不过跟个死人吃醋好像有点儿没必要，毕竟……他再也不能跟我抢你了。”

沈知离抚额道：“你的话真的没什么可信度。”

苏沉澈微笑，琥珀色的眼睛清澈地映着日出：“没关系，你信不信，我都喜欢你。”

天边的红日已经渐渐升到半空，一步踏出回春谷的边界后，沈知离叹了口气：“接下来去哪儿？”

她问过蝶衣，虽然难免有杀鸡儆猴的举动，但花久夜并没有大开杀戒。她担心的事情没有发生，也就没有必要再送上门去给花久夜……喀喀……

苏沉澈突然眼眸一亮：“知离，你是在问我吗？”

沈知离：“这里还有第三个人吗？”

苏沉澈把手伸进胸口，掏出一张沾了血点的布帛，哗的一声展开，布帛瞬间铺展成山河图，上面龙飞凤舞地标注了上百个地方。

沈知离不解地问道：“这是什么？藏宝图？”

苏沉澈：“不是，好像是我的宅子分布图。”

中原武林财富排行榜，十二夜公子蝉联榜首若干年。

第二卷

情深明月宫

第五章

武林大会中

有钱人！一路上沈知离都用一种看金库的目光盯着苏沉澈。她早知道他有钱，但是没想到居然这么有钱，而且那些被圈起来的地方十之八九富得流油。

苏沉澈停下了驾马车的手，弯眸略带羞涩地回头道："知离，你用这样热辣的眼神看我，我会不好意思的。"

沈知离痛心道："苏沉澈，你到底是做什么的，怎么会这么有钱？"

苏沉澈眨了眨眼，说道："知离，你知道的……我失忆了。"

他怎么看怎么不像失忆，哪有人失忆后比没失忆的人还精明的？

沈知离怀疑地问道："说实话吧，你是不是已经恢复记忆了？"

苏沉澈拽起缰绳，笑着摇了摇头，又从怀中掏了一沓金票放在沈知离的手上，认真地道："有没有恢复记忆我是不知道，不过……知离，嫁给我吧，嫁给我以后，我的一切就都是你的了。"

沈知离低头看了一下金票的面额，深深咽了口口水，脑中飞快地计算着数

字——好多钱……好诱人。

脑中剧烈地反复斗争一番后，沈知离忍痛将金票又塞了回去：“爱财是没错，但我没有出卖自己换银子的打算。”

苏沉澈握着金票，反而一笑：“知离，并不是把你卖给我，而是……把我卖给你，你愿意要吗？”

沈知离：“我可以只要银子不要你吗？”

苏沉澈有点儿受打击，耳朵仿佛耷拉了下来：“我有这么差劲吗？”

“也不是。”沈知离斟酌了一下，回道，“总觉得就这么答应你的话，好像掉进了什么圈套，你看起来……真的不像什么好人。”

苏沉澈更受打击：“是我对你不够好吗？”

沈知离断然道：“不，就是太好了。”所以这很容易让人联想到“无事献殷勤，非奸即盗”之类的。

苏沉澈转过头思考了一下，神情有些为难地道：“原来知离比较喜欢被凶恶一点儿地对待吗？呃，这个有些难度，不过如果你喜欢的话，我可以努力去……”

沈知离嘴角抽搐：“别废话了！赶车！”

苏沉澈委屈地道：“知离，你最近越来越凶了。”

沈知离龇牙：“本性如此，不好意思。”

苏沉澈叹了口气：“算了，反正你什么样子我都喜欢，不过……”他眨了眨眼眸，微笑起来，“看见你凶的样子，好像又接触到了更真实的你，至少对不熟悉的人，你不会是这种态度吧？”他捧住沈知离的手，笑容满满地道，“知离，只对我一个人凶，好不好？”这家伙怎么看起来有点儿像个受虐狂？

沈知离脑中瞬间闪过一个可怕的画面——花前月下，春色迷离，白衣如雪的男子半卧在榻上，星眸半闭，笑容温柔澄澈，对她勾勾手道：“请不要因为我是娇花就怜惜我，尽情地蹂躏我吧！”

沈知离突然浑身一抖，迅速清除脑中的画面，猛然抽出手，往马车后面靠了靠：“天要黑了，快赶车！”

终于在黄昏前，马车停在了一家远远瞧着不错的客栈前。有客栈就好，这么多年养尊处优地过来，真要沈知离过风餐露宿的生活恐怕有些困难。

但是看过价目，沈知离的神情变得狰狞了：“为什么这么贵？”

掌柜坐在柜台后，谦和地笑道：“客官，你可看了本店的招牌？”

沈知离倒退出去，只见客栈门口上书二字——黑店。

黑店了不起啊？要不要这么嚣张啊？

掌柜慢慢走到客栈门口，继续微笑着说道："方圆十里只有我这一家客栈，愿不愿意住，客官请便。"

沈知离："那定一间房好了。"

掌柜推了价格出来。

沈知离暴怒道："为什么一间房比两间房还要贵？"

掌柜慢条斯理地算着账道："江湖行走，两位孤男寡女住在一间房里，本店需要承担多大的压力啊？要知道这种干柴烈火最容易出事了，虽然我家的店是全国连锁，但万一搞出人命来，风险什么的……自然要贵一些喽！"

奸商！

挡住即将爆发的沈知离，苏沉澈从袖中掏出一样东西摆在掌柜面前，温文地笑道："掌柜可以算便宜些吗？"

掌柜原本漫不经心的表情突然一变，随即他迅速说道："可以，可以！来，小二，快带两位少侠上楼，把闲置的天字一号间收拾出来！小兔崽子，还不赶快送贵客上去！速度、速度！要不然老子踹你了！"

沈知离跟在小二后面，不解道："苏沉澈，你刚才给他看的东西是什么？他为什么突然……"态度一百八十度转弯？

苏沉澈回道："呃，一个令牌而已，我只是试一下，没想到管用。"

沈知离吐了口气，依然觉得有些气不顺："也不知道这黑店是谁开的，要是被我知道……"话到最后她咬牙切齿，显然不会是什么好结果。

苏沉澈咳了两声，有些苦恼地道："这店好像是我开的。"

有钱人，有钱人！沈知离的内心很悲愤。

沈知离看见所谓的天字一号间更觉得悲愤，上好的羊绒细织毛毡铺满整个地面，紫檀雕花二十四幅密格木衣橱、沉香木雕花大床……奢侈得要死。

苏沉澈："知离，你不喜欢这个房间吗？那我们再换……"

沈知离抚额道："不用了，你出去让掌柜送一桶热水来吧。"

"热水？"

沈知离："走了这么多天，我还没好好洗个澡。"

苏沉澈深深地看了沈知离一眼，结巴道："你要……在这里洗澡？"

沈知离："别这么看着我，我没邀请你一起洗，叫完水你就可以去别的房间了。"

苏沉澈沉吟了一下道："可这是我们的房间啊，你让我去哪儿？"

沈知离："哪儿都好，反正这个房间只住我一个人。别指望像前几天一样，明明你睡得那么远，一早起来居然是抱着我的。"

苏沉澈嘶嘴：“我这是担心你。”

沈知离毫不客气地说道：“我觉得最危险的就是你，居然连黑店都开，还差点儿宰了我！”

苏沉澈继续嘶嘴：“我失忆了，都不记得了。”

沈知离直接推着苏沉澈出门：“不用多说，出门左拐，好走不送。”

苏沉澈张了张嘴，什么也没说就退了出去，低垂着脑袋，背影落寞，一副被抛弃的模样。

他都是装的啊！这家伙装起可怜来简直天衣无缝啊，沈知离，你清醒点儿！

过了不到半炷香时间，小二送来浴桶、热水和毛巾、皂角。沈知离道谢接过，正要转身，听见小二在身后状似无意地道：“客官真是好运气，这可是本客栈的最后一间房了，看来那位苏公子今晚只能睡柴房了，真可怜。”

沈知离一侧头，就看见小二露出同情唏嘘的眼神，深深瞅了她一眼，转身下楼。小二是故意的吧？他绝对是故意的吧？始乱终弃的那个人明明不是她！

月光如练，疏影横斜。泡在水桶里，长发披散，沈知离望着窗外皎洁的月儿，无声地又叹了口气。

她拨了拨水花，无意识地胡思乱想着。会有人无缘无故地爱上一个人吗？会有人毫无理由和代价地对一个人好吗？如果真如传闻里一样，他那么爱叶浅浅，为什么会仅仅因为失忆就移情别恋？这种来得极快的感情真的可靠吗？苏沉澈对待叶浅浅的态度，实在令人觉得心寒啊！

师父，如果是你，会怎么办呢？这种事情真的没人教过我啊！算了，不想这么多了，苏沉澈说喜欢我，没规定我也要喜欢苏沉澈嘛！

纠结着洗好澡后，沈知离下楼吃饭。在小二隐隐带着指责的眼神下，沈知离淡定地点了满满一桌菜——反正不是她的钱。作秀一样每道菜尝了尝，沈知离便搁下筷子——花别人的钱的感觉真好。

她擦了擦嘴，就听见邻桌客人的议论声。

路人甲：“你可听说下个月的武林大会在哪儿召开啊？”

路人乙：“你还有心思关心这个？这几日我们可是被魔教闹得鸡犬不宁，也不知道那个左护法吃错什么药了，挨着的小帮派一个个被她挑着玩！”

路人甲得意地道：“哎哟，孤陋寡闻了吧？你可知道为何这左护法最近如此暴虐？”

路人乙：“你知道？快说、快说，别卖关子！”

路人甲："还不是因为她被十二夜公子甩了！十二夜公子以身试险，忍辱负重深入魔教，假意迎合魔教妖女以换取……呃，消息，如今被魔教妖女发现，自然……听说当日十二夜公子与魔教妖女鏖战了七天七夜，乾坤变色、日月无光，那一战的风情啊，啧啧……"

路人乙感慨道："听你这么一说，十二夜公子当真是义薄云天，令吾辈折服，堪称当世英杰啊！"

义薄云天的当世英杰十二夜公子坐到了沈知离身边，又默默退开，一副受气小媳妇状。

沈知离："喂……你真的睡柴房啊？"

苏沉澈抬眸看了她一眼，点了点头。

沈知离扭头道："那个天字一号间很大，外面有张很大的榻，你睡外面，我睡里面。"

苏沉澈垂头，低声道："你不是觉得我很危险吗？"

沈知离："所以你不打算证明你没那么危险吗？我给你机会了啊！"见苏沉澈没有反应，沈知离忍不住凑过去问道，"真生气啦？"

苏沉澈从底下探出一只手，在沈知离的脸上摸了摸，好听的声音温柔地道："知离，你真是善良得让我好心动。"

沈知离面无表情地拍飞那只手："我现在收回刚才的话来不来得及？"

苏沉澈开始风卷残云地吃饭，那边的对话还在继续。

路人甲："我还知道别的呢！十二夜公子如今隐姓埋名，正在修炼一门威力无比的独门武功，只待下个月在武林大会上震慑全场，秘籍是在悬崖下面捡到的哦！"

路人乙摸须慨叹："看来这次得去一趟华山了。"

同一时间。

沈知离转头淡淡地道："好了，我们有地方去了。"

沈知离一步踏下甲板，沿岸停着数百条大小不一的船只，卸货运载的船工数不胜数，长长的岸栈竟望不到头。她再向远处看去，是一片迷蒙的雾气，朦朦胧胧间只看见一座隐约的高耸山峰，山高千仞，直插入云霄，险峻非常——他们终于到了，也不枉费这一路的艰难险阻。

沈知离望着巍峨的华山，心中生出无限感慨之情。要知道她长到如今这年岁，还是第一次离谷这么远，更是第一次见到这么有气势的景致。

她还真的要感谢花久夜，不过想想，若不是他被逐出师门，只怕现在继承师门的该是他而不是她，原来其实是……她帮花久夜白干了这么多年的活吗？

沈知离阴沉着脸转过头，只见码头外人头攒动围满了人，不少人手里拉着长布条。

“嵩山来的大侠们这边走啊！”

“悦来客栈啊悦来客栈，武林大会期间一晚三两银子啦！保证隔音，房屋加固啊，就剩十个房间啦！”

“武林大会名帖，最全的名帖啊，另附赠江湖十大少侠图文集啦，一本只要一两银子哦！”

提了包袱下船，一身粗布灰衣、长发遮面的苏沉澈替沈知离理了理秋衣，声音略带疑惑：“知离，为什么会想到来华山？”

同样灰头土脸的沈知离实话实说道：“看热闹。”

对一个十多年来一直待在一个地方的江湖人来说，对武林大会这种慕名已久的场合，说什么也要来一次！而且说不定她能够找到十二夜的人，把身边这家伙送回去。

苏沉澈顿了顿，眨眼道：“武林大会似乎要请柬，你打算……”

沈知离转头对着卖武林大会名帖的小贩熟练砍价道：“这东西也值一两？”

小贩：“怎么不值？这可是江湖百晓生精心整理、细心编绘的，你看看，还有配图呢！”

沈知离扫了一眼道：“纸质粗劣、装订马虎，配图，就你这也能叫作配图吗？简直说笑！就你这成本价只有几枚铜板，还不知全不全的小册子，也敢卖一两银子？”

小贩瞪眼：“哪有……我这明明是……”

沈知离冷声道：“五文钱，卖不卖？”

小贩抖着手指：“你……你……你抢钱啊？”

沈知离龇牙一笑：“这样，看你在这里站着也辛苦，给你涨点儿，六文钱好了。”

小贩：“你是来捣乱的吗？”

沈知离：“不，我是诚心跟你谈生意的。”说着，她对苏沉澈招了招手。

苏沉澈从怀中掏出六枚铜板，搁在一边的木桩上，铜板深深嵌了进去。小贩的眼睛都直看，做泪奔状取出一本册子塞进沈知离手里，连铜板也没取，便小内八字地跑走了。

沈知离抠出铜板装好，打开书册翻了翻，指着其中一页道：“请柬的问题……

十二夜公子，靠你了。”

书册翻开的那页，绘着一幅华丽风骚的跨版画像，清俊的剑客身姿颀长、白衣翩跹、笑容温柔谦和，让人不知不觉心生向往。画像底下配着一行小字：江湖十大少侠之首十二夜公子。

苏沉澈有些苦恼道：“可我什么人都不记得。”

沈知离将书塞给苏沉澈，微笑道：“背下来吧！都有画像和名字的哦，可别记错了。呃，还有，你这身灰溜溜的衣服可以换掉了，发型也要换，对了，就按着那书上的弄。”

一个时辰后。

“十二夜公子到！”

会场上窸窸窣窣的议论声瞬间小了，众人都不约而同地看向门口。十二夜公子消沉了数月，这期间的传闻层出不穷，简直一天一个版本，爱恨情仇极尽狗血。

从前他那位红颜知己柏浅几乎是嚣张跋扈得闻名江湖，不知十二夜公子跟在她身后拱手赔笑了多少次，如今传出柏浅竟是魔教那个深居简出的左护法叶浅浅，简直就是爆炸性的消息。而十二夜公子偏在这个要命的当口消失，容不得人不深思如今的十二夜公子到底……

一角云朵般纯白的衣袂率先闯入人们的视野，男子的长发被玉冠高束，只留下些许散落肩头。半垂的额发轻轻拂开，在这之下是一双剔透澄澈仿佛能看尽世上一切尘垢的琥珀色瞳仁，他弯眸浅笑，刹那间好似万千花朵竞相开放，甚至连腰间佩剑带来的戾气都尽数散去。

有一美人，清扬婉兮。不过他这个样子，真的一点儿都不像刚刚被心上人背叛过。

清醒过来后，主持武林大会的华山掌门上前笑道：“许久没见公子，别来无恙？！”

苏沉澈回以一礼，温文道：“掌门亦别来无恙？晚辈这些时日琐事缠身，所幸没有错过此次大会，不然就实在罪过了。”无论是他的礼数还是语气，都完美得无可挑剔。

寒暄了两句，又有人上前来搭话，苏沉澈略带歉意地朝华山掌门拱了拱手，才接着回应下一个人。他从头到尾贯彻着八个大字：“公子翩翩，温润如玉”。

他记得真清楚啊，装得真好啊！沈知离默默地跟在苏沉澈身后，仰起头用一种极其陌生的眼光看着苏沉澈。她早该想到的，以苏沉澈平时那种态度，怎么可

能会有这么好的风评啊？可是，他要不要这么能装啊？沈知离腹诽，有本事把你平时装可怜、耍赖无耻、占便宜的模样露出来啊！

似乎感应到她的怨念，苏沉澈于百忙之中微微转头、咬唇，眼神无辜地朝她眨了两下眸子，仿佛在说：知离，他们好讨厌啊。

沈知离："……"

她一转过脸，又见一个彪形大汉挤进人群，用肉掌拍了拍苏沉澈："十二老弟，你这一消失就是好些时日，可把老哥担心坏了。你到底是去哪儿发财了啊？对了，怎么没见浅妹子？她平时不是都跟你形影不离的吗？"大汉像是丝毫没有发现身边嗖嗖射过来的八卦眼神，大笑着挠了挠头。

苏沉澈只是顿了顿，便微笑着答道："盖大哥，你记错了吧？我身边何曾有过浅妹子？"

大汉咦了一声："老弟，你不是失忆了吧？浅妹子是柏浅啊，就是那个可剽悍可漂亮还爱使大刀的女娃啊。你以前不是可喜欢她了吗？不信你问问大家……哎、哎，你们怎么都转过头去了？来给我老盖做个证啊！"

苏沉澈拍了拍他的肩，语气带着全然的肯定："盖大哥，请你千万莫要当着我心上人的面说这种话。"

心上人？众人的视线纷纷投向跟在苏沉澈身后、正摸了一块甜饼塞进嘴里的沈知离。

沈知离含着饼，有种上下不得的痛苦感觉。

大汉忙道："不对啊，明明……"见周围的人都用一种奇怪的眼神看着他，大汉住口，皱眉想了想，讪笑道，"那……大概是我记错了，我这还没老呢，记性就不行了，该打、该打……"他又扭头看沈知离，为了掩盖刚才的过失般，开始说废话，"弟妹，你瞧我这记性。十二可是个好小伙子啊，武功高、样貌好不说，最重要的是人品好啊！这年头人品这么好的男人可不多见了啊，你可千万要珍惜，多给十二老弟生几个白白胖胖的儿子，也好继承他的衣钵嘛！"

人品好？生儿子？你说的这货绝对不是苏沉澈吧？这根本是个开黑店的男人啊！

"我……咳咳咳……"好容易下定决心咽下的甜饼堵在喉咙里，沈知离被噎得脸颊通红，痛苦地摇着头。

"阿离，你怎么了？噎着了？水……快喝点儿水！"有只温暖的手顺着沈知离的脊背温柔地向下抚摸，苏沉澈的声音里却带着心疼的焦急。

沈知离顾不上多想，接过杯子咕咚两口就豪饮下去……浑蛋，这不是水是酒……

她的耳畔依稀传来了细微的交谈声。

一人道："你有没有觉得这一幕很是眼熟啊？"

另一人接道："是有些，十二夜公子以前好像也是这样紧张叶浅浅的。"

一人又道："我说，莫不是他将这女子当作叶浅浅了吧？"

另一人思忖道："这倒也不是不可能，难道十二夜公子是吃够了山珍海味，想换换清粥小菜？可这女子实在……"

一人拍板道："寻常到丢进人堆里都寻不见。"

他们提起苏沉澈的前相好就算了，还带顺便损人的啊？沈知离两颊绯红、眼神迷离，闻声将手里的瓷杯猛摔到地上，暴怒道："谁说老娘寻常到丢进人堆里都寻不见啊？快给老娘滚出来！"

此种性情，众人霎时了悟。

沈知离清醒过来之后，悔得肠子都青了。除了师父特制的酒，她喝什么都是标准的一杯倒，一杯下去，基本上意识就不属于她了。

苏沉澈坐在下首一侧的位置上，殷勤非常地替沈知离递茶、递水、递点心。喝完醒酒药清醒过来的沈知离捏着眉心，努力忽略身边若有似无地投来的诡异视线，同时很想把坐在身侧的人形八卦靶子一巴掌扇到天边去。

好在台上华山掌门的说话声，很快又将众人的视线吸引了去。

"感谢诸位的到来，老夫要说的就这么多了……下面有请诸位报名的少侠，看好西侧幕墙上的比试顺序，午时三刻比试正式开始。"

他的话音一落，好些门派中走出一些佩剑的年轻男子。

行医多年，沈知离也见过不少样貌出众的男子，却还是第一次同时看见这么多。习武之人大多身姿俊挺、龙行虎步，又都是长发高束的干练模样，哪怕模样不如苏沉澈这么好看，单那份气质也足以让沈知离暗暗称赞。远远看去，众少侠持各种武器姿态各异地立在幕墙前，实在很是养眼，在场不少大侠之女顿时瞪直了眼睛，窃窃私语起来。

爱美之心人皆有之，见此，沈知离郁结的心情也好了几分。她托着下巴，掏出那本武林大会名帖，边对照着看边问："这是要做什么？"

苏沉澈剥了个橘子递给沈知离，正好挡住沈知离的视线，答道："武林大会三年一届，每年会有两场比试，今日这场是年岁不足三十的少侠比试，明日则是宗师级的比试。前者胜，则可得武林新秀的名头，后者则是武林盟主。"

沈知离往嘴里塞着橘子，想推开碍事的苏沉澈。

苏沉澈闷声道：“知离，他们中有比我好看的人吗？”

沈知离仔细看了看，老实答道：“好像还真没有。”

虽然当中有几个人的确不错，可是比较起来，还是苏沉澈那张貌似纯良的小脸蛋更耐看。

苏沉澈又挡住她道：“知离，那只看我一个不行吗？”

沈知离不耐烦地推他：“我都对着你这张脸看了一个多月了，再好看也腻了，你让让不行吗？”

苏沉澈咬了咬唇，低声重复：“腻了？”

沈知离从少侠堆中移开视线，眸子正对上苏沉澈受伤般轻颤的睫羽：“喂喂，你别用这种眼神看我啊，好像我对你始乱终弃一样。我也不是看人家好看，只是……”她岔开话题，“啊，对了，你还没到三十吧？怎么不下去参加比试？”

苏沉澈：“不想看见我吗？”

沈知离：“也不是……”

她的话还没说完，苏沉澈已经起身拂袖离去。

沈知离两口吃完橘子，愣了愣。他不会是生气了吧？她明明没说什么啊！

她刚想追去，衣袖被人扯住，沈知离一回眸，正看见一个衣着干练的秀丽少女眨着一双大眼睛看着她，少女身上悬着数个铃铛，动起来丁零作响，很是好听。

“你有什么事情？”

少女就地坐在苏沉澈方才的位置上，皱了皱鼻子道：“拜托你告诉我，到底怎样才能把十二哥哥搞到手？”

沈知离抽着嘴角说道：“这种事情我怎么知道？”

少女撇嘴道：“你一定是在十二哥哥被那个坏女人骗了之后心伤痛苦不已时，乘虚而入的吧？”不等沈知离回答，少女又盯着她兀自道，“一定是这样的，真是好运气！糟糕，十二哥哥被那个女人伤害以后，肯定不喜欢我这样漂亮的女子了，毕竟像你这样丑的女子估计也没有别的人肯要了，只能守在他身边。讨厌啊，难道我要去把自己弄丑一点儿吗？可是这么天生丽质的我，万一怎么弄也弄不丑怎么办？可是为了十二哥哥，哎呀，真的好挣扎啊……”

丑、丑、丑！就算她沈知离不是什么绝世美人，距离丑也还有很长一段距离吧？

生平最大的逆鳞被触，沈知离从少女手中抽出自己的袖子，淡定地道：“姑娘，你自我感觉太良好了。”顿了顿，她又补充道，“还有，比起叶浅浅，我觉得你不用弄就已经够丑的了。”

少女闻声，瞪大了眼睛，仿佛听到什么很惊奇的事情。

对让自己不爽的人，沈知离一向不吝啬于让对方更不爽：“眼睛不要瞪这么大，看起来更丑了。”

少女：“你……你居然……”

沈知离：“原来还是口吃啊？丑女。”

少女气得想拔剑。

沈知离：“拔剑的姿势也很丑。”

少女：“我杀了你！”

沈知离手指一翻，浸过麻痹散的长针瞬间出现在她的手中。

斜伸过来的一只手，适时打断了一触即发的大战。

“笑儿，别乱来！”一袭月白长衫的男子按住少女的肩膀，同时对沈知离歉疚地道，“舍妹性子鲁莽，多有得罪，请多包涵。”

沈知离不动声色地收回银针道：“无妨，对丑女我一向很宽容。

少女喷泪，一头埋进男子怀中，粉拳捶啊捶地道：“哥，她说我丑！呜呜呜……帮我教训她嘛！”

男子露出一脸苦恼的神色，对沈知离道：“姑娘，这……还请你说两句安抚她一下可好？”说话间，男子一直温柔地抚摸着少女的后背，不时低声哄劝。

沈知离突然沉默了。

梧桐树下，落叶飘零，记忆里的小女孩抱着膝盖，委屈地撇着嘴。

容貌妖艳的少年见此，上前一边揉着她的脸颊一边道：“有这么完美的师父和师兄，你到底还有什么可难过的啊？”

小女孩站起身推开他，一言不发地朝屋里走去。

少年跟在她身后，不耐烦地道：“你又怎么了．是不是谁又欺负你了？快跟我说！老子的师妹老子欺负就算了，什么时候轮到别人欺负了？我这就去把他揍得娘都不认得。”

小女孩横了他一眼：“师父说你再说脏话就揍你。”

少年挑起小女孩的下巴，邪魅一笑道：“你不觉得师兄这样比较有男人的魅力吗？算了，说了你这小丫头也不懂。唉，你到底为什么难过？”

小女孩揉了揉红红的眼睛：“她们说我丑，不配做师父的徒弟，还说我以后肯定嫁不出去。”

十来岁还未长开的小女娃的确样貌寻常。

少年抬着她的下巴仔细看了良久，言不由衷地道：“也不是特别丑嘛，咯咯，我看她们也漂亮不到哪里去。嫁不出去……那你就跟她们说，你长大会嫁给我。

怎么样？有师兄这种未婚夫很有面子吧？实在不行，还有师父嘛，我这就求师父下令，把她们都许配给谷口扫地的老头子。嗯，这个听起来还不……”

少年的话还没说完，少女已经紧紧地抱住他，像抱着仅剩的亲人。

多傻的过去啊，无论师父还是师兄，以后都不再是她的依靠。

沈知离动了动唇，眼眸半垂道：“别哭了，只不过是我说你丑而已，你又未必真丑。”

少女转身，一抹眼泪道：“对哦，我干吗要信你？本小姐一直倾国倾城，你这全是嫉妒！”少女又哼了一声，雄赳赳气昂昂地走远了。

年轻男子对沈知离微笑道：“在下衡山杜意之，方才是舍妹杜笑笑，以后若有什么可以帮忙的地方，姑娘尽管来找我。”

沈知离笑道：“她有个好哥哥。”

杜意之的脸微微红了，他拱手道：“比试马上就开始了，容在下先走一步。”

不多时，台下的比试拉开帷幕，苏沉澈依然没有回来。

当先一场两人比斗刚完，后两人正要上场，华山掌门忽然站上台道：“方才十二夜公子向老夫请求，希望能改比试为擂台赛，他愿以三届武林新秀的身份做这擂主，不知其他人可有异议？”

台下一阵哗然。

擂台赛不同于比试，一旦守擂失败就会被淘汰，越是迟上场的人越有好处，毕竟谁也受不了车轮战。可十二夜公子这话的意思，明显是打算从头守擂到底。虽说这些年都是他拿头名，可这未免……

议论声未止，苏沉澈已然上台，一人一剑，竟然有着逼人的气势。

沈知离看着苏沉澈，抚额，以她对苏沉澈的了解，苏沉澈这么做，不会是为了把她之前看过的那些男子一个个丢下场吧？他真是意外地幼稚啊！

“在下十二夜公子，不知……”苏沉澈抱剑温文一笑，浑然不知那笑容落入别人眼中是何等可怕。

闻声者倒退两步，手撑在身前，强装镇定道：“别过来、别过来，我自己下去！”说罢，他主动跳下了擂台。

十招！上去了十多个少侠，竟然没有一个人在苏沉澈手下走过十招。其他人早知道苏沉澈强，却没料到会在同辈中强到这种地步。虽是十招，但接招者往往粗喘不已，苏沉澈则是气定神闲，显然犹有余力。也有人使出绝招试图险中求胜，结果无一例外地被以各种神奇的姿势丢下擂台，少侠群中不禁骚动了几下。

有人跃上高台，拱手道：“衡山杜意之，还望十二夜公子多指教。”

“杜意之？”苏沉澈笑得仍旧那般无害，“早听说杜少侠一套春水剑法使得出神入化，不知能否让我领教一二？”这是苏沉澈头一回说这样的话，众人纷纷注视着台上的二人。

杜意之看着眼前闻名武林的儒雅贵公子，背脊莫名地寒了几分，总有种对方来者不善的感觉。应当只是他的错觉吧？十二夜公子无论品行还是为人，都是人人赞颂、江湖首屈一指的，怎么会做什么不善之事？

比剑时最忌想东念西。杜意之操起祖传的春水剑，刚刚摆好起手式，那端苏沉澈已经招招凌厉地袭来，攻势犹如汹涌波涛。

杜意之这才明白为何之前的人都难以招架，这根本就是一边倒的压制打法！每一招每一式都被人压着打的滋味着实不好受，杜意之也很清楚自己绝对不是十二夜公子的对手，他提剑一挡，正要认输，突然脚下被什么一绊，整个人便朝着一旁的台柱直直地撞了过去。他当下御起轻功想要侧身闪开，胳膊却突然被人一扯，腹下涌起一阵剧痛，痛得杜意之瞬间眼前发黑——这到底是发生了什么？

接着有人慌忙接住他下落的身体，杜意之在失去意识之前，先听到了一阵急切的男声：“杜少侠，杜少侠……愣着做什么？快去请大夫……”

杜意之醒来时，看到的仍是那双清澈的眸子。苏沉澈坐在他床边，满脸愧疚地道：“杜少侠，我见你突然撞向台柱，心急拉了你一把，不想反让佩剑撞上你……”他仿佛很是羞惭地叹气摇头，清朗俊逸的面容上不带丝毫作伪之色。

杜意之心头涌起淡淡的感动，他当即道：“公子何出此言？昏迷前我仍记得公子的出手相救，感激还来不及，怎会怪罪？”

苏沉澈摇头道：“若我能早些拉住你……”他低垂下琥珀色的眸子，神色懊恼不已。

十二夜公子果真是个令人折服的君子！

杜意之更加感动，握住苏沉澈的手，正欲慷慨陈词，一个碗哐当一声摆在了他的面前。

沈知离：“喝药！”

见是沈知离，杜意之想也没想便吞下那药，转头正想与十二夜公子继续方才的话，突然发现他不见了！不对，他还在这个房间里，只是……

杜意之眨眼前苏沉澈在他的床边，眨眼后苏沉澈已在沈知离身边。苏沉澈嘴角的笑容殷切而讨好：“熬药这种事情，我来做便好，你快去歇着。”

杜意之暗自惊奇，为什么他好似看见有一条硕大的尾巴在十二夜公子身后摇

摆？这是错觉！这定然是错觉！

沈知离面无表情地道：“苏……十二，别打扰病人了，跟我出来。”顿了顿，她又对杜意之道，“杜公子你好好休息，你伤得不重，床头有药膏，你可以自己在腰间重创处抹上。”

带上门后，沈知离咬牙对苏沉澈道：“你用得着这么狠吗？”

苏沉澈无辜地看着她道：“我不是故意的。”

沈知离盯着他那双澄澈的眼睛，认真地一字一顿道：“真的假的？”

躲闪不开沈知离的眼神，苏沉澈无奈地道：“假的。”他又噘嘴补充，“你对他笑得好好看，我吃醋。”

沈知离抚额叹气：“你也该知道点儿轻重啊，再多用几分力，这个姓杜的就被你断子绝孙了。”

苏沉澈不言，实在不好开口说那就是他的本意。

丁零几声铃铛响过，秀丽的少女从屋外探了脑袋进来，有些不好意思地道：“十二夜公子……”

苏沉澈转身，露出惯常的温和笑容：“在下是……敢问姑娘有何事？”

杜笑笑将手里的银簪来回翻转着，强忍面对心上人的羞赧：“我……我慕恋你很久了……不知道我可不可以认识你？”

苏沉澈笑道：“抱歉，心上人在此，在下若在她面前结识其他女子，惹她生气了可不好。”

杜笑笑不甘心，指着沈知离道：“她明明……明明一点也不好看，我比她年轻，比她漂亮，还会很多其他的技艺，如琴棋书画、女红舞剑，还有……为什么我就不行？”

苏沉澈的笑突然敛了几分：“在我眼中她就是最美的，任何人也比不上。”他的语气是轻描淡写的，这句话的分量却重若千钧。

杜笑笑愣了愣，突然不知道该说些什么了。

沈知离拍了拍她的肩，语气平和地道：“只知道跟男人表白，不知道进去看看你哥哥吗？他的伤虽然不算太重，但也要躺上好几日。”

即便沈知离未明显表现出来，但杜笑笑能听出话里有淡淡的怪罪成分，想反驳却又不知如何驳她，跺了跺脚，闪身进入屋中。

看着杜笑笑的背影，沈知离心道：她真是身在福中不知福。

如果她见过苏沉澈对待叶浅浅的态度，就知道无论是喜欢苏沉澈还是被苏沉澈喜欢，都不是什么好事。他可以对自己喜欢的人好到不惜性命的地步，也可以对自己过去喜欢的人说出“不记得就不存在”这样的话，那么谁又知道她会不会是下一个叶浅浅呢？

“知离。”

沈知离无意识地应了一声，回过头去。

黑暗袭来，她的眼睛被苏沉澈用手遮住，她耳边传来低哑温柔的声音，只是此时那声音显得有些忐忑：“知离，别用那种眼神看我　就好像……你随时会离开我一样。”

她看不见苏沉澈的表情，却可以想象出此时他总笑着的眉眼应该是蹙起的，一副委屈的模样。

沈知离轻笑道：“天下无不散的筵席，你应该比我……”她顿了顿，语调忽然一变，“喂喂，苏沉澈，你的手在干什么？别以为我看不见就可以胡作非为，快从我的领口里拿出去，啊……浑蛋！”

苏沉澈闷声道：“不要，筵席会散，我只要跟着你不就好了？呃，知离，我刚才捏的是你的……咯咯……”他默默扭头，“怎么会这么小？”

沈知离身上有杀气蹿出：“你去死吧！”

虽然由于杜意之出事导致比试没有进行完，但对苏沉澈连任武林新秀之事，众少侠均无异议。第二日便是宗师级的比试，前来观战的人明显比昨日更多。

因为沈知离替杜意之疗伤，她是回春谷谷主之事也渐渐传了出去。不只预约看诊的人堆积起来，就连大会主办华山掌门也特地为沈知离准备了席位，唯一美中不足的是，那位置好巧不巧正在苏沉澈边上。

她被吃豆腐事小，被吃了还要被嫌弃这件事，实在是可忍孰不可忍！沈知离决定，至少在武林大会期间，对苏沉澈所说的一切不予理会。

但那个人明显对此一点儿感觉也没有，殷切地端了一盘切好的橘色水果上来推给沈知离，温声道：“知离，尝尝这些番木瓜如何？”见沈知离目不斜视，苏沉澈又好心地补充道，“据传这番木瓜对女子的某个部位很有好处。”说话间，他的视线不断朝着沈知离颈脖下的部位扫。

沈知离一转眸，正对上苏沉澈的视线，那视线到是没有丝毫猥亵之意，只是怎么看都透着几分隐约的担心。

沈知离忍耐地移开视线，当作没有看见他。

苏沉澈依旧在进行动员：“知离，我方才尝过了，滋味很好的，你真的不想尝尝？”

沈知离无视他的话。

苏沉澈委屈地道:“这番木瓜在此地很少见的,我托人寻了许久才寻来这一个。”

沈知离继续无视他。

苏沉澈：“花了五十两银子。”

五十两？沈知离转头，暴怒道：“你是疯了还是傻了？五十两银子就这么一个瓜？这瓜是黄金做的吗？你也花得下手，这么有钱，你怎么不去赈灾啊？你怎么不去修筑河坝啊？不对，你干脆去当皇帝好了，要不要再给你建座行宫啊？”

苏沉澈将瓜拉回来，低头道：“既然知离你不肯吃，那我去把它扔掉好了。”

“浪费！”不等他再有动作，沈知离已经一把夺过盘子，心疼地望着盘子里切成一块一块的橘黄小瓜，仿佛望着什么稀世珍宝，喃道，“五十两银子的瓜，五十两啊，就这么点儿东西五十两啊……”

苏沉澈歪头，视线认真地扫过沈知离的面容，不自觉地微笑起来。

台下的比试已然过了好几轮，留在擂台上的只剩下一个四十来岁、剑眉星目的美大叔，如云乌发被藏青丝带松松绾着，一身玄色纹绣的掌门衣袍，唇畔的笑若有似无。四周的喝彩声早已连成一片，当中甚至不乏大侠夫人。

“这是……”沈知离只说了两个字便噤声。

苏沉澈已经领会了沈知离的问题，接道：“这是祁山掌门计蒙，此次的武林盟主应当就在他和前任武林盟主华山掌门中决出。”

沈知离一边吃瓜一边看着台上的情景，忽然眼神一暗。倘若她师父不是留在回春谷闭门不出又英年早逝，只怕风采不在眼前这人之下。琴棋书画、诗词歌赋，没有她师父不会的；骑射武艺，没有她师父不擅长的。一人一剑，抵得上千军万马，他在她的世界里无所不能。然而，那样风华绝代的一个人，一生却那样短暂，他甚至没来得及看他的得意弟子独当一面的模样，就已悄然逝去。

沈知离抿了抿唇，老头子，我没守住回春谷，可……只有那个人让我觉得，就算把回春谷留给他也没什么关系，你若在，只怕也会理解徒儿吧？

她恍惚了那么一瞬，台上已经决出胜负。

华山掌门脸色微微发白，怅然叹道：“你师父收了个好徒弟，青出于蓝而胜于蓝。”

祁山掌门拱手，似笑非笑地道：“也是掌门承让，不然小辈如何能得胜？还望掌门遵守约定，让出武林盟主的位置才好。”

不等华山掌门再答，祁山掌门已然收剑下了擂台，然后径直朝着……他们的方向走来？

转眼祁山掌门已近在咫尺，指节重重地在苏沉澈面前的桌台上敲了两下，脸色一下变得很不好看：“十二……”他的声音里似乎也压抑着什么。

苏沉澈扬起无辜的脸：“在下便是。请问前辈有何事？”

祁山掌门皱了皱眉，神色挣扎。

沈知离不由得猜测，难道之前苏沉澈得罪过祁山掌门？他们这是要大打出手？武林盟主与武林新秀，应该没什么可比性吧？

不知为何，沈知离在一丝丝的担忧下涌起了一点点期待——苏沉澈被胖揍的样子，她还真的有那么点儿想看，反正她在旁边又不会让苏沉澈死。新盟主大人你可以尽情地揍他，没关系！

随即，她听到的却是一阵咬牙切齿的声音：“你到底什么时候才肯乖乖回去？”

苏沉澈眨着眼睛，一脸困惑。

祁山掌门按了按额头，头疼道：“你姑姑让我原话转达，‘你这个小浑球，给我立刻赶到明都，撒娇、打滚、跪求认错，并且老实交代自己这些日子都干了什么好事，不然不出一个月，你就会看到全北周上下贴满你的通缉画像’，剩下的你自己看着办。”说罢，他仿佛怕丢人一般，转身就走。

见人走远，沈知离耐不住欣赏之情，用胳膊肘顶了顶苏沉澈，说道：“你姑姑是谁啊？这口气真讨人喜欢。”

啧啧，撒娇、打滚、跪求认错，还通缉画像……

苏沉澈深深地看了沈知离一眼，幽幽叹气道：“知离，你为何总不相信我失忆了呢？”

武林大会结束，沈知离也没瞧见十二夜的人，只得扫兴准备离开。她身上还有不少银两，一时半会儿倒也不用担心，在客栈外讨价还价买了份《地理志》，沈知离边翻着边上楼。

刚踏上最后一级台阶，她的视线就对上了一双琥珀色眸子。沈知离合上书道：“你不去见你姑姑吗？”

苏沉澈摇头道：“除非你跟我一起去。”

沈知离笑着说道：“你见你姑姑，我跟你去做什么？”

苏沉澈果决地道：“那我也不去了。”

沈知离咳了两声：“你就不在乎自己的全……咯咯——裸通缉画像被贴满？”

苏沉澈垂下眼睫，有些犹豫地道：“知离，你介意吗？”

沈知离不解：“介意什么？我为什么要介意？”

苏沉澈抬眸，眨了眨眼，老实地道：“只要知离你不在意，其实我自己无所谓的。”

他眼神坦然，没有半分遮掩的意思。

沈知离这才意识到，自己实在是太小瞧苏沉澈不要脸的段位了，这浑蛋连跟她抒情的时候都能顺便用手掌捏她的……全裸算什么？

果然，第二日沈知离从客栈出来，就看见苏沉澈斜坐在马车车辕上，雪色狐裘围了脖颈一圈，纯白衣袂从车上垂下，他清澈的眼眸向她看来，衬得他的脸蛋分外清俊。

他问："去哪儿？"

天气越来越冷了，沈知离搓了搓手，说道："朝南吧。"

苏沉澈微笑道："好。"

沈知离一屁股坐上马车，临拉车帘时，说道："你真不打算回去吗？那毕竟是你的亲人。"

苏沉澈一拉缰绳，声音飘过来，语气温柔而坚定："知离，我都不记得了。对我来说，我的亲人只有你。"

只有她吗？

"那……如果你想起来了呢？"

苏沉澈顿了顿道："知离，我知道你在担心什么，就算想起来，我也不会让那些事发生的。"

车帘拉下，沈知离坐进车里，神色有些暗淡："不，苏沉澈，你并不知道我在担心什么。"

马车里有点好的暖手炉，准备好的抱香枕、绒毯和刚冲泡的热茶，错金螭首香炉里散发着淡淡的香气。沈知离轻啜了一口热茶，继续翻着手中的《地理志》。就算走也不能离回春谷太远，最迟三个月她必须回来一趟，可是离得近了，又会被花久夜发现，真是麻烦。天气越来越冷了，没有回春谷里的天然温泉，只怕这个冬天她会很难熬。

她的指尖在地图上滑过，落在其中某一处上。

某驿站外。

"无墨山庄，这个山庄荒废很久了，位置又偏远，要经过好长一片林地和山路……"驿站的老板看着沈知离指的地方，皱眉道，"客官最好还是别往那里去，虽然周围的环境看似不错，可是自从几年前发生了一起灭门惨案后，这庄子就闲置下来了，说是夜里会闹鬼，去那里的人十之八九是有去无回……"

沈知离肉疼地塞过去一两银子："多谢老板，你告诉我路线便好。"

苏沉澈从沈知离手里接过路线图，问道："知离，你当真要去？要待多久？"

沈知离："当然！多久……两三个月吧。"

离得最近而且有温泉又可以让人随意进出的地方，除此以外她没有更好的选择，更何况无墨山庄和回春谷一样在谷底，入冬后气候较外面应该会好很多。

苏沉澈有些不好意思般垂眸道："知离，要不我们还是先成亲吧？"

沈知离嘴角抽搐："你怎么又扯到成亲上了？最近不是不提了吗？"

苏沉澈正色，面上一派浩然正气："知离，我是绝对不会做出这种没有任何名分就随随便便和女子干柴烈火、孤男寡女住在一处数月的事情的，我们还是快把亲事办了吧。"

沈知离面无表情地抽走他手里的路线图："你可以走了，我去招几个丫鬟、小厮就好。"

苏沉澈侧身拦住她，说道："招我吧。"

沈知离："十二夜公子方才不是说自己是正人君子，不会……"

苏沉澈腼腆地笑道："刚才是说着玩的。"

沈知离无视他，转身道："我去贴告示。"

她没走出一步，衣袖就被扯住，苏沉澈低声道："知离，招丫鬟、小厮还要出钱，我什么都会，做饭、洗衣、打扫卫生也会，还可以倒贴钱，你要不要考虑一下？"

沈知离拽着袖子，但某人扯得死紧，她拽不动。反复数次，沈知离松开手，叹气抚额道："你打算倒贴多少？"

苏沉澈眼眸明亮地道："把我自己倒贴上可以吗？"

沈知离："你还可以再不要脸一点儿吗？"

苏沉澈默默垂下头，而后舔了舔唇，飞快抬头，在沈知离的唇上啄了一下。

沈知离顿时僵在原地。她暗下决定，以后除非她的脑袋被门夹，否则绝对不要和苏沉澈讨论什么要不要脸的问题——这个人根本就没有脸皮啊！认识苏沉澈之前，沈知离以为自己整天死要钱已经够无耻了，现在才发现，原来和苏沉澈比起来，她实在太厚道了！

在驿站歇了一日，他们再次上路。

沈知离裹着温暖的绒毯缩在马车里，三个暖炉散发出的热气，让她觉得暖洋洋的，慵懒得提不起精神来。翻着之前在当地随便买的医书，她一边仗着医术找碴儿，一边惬意地眯起眼睛。

车轱辘碾过地面，发出一阵咯吱咯吱的声音。沈知离掀开车帘一角，马车正驶入一片枫叶林，深秋时节，红叶纷纷飘零而落，厚厚地掩住泥土。大片大片宛

若被火焰烧过的嫣红枫叶与接连着大地的苍穹相互映衬，颜色好像浑然一体，好美……沈知离抬起头，如痴如醉地看着眼前的美景。

马车速度渐缓，仿佛刻意让她再多看一会儿枫林。她恋恋不舍地收回视线，转头便看见含着笑意的琥珀色眼睛一眨不眨地盯着她。乌黑长发扎成一束垂在肩上，狐裘上白色的绒毛随风轻晃，同那弯起的眉眼荡到一处，显得苏沉澈分外好看。其实……这也是美景。

单论外表，苏沉澈怎么看都是个温文尔雅、不染俗尘的清贵公子。可惜……沈知离在心底叹了口气，若是他的内心也同这外表一样就好了，说不定这家伙比花久夜还要危险。

“知离……”

沈知离倒退一步：“别叫我。”

苏沉澈委屈地问道：“为什么？”

沈知离：“对你这种随时随地可能莫名其妙地亲过来的人来说，防备你需要问为什么吗？”

苏沉澈无辜地道：“明明是你要求我再不要脸一点儿的，我也犹豫了好一会儿……”

沈知离略略回忆，苏沉澈问她能不能倒贴，她说“你还可以再不要脸一点儿吗”，然后苏沉澈就……

沈知离抓狂：“我那不是跟你提要求啊！我是讽刺你啊！讽刺你啊！你没听出来吗？”

苏沉澈的头摇得似拨浪鼓，眼神纯真。

明知这家伙是个什么样的人，但在对上那样清澈的眸子时，沈知离在这一瞬间还是产生了负罪感。沈知离在心中捶地，这家伙实在太能装了！

她默默扭过头去。

苏沉澈声音温柔地道：“那个……知离，如果你喜欢这里的话，以后我带你看遍山河美景好不好？”

眼不见心不烦，沈知离道：“以后再说吧。”

“确实要以后再说了。”

陌生而阴鸷的声音突然插进来，沈知离蓦然转头，只见身后不知从哪里冒出几个身着深红紧身衣的男子。虽然只见过一次，沈知离也能分辨出，这些男子的衣物上的花纹，同上次叶浅浅带来的人很是相似——他们是魔教的！

为首的男子戴着眼罩，面目几乎被散发遮掩，他阴狠地一笑，露出一口瘆人的白牙："十二夜公子，你居然还活得好好的，实在出人意料，不过这次……"

他的慷慨陈词还没说完，苏沉澈一勒缰绳，干脆利落地转身，猛抽马鞭。马儿嘶鸣一声，抬蹄飞速疾驰。

"等我说完啊！"男子气急败坏，声音嘶哑地对周围面面相觑的属下道，"看什么看？都给我追！"

手无缚鸡之力的沈知离被马车颠得七荤八素，胃中翻腾，几欲想吐。她忍不住攀住马车边缘，脸色青白地对苏沉澈喊："你把我丢下吧……"反正他们是来找你的，又不关我的事。

苏沉澈忙碌中回眸，目光坚定地道："知离，我知道你不想连累我，我是不会丢下你的。"

这家伙是故意的吧？

沈知离艰难地用双手攀住马车边缘："算我求你了，把我放下吧！"

苏沉澈更凶狠地猛抽马臀，回头摸了一把沈知离的脸道："知离，信我一次吧，我们都不会有事的。"

我很想相信你，但是我快吐了啊！沈知离把头探向马车外："哕……"

迎面追来的几个魔教教众只觉眼前突然有什么东西以极快的速度飞来，忙出手一挡，令人作呕的味道铺天盖地地漫了他们一身。

"啊……"

"啊……"

"啊……"

后面的魔教教众不禁放慢了速度。这是什么？好强的暗器啊！

吐过之后，明显神清气爽很多的沈知离松了口气，用帕子擦了擦嘴角，直起身刚想说话，瞳孔猛地收缩。她连滚带爬地冲过去，扯住苏沉澈的衣角咆哮道："停车啊浑蛋，前面是悬崖！"

沈知离再一次肯定，珍爱生命，远离苏沉澈。

断崖近在眼前，苏沉澈稳稳地拽住缰绳，丝毫没有跳车的想法。

沈知离绝望地拉着苏沉澈的衣角，呼啸而来的风刮得她面上生疼，她颤抖着攥紧手中的布料道："苏沉澈，你冷静点儿啊，别想不开啊……"你就算想不开也不用带上我啊！

苏沉澈抽出空闲的手，反握住沈知离的手。他的手掌传来温暖的温度，从沈知离的位置，只能依稀看见苏沉澈的侧颜，他微勾嘴角，风轻云淡地道："知离，信我。"

沈知离知道他信口雌黄、睁眼说瞎话毫不含糊，可这一刻，心还是莫名地一动。相信他？相信他会解决眼前的困境？相信他不会让她受伤？沈知离捏了捏眉心，好吧，这个时候除了相信他，她也没有别的办法了！

沈知离迟疑间，悬崖已近在咫尺。苏沉澈一踏车辕，身子急速向后退去，手在马车中摸索了一阵，取出一样东西。他的速度太快，沈知离甚至还没来得及看清他取的是什么，就觉得腰被一只手臂揽住，接着整个人霍然腾空。失重的感觉让沈知离有片刻的失神，身后突然撑起一个硕大的东西，遮天蔽日般投下巨大的阴影，她下坠的速度也瞬间减缓。

沈知离愣了许久，才找到自己的声音："苏……苏沉澈……你在做什么？"

苏沉澈抱着她的手更紧，他爱不释手般在她的腰间摩挲了两下，才垂下头靠近沈知离的肩胛，温热的呼吸喷到沈知离的锁骨上，有着些微酥麻的感觉："知离，风景美吗？"

沈知离又是一僵，但是这种情况下，推开苏沉澈就等于找死。

忍了忍，沈知离示意他另一只手举着的东西，问："这是什么？"

苏沉澈："简而言之，是充了气的大伞。"他腼腆一笑道，"我在马车里发现好久了，一直想试试的。"

"试试？"沈知离瞪大了眼睛，"难道你一直在等机会跳崖？"

苏沉澈颔首，眨眼道："这样到无墨山庄最快，本来是想作为惊喜给你的。"

沈知离："打死我也不承认这种东西是惊喜。"

苏沉澈环住沈知离，下巴搭在沈知离的头上："知离，欣赏一下好不好？你应该没看过这样的景色吧？"

虽然心里有些抗拒，沈知离还是忍不住抬眸望去。高空中的一切像是染上了淡淡雾气，显得朦朦胧胧的，有河流围绕、阡陌纵横的桑田，渐起的檐角层出不穷，山峦起伏、树林成群，放眼望去，全然是一望无际的辽阔景象，震撼人心。微风拂面，身心放松，在这样的景色下，人都显得渺小了。

沈知离缓缓张口，不大甘愿地道："是很美，不过……"

苏沉澈已经接过她的话，诱哄的声音在她耳边响起："知离，跟我在一起，我会带你去看更美的风景，呃……还不用你掏一个铜板，衣食住行我都可以负责。"他的话诱惑力十足。

沈知离听见咔嚓一声，心里某个地方坍塌了下去，与此同时，她头上有东西跟着坍塌了下去。

沈知离惊悚地道："啊……这玩意儿怎么在往下掉？"

苏沉澈抬头看了看，简单地鉴定道：“应该是承受不住压力，气囊破了。”

沈知离急道：“那怎么办啊？你怎么这么淡定？”她眼睛一亮，“难道你还有后招？”

苏沉澈想了想，摇头。

沈知离抓狂，反手揪住苏沉澈的衣襟，语速极快地道：“苏沉澈，你别看我了啊！快想办法啊！没剩多少距离了，再掉下去我们俩必死无疑啊！喂喂……你握我的手干吗？你这时候还有心思吃豆腐吗？”

苏沉澈的大手覆盖住沈知离的手，细细将其包裹，随即他绽开微笑，一字一顿地道：“有我。”时间仿佛也在这一刻停了下来。

沈知离脑中如过电般闪过数个念头，她脱口道：“你也不许死，听到没有？”

苏沉澈笑着接道：“好。”

虽然不断有树杈阻拦，可他们下坠的速度依然无法控制。强烈的失重感让沈知离再也说不出话来，只能大口喘息着以排解胸口的闷痛。片刻后，重重一响，她落到了地面上。昏迷前的最后一刻，沈知离隐约觉得有人身形一动，垫在了她的身下，此后，再无记忆。

第六章
掉落明月宫

“咦，这里怎么有两个人？”
“等等，好像还活着。”
“哎，这个男人长得不赖嘛，带回去，宫主一定喜欢的啊！”
“那这个女人呢？”
“这个女人啊，可以带回去刷恭桶嘛！”

明月宫。

无边艳色纪明月，说的便是明月宫的宫主。这位宫主生平有三大喜好：第一，尝尽天下美酒；第二，看遍天下秘籍；第三，收遍天下美人。前两者都好，最后那条……偏偏明月宫的宫主是个女子。

也曾有正义之士前来讨伐纪明月，谁知纪明月武功高强极难对付，而且她收集的男子都是心向着她，如此一来，大家就没了吃饱了撑着的闲心思。之后纪明月在江湖上渐渐销声匿迹，没人知道她去了哪里，当然也没人关心这个女魔头又去祸害哪个地方了。

今日明月宫的宫主很开心，因为她得到了一个新的美人。虽然美人昏迷了三日才转醒，但这丝毫无损美人那张她最喜欢的清俊面容。纪明月在那张脸前守了三日，越看越喜欢，越看越心痒——这张脸简直就是为了她而生的，她若是不拿下他简直天诛地灭！反正她有足够的耐心。

美人幽幽地睁开眼眸，纪明月将一身鹅黄烟罗绮云裙整了整，又动手扶了扶头上插着的玉垂扇步摇，露出恰到好处的温柔笑容："你醒了？"

扇子一般的睫羽轻轻颤动，美人看着她，轻启薄唇，略带狐疑地道："娘？"

纪明月只觉得面上的笑容一片片龟裂碎开，她僵硬着笑容道："我不是你娘。"

美人转了转眼眸，清澈的琥珀色眼睛又眨了两下，渐渐显出几分动人的迷茫之色："这是哪里？我……"

纪明月心中一动，扶住美人的肩道："这是你家啊，我是你的妻子啊，你都忘了吗？"

美人用那双剔透的眸子看了她许久，才咳了两声道："不……我只是想问，我的知离呢？"

明月宫，某个院子里。

少年推着装了数只恭桶的板车进院，高声嚷嚷道："你这个懒女人，快出来，别装死了！"

懒女人翻了个身，头朝里继续睡。

"起来刷恭桶了！"

懒女人打了个哈欠，道："刷你个头。"

少年丢下板车，冲到榻前，刚想用手推榻上睡着回笼觉的女人，榻上的人出手如闪电，一根细长的银针扎到少年身上，几乎瞬间少年整个人便僵住，连舌头都没法动弹。

又打了个哈欠，沈知离从榻上起身，揉着太阳穴道："你怎么这么不死心啊？我说了不会刷的。"

少年瞪大了水汪汪的眼睛，半个字也说不出来。

沈知离嫌恶地往后退了退，半捂着鼻子道："好臭，你自己都不觉得吗？还是你根本就觉得这味道很好闻？真是神奇的地方神奇的品位，居然有人会喜欢这种恶心东西的味道。"

少年眼若铜铃地怒瞪着她。

沈知离戳了戳少年的包子脸，片刻后道："我让你说话，不过你不许乱叫，不然我就把你扒光丢出去。"

少年继续怒瞪着她。

见状，沈知离又打了个哈欠："那我继续睡。"说着她就要倒回去。

少年惊恐不已，眼里流露出恳求之色。

沈知离笑了笑，出手拔出银针："真乖。"

跟苏沉澈待久了，再和这种没什么脑子的生灵相处，她真是觉得好轻松啊！

银针拔出后，少年顿时觉得身体一轻，虽然还不能动，但说话是没问题了："你这女人怎么这样？快放开我！不然我就去告诉筱叶公子，看他不叫人打死你！"

沈知离不为所动："你说的筱叶公子到底是谁啊？"

少年挺了挺胸，很是骄傲的模样："筱叶公子可是宫中如今最受宠的公子哦！宫主一月中有大半时间待在我家公子那里呢！"

沈知离托着下巴沉思了一会儿，才怔怔地道："宫主……难道是纪明月？"

少年似乎被她的胆色震惊，顿了顿才大声道："你怎么敢直呼宫主的名讳？简直是大不敬！若是被筱……"

好吵啊……沈知离抬手在少年的脑后一点，世界瞬间一片安静。

沈知离继续托腮思索，落崖以后，她醒来便在这个鬼地方，对着这个又二又傻的少年，除此以外再没见过第三个人。

沈知离叹了口气，说起来，刚醒时她身上大大小小无数的伤口，虽然都是小伤，可失血的状况简直让她绝望。养了几日总算好些，她也该研究一下怎么出去找无墨山庄和苏沉澈了。

纪明月……她倒是不用担心，纪明月向来只对相貌清俊出尘的男子感兴趣。不过苏沉澈……喀喀，她或许应该担心纪明月？

想了想，沈知离解开少年的哑穴："这里是哪里？"

少年咬唇不答。

沈知离又戳了戳那张因憋气而鼓起的包子脸："闹什么情绪啊？我都解开你的哑穴了。"

少年将嘴唇咬得艳红："身上还不能动。"

沈知离："你要动哪里我帮你。"她作势要靠近少年。

少年又一次惊恐地道："你要做什么？离我远一点儿！我生是宫主的人死是宫主的鬼，我是不会对其他女人屈服的，你再过来……再过来……我咬舌了！"

“你想太多了。”沈知离嘴角抽搐，“我看起来这么饥不择食吗？”

少年死死地盯着沈知离，似乎发现她的眼睛里半点儿色欲都没有，才松了口气。

沈知离：“可以说这里是哪里了吧？”

少年看了看天，又看了看地，闷闷地答：“明月宫。”

沈知离：“那怎么出去？”

少年：“不知道。”

沈知离：“无墨山庄在哪儿？”

少年：“不知道。”

沈知离：“苏沉澈在哪儿？”

少年：“不知道。”

沈知离：“……”

少年见沈知离下榻朝恭桶走去，不由得问道：“你要干什么？你终于认命地准备刷恭桶了吗？”

沈知离：“不，我打算把恭桶扣你头上。”

少年颤抖着道：“你……你不是认真的吧？”

沈知离：“你很快就知道了。”

少年热泪狂涌：“我真的什么都不知道啊！我被人买进来之后就一直伺候筱叶公子，其他的我真的什么都不知……啊，筱叶公子，快救救琉璃啊，这个疯女人要把恭桶……”

沈知离身侧响起一个阴柔婉转的声音，带着三分清冷、三分高傲、四分低柔：“我知道了。”

她蓦然转身，就看见一个身着绯红衣衫、乌发柔顺披散的美貌男子直直地望向她。她不自觉地退了一步，心头涌起说不出的怪异感觉。

男子斜睨着她，伸出鲜红的舌，绕着粉嫩的唇瓣舔了一圈，红唇润泽而诱人。潋滟波光荡在眸中，他启唇轻笑道：“宫里好久没来新女人了。”

沈知离的脑中顿时闪过两个字——尤物。

“筱叶，找到你的小厮没有？”

筱叶公子侧身回应，声音柔媚地道：“找到了，不过这里似乎来了个新女人，要不要来看看？”

“好啊……好啊！”

“新女人吗？我也要去！”

“那我也去看看。”

一阵议论声后，从院落那道窄门里一下进来数个形色各异的美人，可爱型的、温柔型的、傲娇型的、华丽型的……他们用各种眼神打量着沈知离。

沈知离的脑中顿时又闪过四个字——美男后宫。这到底是个怎样神奇的地方？

被美男们挑剔的目光上上下下扫过之后，沈知离听到了如下评价：

“不好看。”

“也就一般般。”

“还比不上宫主的一根手指。”

“果然还是宫主最美，其他女子简直入不了眼！”

然后……美人们再次摇晃着鲜艳而华丽的衣袍，或扭动腰肢或龙行虎步或轻灵缥缈地走远了。沈知离目送他们远去，在心里诅咒着这群人的祖宗十八代。

筱叶公子一旋衣袖，潋滟的眸对着沈知离露出淡淡笑意：“请不要在意，他们就是这个性子，不过这宫中也的确没有比宫主更出色的女子了。”

宫主？纪明月？

沈知离忍不住上前拉了拉这位看起来通情达理些的筱叶公子，吐露自己刚才就生出的疑惑：“那个……你们真的都是心甘情愿留在明月宫里的吗？可是你看起来不过二十岁，纪……宫主应该已经年近不惑了吧？为什么还……”

她的话还没说完，筱叶公子已经愤然甩开了她的手：“你这种乳臭未干的小女孩懂什么？”

沈知离：“……”

筱叶公子微理衣襟，魅惑的笑容中掺杂了几分冷傲之色：“跟你说你也不会懂的，这就是她是一宫之主，而你只能留在这里刷恭桶的原因。”

沈知离愣了愣，继而用有些同情的目光盯着他：“你是被洗脑了吗？还是说……这就是传说中的真爱？好令人感动！”

“你……”筱叶公子皱起秀眉，媚眼斜瞟过来，似乎要发怒，又倏然垂下眼眸，“这样好了，我让你见一见宫主，你就会知道自己是多么渺小、多么无知！”他转头对身侧的少年道，“琉璃，脱衣服！”

麻痹散刚退去，勉强能活动手脚的琉璃愕然道：“啊哈？”

绯红的衣摆自地上蜿蜒而过，发出轻微的衣物摩擦声。

“筱叶公子。”

“筱叶公子。”

他身侧不断有身着淡黄宫装的少年向他行礼，姿态恭敬而谦逊。美貌男子矜持地微微颔首，一路向前，身后亦步亦趋地跟了一个同样低垂着眉眼的宫装少年。

自外宫入内，穿过无数金碧辉煌的殿宇、奢华幽深的回廊，美貌男子在一扇绣有百鸟朝凤图案的门前站定。门前站了两个容貌一模一样、精致如瓷娃娃的少年。

沈知离微微抬头，感慨：纪明月到底是从哪里找来这些美人的？出门带着这样两个少年，实在太风骚了。以前她好歹也是一谷之主，怎么就没想到找几个美少年来撑场面啊？不过，养这种人应该很贵吧？

她正在盘算间，筱叶公子已经被右边的少年伸臂拦住。

筱叶公子略一皱眉道："我想见宫主。"

左边的少年微笑着，梨窝浅浅地浮现："宫主现在不方便见人，我会代为通传的。筱叶公子可以先回去，宫主应允后自会有人叫你。"

筱叶公子舒展眉宇，抿唇一笑："过去我都是无须通传的，到底出了什么事？还是说……"他突然神色一凛道，"宫主出了什么事？"

左边的少年道："宫主没有任何事，筱叶公子不用担心。"

筱叶公子笑中带着寒意："如果我非要进去呢？"

右边的少年上前一步："筱叶公子，请不要无理取闹，这样我们也会很为难的。"

美貌男子与美少年两两相望，互不相让，气氛一时剑拔弩张——其实画面挺好看的，沈知离想。

那扇门霍然被人推开，一只白皙而骨肉匀称的手从中探出，手指修长，肌肤细腻得好似粉雕玉琢，仿佛有一层光隐约掠过。

沈知离默默低头看了看自己的手，又看了看那只手，心中莫名悲恸非常。为什么她觉得自己才像快四十岁的那个人？

那边，女子慵懒的声音已响起："筱叶，你这么想念本宫主吗？"

筱叶公子当即俯身，小心地托起纪明月的手背，声音婉转若流水："筱叶见过宫主。"说话间，他便准备在纪明月的手背上轻轻印上一吻。

纪明月却毫不留情地推开他，语气淡淡地道："见到本宫主了，你可以退下了。"

筱叶公子似乎有些难以置信："宫主……"

纪明月缓缓直起身，看也不看筱叶公子，只按着额头，语气苦恼地道："寻左、寻右，帮我下去问问，宫里有新来的叫沈知离的人吗？哦，再去弄些饭菜来。"

双胞胎美少年应声对视一眼，左边那个即刻退下。

沈知离眨了眨眼睛，想不通为什么纪明月要找她。等等，她的目光投向半掩着的门中，情况应该不会这么糟糕吧？

筱叶公子仍旧不死心，仰起头道："宫主……你怎么了？是腻烦筱叶了吗？"

纪明月头上的玉垂扇步摇晃了晃，她的神色却丝毫不变：“怎么会呢？你想太多了，本宫主不是一直是这个态度吗？”

筱叶公子握住纪明月的手放在自己的颊边蹭了蹭，眼神哀伤，悲戚地道：“宫主，明明前日你才说最爱叶儿了，而且……你以前都叫人家亲亲小叶儿的……”

纪明月似乎也有些动容，美眸深深地凝视着筱叶公子。

一个惊喜的声音打破了狗血的气氛：“知离。”

纪明月和筱叶公子同时转头，只见一只色彩斑斓的大鸟扑住了一只小黄鸡。

穿着淡黄宫装的少年伸手按着来人的头远远推开他，一脸正直地扭头道：“这家伙是谁啊？我不认得他。”

纪明月皱眉道：“喀喀，他……”

苏沉澈一脸受伤地望向沈知离：“知离，难道你失忆了不记得我了？还有，你身上受伤了没有？”

“我没受伤，喂喂，别往我身上乱摸！”

沈知离拍飞苏沉澈的爪子，定神看了一眼，才嫌恶地道：“苏……你怎么弄成这个德行了？”

只见苏沉澈赤着双足，一头乌黑润泽的长发披散下来，身上是一套繁复华丽、色彩艳丽至极、质地如流水般熠熠闪光的外袍，眼尾上挑，用胭脂晕染开，眉心点了一颗艳红的菱花痣，原本他身上清澈的气质荡然无存，取而代之的是说不出的风流婉转韵味，琥珀色的桃花眼微一眨动，勾魂摄魄。

纪明月不悦地道：“喀喀，我……”

“很难看？”苏沉澈耷拉下脑袋。

沈知离：“也不是……就是……”她搜肠刮肚地想着该如何形容，“一只插了孔雀毛的大尾巴狼！很怪异！”

苏沉澈眨眼数次，似乎在琢磨该怎么夸她：“好有想象力的……呃……形容。”

咳嗽数声均被无视，纪明月那张保养良好、看起来不过二十多岁的美丽脸庞黑得不能再黑，声音也冷到底：“他就是你要找的知离？”

苏沉澈像是此时才留意到她，扬起纯真笑容道：“嗯，多谢娘亲。”

纪明月只觉自己额头的青筋一根根暴起，忍不住咆哮道：“我说了多少次，我不是你娘亲！”

“我知道了。”苏沉澈受打击般微垂下头，声音落寞。

明明被苏沉澈刺激得恨不得动手将他大卸八块，可见他如此，纪明月又忍不住心软了，动了动唇：“你怎么现在就出来了？你身上的伤还没……”

苏沉澈自顾自地道："有我这么大的儿子，的确是件很丢人的事情，尤其娘亲找的继父还这么年轻，不认我也的确很正常。"

继父？沈知离默默地看向筱叶公子。后者睁着一双魅惑的眼睛，茫然无措，似乎还不大能接受继父这个伟大的身份。

纪明月捏了捏拳，上前一把按住苏沉澈的肩膀，摇晃起来："本宫主至今还未婚！未婚！未婚！"

苏沉澈飞快地抬起眸子看了她一眼，更低落地道："原来我还是私生子吗？"他顿了顿，低声道，"是亲生父亲不要我们母子吗？娘亲，不要难过！"

纪明月面如死灰。

沈知离又默默地回想起苏沉澈在回春谷苏醒之后，认定她是他的娘子的情景，从某种角度来说，苏沉澈这种一旦认定什么事就九头牛也拉不回的性格，实在很强悍啊！

在这个时候，沈知离不得不佩服纪明月的涵养，被逼到此等程度依然没有发飙。

纪明月几乎是一字一顿、僵硬地道："来人，带他回玲珑宫。"

苏沉澈扯了扯沈知离的衣袖，转头对纪明月道："娘……"

纪明月在他说完之前，率先用话堵住了苏沉澈那张绝对吐不出好话的嘴："这个小厮就拨给你了，总该满意了吧？"

苏沉澈弯眸一笑："多谢。"

柔和之色在他的眸中荡开，宛如一阵清风拂过心头，纪明月不觉怔了怔，等她回神时，苏沉澈已经随着领路的少年走远。

真像……无论是样貌还是性格，他真像那个人，对谁都是温言细语、温柔缱绻的模样，在你以为他或许也对你情根深种之时，才发现这个人根本没投入半分真心，从头至尾不过是你的一厢情愿。可即便如此，她还是对他狠不下心。

看了一眼距离颇远的领路少年，沈知离理了理身上的宫装，低声道："苏沉澈，那个纪明月不是看上你了吧？"

苏沉澈摸着下巴思忖了一下，回道："应该是吧。"转瞬他又凝视着沈知离补充，"不过不用担心，知离，无论她怎么做，我都只喜欢你。"

沈知离迅速反应过来，啧道："你刚才那几声娘果然是故意的！"

苏沉澈腼腆一笑，微垂下头："有那么一点儿吧。"

沈知离愤然转头："那当初你在回春谷醒来拽着我叫娘子也是……"

"不是。"苏沉澈霍然抬头，打断沈知离，神色认真地道，"那时我真的以为你是我娘子。"

沈知离顿了顿，声音沉了几分：“那时你不知道，可是现在你应该知道我们之前的确是不认得的，而你失忆前所喜欢的人是那个叶浅浅，你……”

苏沉澈突然出声：“知离，你信缘吗？”沈知离愣了愣，刚想开口，就听苏沉澈仿佛自言自语般道，“知离，从我醒来看见你的第一眼起，仿佛冥冥中有人告诉我，这是我想要靠近的人，是我终其一生都想要陪伴的人，所以我认定了你，这辈子都不想放手。”

低沉的声音幽幽然地在沈知离的耳畔响起，像是在诉说，又像是某种誓言。那话语在肉麻之外，似乎又有别的东西——她不太想去触碰的东西。

沈知离咳嗽了两声，岔开话题道：“那个……对了，既然纪明月看上你了，怎么会容许我留在你身边做小厮？”

这次轮到苏沉澈顿了顿，才道：“你不是穿着男装吗？”

沈知离低头打量自己：“我没有刻意扮成男人啊，女子的曲线怎么也与男子不同吧？”

没听见苏沉澈回答的声音，沈知离抬起头，正看见苏沉澈盯着自己脖子以下腰部以上的位置，咳了两声，默默转过头去。

沈知离面无表情地道：“你为什么转过头去？”

苏沉澈望天：“没有，我只是在想出去以后，从哪里采购一批番木瓜回来。”

沈知离将拳头捏得咯咯作响：“我……真的小到这种程度吗？”

苏沉澈转过头，扶住沈知离的肩膀，眼眸一闪一闪的，真诚地看着她道：“没关系，知离，我不在乎这个的，多小我都不会嫌弃你的。”

沈知离甩开苏沉澈，抬腿向前快走了两步，闷声道：“喂……那个也不是我想小，我小时候身体不好，长得比别人瘦小，所以……后来师父给我治好了病，那个也没跟上来。”

苏沉澈带着笑意的声音由后面传来：“知离，你别扭的样子，真的好可爱。”

“谁别扭了？”

见前面的少年回头望了一眼，沈知离才压低声音道：“算了，先说实在的吧，接下来你打算怎么办？”

苏沉澈：“怎么办？”

沈知离：“就是怎么出去啊。你不会想一直在这里待着吧？”

苏沉澈想了想道：“知离，你不是想去无墨山庄吗？”

沈知离点了点头，却隐约有种不祥的预感：“别告诉我……”

苏沉澈颔首：“无墨山庄就是这里。”

到底是她的错，还是苏沉澈的错？为什么她觉得自己一遇到苏沉澈，就开始没完没了地倒霉？无墨山庄、无墨山庄，那她岂不是至少要在这里待到开春？

苏沉澈试图安慰她："呃，知离，其实这里也不差的，有饭有菜有衣服，想要什么说一声马上就会有，而且还有温泉美景。"

沈知离做面瘫状，蔫了："没兴趣。"

苏沉澈："而且食宿全免，我们可以在这里一直白吃白住，占尽纪明月的便宜。"

沈知离思考了一下道："听你这么说，好像也是……"

"公子，到了。"前头的领路少年低声道了一句，猛然推开眼前的殿门，便迅速退下。

随着那大门吱呀一声霍然洞开，沈知离只觉得眼睛瞬间像是要瞎掉了。如果之前同筱叶公子一起出现的那几个人能被称作美男后宫，那么眼前的场景简直就是美男的海洋！几十个，不，上百个美人在小厮的伺候下，或弹琴或下棋或看书或练字，而他们每个人的衣服都华丽绚烂到炫目，粉蓝、绛红、深紫、浅紫、浅红、淡绿……

沈知离不禁手指攥拳，双目燃起愤怒的火光。纪明月她……她怎么养得起……这种华而不实只有观赏性的人养来有何用？

苏沉澈敛了神情，拉过沈知离的衣袖，目不斜视地穿过所有美男，从另一扇门出去。那些美人只在起初看了他们一眼，见是两个男子便又回神继续手上的事情，恍若未见他们两人。

一直拉着沈知离到了浩瀚宫殿中的一座院子里，苏沉澈才松开手，转头看着依然未回魂的沈知离，可怜兮兮地道："知离，他们就那么好看吗？"

沈知离刚刚找回几分神志："你说什么？"

苏沉澈更委屈了："你都不看我。"

沈知离莫名其妙地道："看你干什么？"

苏沉澈牵过沈知离的手，放到脸颊上蹭了蹭，眼神哀伤，悲戚地道："知离，之前你明明说过要嫁给我的，而且……我们亲都亲了，摸也摸了……"

沈知离面无表情地拍飞了他："不要学筱叶公子说话。还有，你记忆紊乱了吧？我什么时候跟你亲亲摸摸了？"

苏沉澈噘嘴道："你明明……"他一副怨妇口吻。

沈知离眼神凶恶地打断他道："你就在这里待着，我出去看看，不许跟过来，听到没有？"她一副负心汉口吻。

说完，沈知离一把关上屋门，走了出去。

温泉、温泉会在哪儿呢？沈知离走了一段，回头看看，发现苏沉澈真的没有追上来，在松下一口气的同时，又有点儿不放心。她刚才会不会太凶了啊？苏沉澈应该不会做出什么窝在房间的阴暗角落画圈圈这种事情吧？嘴角微抽，沈知离猛然打断自己的念头——对敌人宽容就是对自己残忍！

明月宫比沈知离想象的要大上许多,来来回回绕了好些路她也没找到温泉，最后还是假借筱叶公子的小厮之名，从另外一个身着鹅黄宫装的少年口中打听到的。

沈知离推门而入，缭绕雾气扑面而来——里面当真是她朝思暮想的温泉，虽然只有小小一方池子，但是总比没有强啊！

眼见四下无人、一片寂静，沈知离伸手试了试水温。温热的水包裹住她的手，温暖而诱惑。她艰难地咽了咽口水，朝外张望了几眼，火速脱得只剩下亵衣，泡进池中。

热气涌入四肢百骸，沈知离舒服得连眼睛都眯了起来。她不由得回忆起往年在回春谷那个硕大的温泉里被众侍女伺候着沐浴的日子。沈知离叹了口气，果然还是要早日摆脱苏沉澈，回回春谷和师兄说清楚。她只是背叛了师兄一次，并不是什么不死不休的仇怨，虽然现在的师兄让她觉得害怕，可是逃避不是办法，她总要回回春谷去面对的。其实过去师兄对她也并不差。

师兄体质天性畏暖，她冬季却只能待在温泉附近，师父禁止师兄在那期间去探视她，他却还是时常翻墙来看她。

“笨蛋师妹，今天师兄打雪仗又赢了，可是以一敌十哦。”

少女坐在温泉边，兴致缺缺地道：“哦。”

少年无骨般斜坐在她身侧，一条长腿几乎伸到温泉里：“你能不能多给点儿反应？比如夸夸你英明神武的师兄？或者问问我是怎么赢的？一到冬天你就变成这副要死不活的样子。哎，你不知道外面下了多大的雪，足有膝盖高。”他夸张地做着手势，很兴奋的样子，“沿路全是雪人，你师兄整整堆了七个！”

“嘁。”少女打了一个喷嚏，“不就是堆雪人吗？有什么了不起的。”

少年欠扁地晃着脑袋：“有本事你也堆一个啊！”

少女握拳，复又放松，不屑道：“幼稚！”

少年翻身过去，压倒少女，手指毫不客气地拽着少女的脸颊捏啊捏：“嗯哼？谁幼稚？你刚才说谁幼稚？”

力气完全不在一个层面上，少女只好泪奔着违背良心地道：“我幼稚，我幼稚，我最幼稚了。”

“哈哈，真乖。”少年大笑，捏得更欢了。

终于摆脱少年的纠缠，少女忧伤地坐在更远的地方，整个人有气无力的。

少年戳了戳她：“不是生气了吧？”

少女挪了挪位置，不理他。

少年从身后取出一样东西放到她面前，眼睛里有嘚瑟的光芒闪烁：“喏，这个给你玩，我可是好不容易藏在怀里带进来的，都快冻死我了，你不知道带着这玩意儿爬墙有多麻烦。好了，快给师兄笑一个啊！”

少女侧脸，他的手里是个拳头大的雪球，已经有些化了，但色泽雪白，纯洁得好似天空。没等少女反应过来，她的脸就被整个盖上了雪。

少年捂着肚子笑得打滚：“哈哈哈，你好蠢啊……”

少女面无表情地把雪从自己的脸上扒拉下来，然后狠狠地塞进少年的鼻孔里。下一刻，两人便扭打成一团。只是即便如此，那样的雪依然可爱得令人怀念！

“公子、公子……你走慢点儿啊……”

突如其来的声音让沈知离的思绪戛然而止。

“我去泡个温泉，你在外面伺候就好。”男子的声音有些落寞和孤寂。

“是，公子。”

沈知离只来得及把衣服捞进手中，脚步声已经近在咫尺。她退了退，整个人沉进水中。好在池中雾气腾腾，来人并没有注意，一阵窸窸窣窣的脱衣声后，水花一动，显然人已经入了水池。

沈知离小心地抱着衣服，不敢发出太大的声响，轻手轻脚地朝着一侧摸去。眼看她就要攀到池壁，一阵说话声突然传来。

“你……你……我家公子在里面，你不能进去。”

短促的痛哼后，门霍然被人推开。沈知离憋着气，痛苦地又缩了回去。

池中人显然有些不悦地道：“这是我的池子，你此时进来所为何事？”

来人有些苦恼地道：“你能不能先出去一下？”

沈知离更苦恼，她快憋不住了。

池中人压着怒气说道：“我为何要出去？该出去的人是你！你来了多久，我来了多久？不要以为宫主对你忍耐包容，你就可以为所欲为。”

来人仿佛好心提醒道：“你再不出去的话，我恐怕就要丢你出去了，比较起来，我觉得还是你自己出去比较好。”

池中人终于忍不住，阴柔婉转的声音也彻底变得阴沉：“我现在心情不好，

滚出去！”

来人叹气：“只能我动手了。”

池中人：“你要做什么？不要过来！不然我禀告宫主……”

随着哗啦几声水响，沈知离憋气也到了极致，跟着猛然从水中探出头来。首先进入她的视线的是站在温泉池边、依旧一身孔雀装、眼神无辜的苏沉澈，而他手里正拽着一个……沈知离努力眨了眨眼，以确认自己没有出现幻觉，可是眼前的一切依然十分清晰——苏沉澈还是苏沉澈，而苏沉澈手里那个全裸的筱叶公子还是全裸着……

沈知离呆呆地开口：“你在做什么？”

苏沉澈手一松，默默地望着地面，双手背在身后：“什么也没做！”

筱叶公子掉在了地上，一头乌黑的长发披散着，美丽的脸庞上是一片茫然之色，他仿佛不能接受方才发生的事情。

沈知离的视线从筱叶公子精致的锁骨、雪白的胸膛、纤细的腰肢、精瘦的大腿上移开，艰难地找回了自己的声音，颤抖着问苏沉澈：“你……你打算怎么办？”

苏沉澈想了想道：“灭口吧。”苏沉澈四下看了看，似乎有些头疼地道，“知离，我的佩剑不在，只能用钝一点儿的东西了。”然后，他提起了一把火钳。

沈知离翻滚着从温泉里爬上来，双臂伸开拦住苏沉澈：“你冷静点儿，也不一定要杀人吧？”

苏沉澈盯着她，眸色瞬间暗了。

在沈知离还没反应过来是怎么回事时，苏沉澈已经脱下外袍兜头把她整个裹住，接着手臂抄过她的腋下，把包成粽子的沈知离抱到一侧安安稳稳地放好。

沈知离挣扎着坐直，从宽大的外袍里探出头时，看见苏沉澈又提起了那把火钳，他似乎还掂量了一下，试试称不称手。

筱叶公子好像这时才清醒过来，仓皇地用手挡住关键部位，不断后退：“你、你……要做什么？”

苏沉澈微笑着往前走了一步：“你还不穿衣服？”苏沉澈那笑容落入筱叶公子眼中，令筱叶公子觉得简直比见了鬼还可怕。

筱叶公子仿佛受刺激一般，迅速捡起地上的衣服遮住身体，快退两步，强撑着道：“我们近日无冤往日无仇，你何必痛下杀手？你们现在离开，今天的事情我可以当作没发生过。”

苏沉澈面色一沉，正义凛然地道：“我不能当作没发生过。”

你有什么不能当作没发生过？被看光的可是我！筱叶公子忍住了上前掐死苏

沉澈的欲望，说道：“你为什么不能当作什么都没发生过？”

苏沉澈：“如果有一个男人在你心上人面前全裸，你会不会很生气呢？”

筱叶公子忍不住怒道：“那关我什么事？又不是我想……”

沈知离的声音在苏沉澈身后轻轻响起：“那个……苏沉澈，其实我看过很多人，不差他一个，如果你要杀的话，估计杀不完的……阿嚏——”

苏沉澈丢下火钳，飞奔过去：“知离，你着凉了吗？”

沈知离：“有点儿吧，阿嚏——湿衣服穿着好难受……阿嚏——”

苏沉澈沉思片刻，把身上的中衣和里衣一股脑脱了下来，披在沈知离身上：“先盖上这个吧，我去给你拿衣服，很快就来！”

沈知离又打了一个喷嚏，望向苏沉澈那其实她已经在回春谷看过很多次的赤裸上半身——不算瘦弱但也不会过分粗壮的身体，宽肩、窄腰、长腿，身体线条流畅利落，他的身材那是相当好。

沈知离有些不自然地别过头去，说道：“其实……这个不用给我了。”说着她把纯白的里衣塞给了苏沉澈。

苏沉澈没接，气压很低地道：“很难看？”

沈知离平心而论道：“挺健康的，估计被砍几刀，只要不是致命伤都不会死。阿嚏——”

苏沉澈：“那跟那边那个老男人比呢？”

筱叶公子愤怒地道：“我今年刚满二十二！”

苏沉澈缓缓转头，筱叶公子靠着墙壁，捂住衣襟噤声。

沈知离用手背掩着唇：“阿嚏、阿嚏——”

苏沉澈摸了摸沈知离的头，脚下一转，正想从温泉池边拐出去，谁也没料到筱叶公子会在此时暴起。他抄起丢在地上的火钳，猛然往苏沉澈身上砸去，身体跟着颤抖，显然是极其愤怒的。

苏沉澈轻松侧身躲开，筱叶公子的手已经触到温泉池中的一个机关，同时另一只手疯狂地捡起身边能拿到的东西砸了过去。苏沉澈脚步微动，轻松地避开，活动了一下手腕，脸上的笑容渐深。

就在苏沉澈避开所有东西的时候，温泉池中忽然传来轰隆一声巨响，一扇巨大的石门飞速地从天而降，挡在了两人之间，苏沉澈想冲进来已然迟了。他的眼神霎时变得锐利，眼中寒光一闪，接着他勾唇做了一个口型。

筱叶公子擦了擦汗，又喘了口气，心虚地扶着石门，自言自语道：“最后那是在说什么？”

一道声音传来:“他大概是说,你一出去就完蛋了。阿嚏——对了,怎么出去啊?还有,机关可以打开吗?”

筱叶公子的神色僵硬了一下,随即他转头看向被孔雀外袍裹成粽子、一脸淡定的某人,美貌的容颜上浮起了一抹笑:“出不去了。不过,他好像很在乎你的样子……”

孤男寡女共处一室,会发生什么?如果他们两情相悦,那么必然会互诉衷肠、尽释前嫌,干柴烈火一发不可收拾。如果他们是单相思,那么必然会一方霸王硬上弓、生米煮成熟饭,从此虐恋情深你爱我来我虐你,缠缠绵绵同去死。如果他们谁也看不上谁……

沈知离打了一个喷嚏,半掀起眼皮没精打采地道:“你打算对我做什么?”

筱叶公子不紧不慢地将衣服理好,衣带系到顶端,而后朝沈知离走近了一步,轻笑道:“恐怕要劳烦姑娘……”

他的话还没说完,就见沈知离蓦然扬手,在他还没反应过来之际,一道冷光嗖的一声袭来,接着他就僵住了。

沈知离又打了个喷嚏,嘟囔道:“不行,这样下去一定会发热的。”而后她绕到筱叶公子身后,慢吞吞地脱着衣服,“筱叶公子,借你的布巾用用,嗯,还有皂角、胰子,不过我用你的是不是不大合适?算了,这种情况也没什么可挑的……阿嚏——”沈知离叹了口气,把湿了的兜肚放在温泉边上的暖炉上烤了烤,又慢吞吞地洗了个澡。

等她洗完澡,单薄的兜肚差不多已经烤干了。穿上苏沉澈的干的中衣,嫌恶地看了一眼那套孔雀外袍,沈知离果断地转过身去。

“那个……不好意思,先借你的穿一下。”而后她麻利地扒了筱叶公子新换的月白外袍和裤子,自己穿上。

筱叶公子的脸青了又白,白了又红,红了又黑,最终他忍不住暴怒出声:“外袍就算了,裤子你……”

沈知离:“我给你留了亵裤的。”

筱叶公子冷笑道:“你怎么不干脆把我扒光?”

沈知离摸着下巴道:“你真的要我这样做吗?反正我是不在意的,毕竟刚才该看的都已经看过了……阿嚏——”仿佛为了安抚他,沈知离加了一句,“就我刚才所看到的,你的尺寸还不错啊,在我见过的男子中应该排得上中上,被扒光也不用自卑的。”

筱叶公子怒极反笑:“你跟你的奸夫还真是般配。”

沈知离不悦地道："我跟他哪里般配了？"

筱叶公子："一样无耻下流！"

沈知离拍了拍筱叶公子的胸膛："作为明月宫宫主的男宠之一，你说这话真的没什么信服力。阿嚏——对了……"沈知离问出了一直好奇的事情，"你们宫里这么多男人，就你们宫主一个女人，她受得了吗？"

筱叶公子默默移开眼睛，看向远处，怅然道："你懂什么？"

沈知离就地坐下，手托下巴："我不懂，你跟我说好了，反正现在多的是时间，看你的样子也憋很久了。"

筱叶公子："我不会跟你说的，这是我跟她……"

沈知离打着喷嚏微微往后一靠："不说就不说，你就在这里站着好了，反正等苏沉澈找来……"

筱叶公子忽然轻轻一笑，冷冷地道："你就这么相信他？"

沈知离微微一怔，突然意识到，在方才那一刻里，她竟然潜意识里选择依赖苏沉澈。最后那一幕筱叶公子没有看清，她却莫名领会了苏沉澈的意思，他说的是"知离，等我"。于是她便相信他会找来，相信他会救她，这并不是一个好的信号。

沈知离冷静了一下，平淡地道："你想说什么？"

筱叶公子："世人皆薄幸，遇到那样狡诈的人，你真的能放心去信任？"他阴柔的声音在空旷的温泉室内响起，让人莫名一寒，"莫被人卖了还替人数钱。"

沈知离若有所思地望着地面，心有戚戚焉。

"所以，男人都不是什么好东西。"

沈知离猛然抬头："啊哈？"

筱叶公子白了她一眼，目光潋滟，媚眼如丝。

沈知离颤抖起来，忍了忍，终于没忍住问道："筱叶公子，难道你其实……是女人？"她又看了看他的胸，应该没可能吧？比自己的还平！

筱叶公子低沉地道："不是。"

沈知离："阿嚏——那是……你曾经被哪个男人深深伤害过？"

筱叶公子："没有。"

沈知离同情地望着他："还嘴硬。"

筱叶公子暴起一根青筋："我没有嘴硬，我不喜欢男人，我只喜欢……"他顿了顿，又道，"反正跟你们不一样，你不会懂的。"

沈知离："你不说我怎么知道？这样，我们做个交易，你告诉我，我就帮你解开身上的麻痹散。"

“真的？”

沈知离：“一言既出，驷马难追。”

筱叶公子幽幽地叹气道：“好吧。”

这又是一个令人惆怅的狗血故事。筱叶公子曾是个富商家的庶子，美貌又弱势，满门被灭，他因为躲在柴房侥幸地逃过一劫，出来之后就看见了当时姿容极盛的纪明月。满腹悲凉的筱叶公子抄了把柴刀，就想跟仇人同归于尽，结果被纪明月一脚踩在身下。

纪明月踩着他微笑着，声音慵懒地道：“小家伙，你的仇人可不是我。”

十二岁的筱叶公子昂着头道：“那你告诉我仇人是谁，我要报仇！”

沈知离颇感兴趣地眨眼道：“她帮你报仇了吗？”

筱叶公子：“没有，她揍了我一顿。”

沈知离：“……”

原来这家伙才是个真受虐狂啊，沈知离默默地挪远了一些。

筱叶公子斜睨了沈知离一眼：“你在想什么？她揍我是为了让我明白力量的差距，仇是我自己报的，不过……”他的眼神一下变得很温柔，“是她教会我成长。”

沈知离挪得更远：“教会你成长？听起来好猥琐啊！”

筱叶公子喃喃了两句，有些落寞地道：“只可惜，我从来不是她心上的那个人。那个身在福中不知福的男人骗了她，若有一日我见到他，定然会将他千刀万剐。”

沈知离：“阿嚏——什么人啊？”

筱叶公子仿佛突然清醒，一敛神色道：“关于我的事我都告诉你了，你也该履行诺言了！”

沈知离：“哦。”她站起身，把筱叶公子搬到一侧，用衣服拧成绳子捆好，然后拔出针，又轻轻点了筱叶公子的两处穴道，“好了，解了。”

筱叶公子：“你骗人。”

沈知离：“近墨者黑，跟那个人学的。”

就在此时，石门外突然传来一声轰响，仿佛被巨大石墩剧烈撞击，外面隐约还有说话的声音，两人同时转眸——苏沉澈，你到底做了什么？

筱叶公子皱眉道：“你想这样被外面的人发现？”

看了一眼筱叶公子身上仅剩的白色中衣、亵裤，和她身上那件明显不合身的长袍，沈知离果断地道：“不想！”

筱叶公子：“那好，你放开我，我带你出去！”

沈知离眯起眼睛：“你不是说出不去了吗？”

筱叶公子抿唇一笑道："就许你骗人，不许我骗人吗？"

他们都不是什么好东西啊！算了！沈知离动手解开绳子，道："你最好不要有什么歪念头，除了麻痹散，我身上还有不少能让你任我摆布的东西。"

筱叶公子："知道了。"

沈知离却莫名有种很不安的感觉，如果苏沉澈进来，发现她和筱叶公子都不见了，那么会怎么样？

不等她多想，筱叶公子略一活动手脚，就在温泉池壁上敲了两下。偌大的温泉池水分开，露出一条通道，筱叶公子在通道侧面摆弄了一下，一排火焰顺着侧面接连点亮，沿路走下去是一个密室。

大家都喜欢在自己住的地方下面挖个密室吗？

筱叶公子侧过脸来，不无骄傲地道："怎么了，没见过？"

沈知离实在不好意思告诉他，自己院子里有个更大的密室。

沈知离的脑海中瞬间闪过某个画面，雪白锦袍的男子靠在榻上，眼眸半合着，递给她那张有些泛黄的牛皮地图，地图粗糙的纸质和沉甸甸的重量仿佛还能感受到。

一个恍惚间，沈知离的手肘似乎撞到了什么东西。她急忙后退了一步，身体失重，整个人猛地朝后仰倒，手肘磕在了坚硬的石棱上，锐痛袭来，身后传来哐当的一声响。

有人及时在她的头撞到后面时将她拉了回来，沈知离惊魂未定地按着手臂，低喘道："阿嚏——阿嚏——多谢。"

筱叶公子却没顾上看她，怔怔地看着后面道："如果被宫主发现我们摔了这个，我们就都死定了。"

什么？沈知离回眸看去，灯光太暗，她甚至没能留意到身后不知何时出现的石……呃，刺猬？此时石刺猬断成两截，中间插着的一根根钢针闪烁着锋利的光芒。

"这是什么？"

筱叶公子："那个负心汉的石像。"

沈知离："他的体毛如此丰厚吗？"

筱叶公子又白了她一眼："这是宫主发泄时插上去的，宫主最恨背叛了，背叛她尤其不可原谅。"

沈知离："……"这种突然背脊一寒的感觉是怎么回事？她应该不是在担心苏沉澈吧？

沈知离犹豫了一下，问道："那现在怎么办？"

筱叶公子沉吟了下道：“扶起来，当作什么都没有发生过。”

沈知离低头寻找着该从何处下手，突然发现那尊石像还有一个地方幸免于难——头。她用脚尖踢了踢，石像的头转了过来——是一张相当不错的男人的脸，挺鼻薄唇，一双桃花眼眼尾上挑，极是惑人。只是，她怎么看怎么觉得这张脸有点儿眼熟。

两人好不容易将石像扶起，筱叶公子欲言又止地看着她，似乎顿了顿，才道：“你的手肘流血了。”

沈知离抬起手臂，才发现袖口处一条血线如小溪般汩汩流下。脑中出现短暂的眩晕，她晃了晃身子，才想到撕开外袍简单包扎一下。不知是料子太好还是沈知离的力气太小，她撕了几下也没撕开。

筱叶公子叹了口气，上前一把撕开沈知离的衣袖，露出她光洁的手臂，又从自己的中衣上扯下一条布替沈知离包扎起来。

之前她那么戏耍筱叶公子，对方还连续两次帮她。沈知离摸着包扎好依然渗血的手肘，有些不好意思地道：“多谢你，之前的事情抱歉了。”

筱叶公子咳了一声，转身继续往前走，声音却有点儿不自然地道：“我从不跟女子计较这种事情。”

顺着密道走了很长一段路，沈知离觉得他们此时的气氛还算融洽，忍不住问：“有没有直接通向明月宫外面的密道？”

筱叶公子：“有。”

沈知离眼睛一亮：“是哪一条？”

筱叶公子侧眸：“你想离开？”

沈知离犹豫了一下，才缓缓地点头。

筱叶公子一刻也没停顿地道：“不可能的，我不会告诉你的，整个明月宫只有我和宫主知道这条密道，你还是死心吧！”

沈知离哦了一声，两人再度无言。

“到了，前面就是出口。”筱叶公子停下脚步，似乎松了一口气，目光一闪，三分清冷的笑意浮上他的面颊，“待会儿我回我的院子，你去找你的奸夫，让他记得别再来找我的麻烦，不然我不会客气的。”

眼见筱叶公子就要走出去，沈知离忙叫道：“啊——等等……”她迅速脱下外袍递给筱叶公子，“这个还是还给你吧……阿嚏——毕竟是你的，我穿着也不好。”

筱叶公子扫了她一眼，将衣服推给了她：“别人穿过的衣服我是不会再穿的。”

说着他大踏步走了出去，沈知离追上一步，又将衣服塞给他：“那也还是还你吧。”

筱叶公子皱起眉头，一抖月白长袍，硬是将其披到了沈知离的肩上。

沈知离抬手刚想推拒，突然眼睛一直，口中蹦出两个字：“快闪！”

只见一个不知是什么的东西飞速袭来，重重击在筱叶公子的背上，筱叶公子猝不及防，痛哼一声，径直摔倒在地。

沈知离刚想转身去扶他，一双手轻柔而小心地托起沈知离的手臂：“知离，你……”

不等苏沉澈说完，沈知离率先甩开他，怒道：“你刚才在做什么？为什么要无故伤人？”

苏沉澈被沈知离吼得一怔：“我不是……”

“闪开。”沈知离从苏沉澈身边擦过，弯腰扶起筱叶公子。

筱叶公子痛得连五官都纠结到了一起，只能低低呻吟。

沈知离迅速为他把脉，果断地侧身掀开筱叶公子的衣襟，手指在筱叶公子的背部轻按。她解下发簪轻旋，取出里面密封的药膏，手指蘸上些许，小心地揉在筱叶公子的背部，低声附在他耳边道：“这几日背部千万不要触到东西，晚上侧睡便好，这药膏只能暂时缓解疼痛，我待会儿再给你开个方子。”

抹完药膏，筱叶公子似乎好了些，靠在她身上低声道：“我知道了，多谢。”

沈知离：“你坐在这里等会儿，我去叫你的小斯来扶你。”

筱叶公子轻喘道：“好。”

“知离，我……”

沈知离头也不回地道：“我现在很生气，不大想听你说话，你说一个字我就想揍你一次，所以你等我稍微消气了再来吧。”

苏沉澈怔了一下，默默地转身走了，木屐落地的声音一下一下响起。

沈知离微微侧眸，这才发现刚才击中筱叶公子的那个东西是一只木屐。她偷偷地转过头，就看见苏沉澈背影落寞、黯然地一只脚踩着木屐一只脚光着，一歪一晃地摇摇摆摆走远，似乎因为走得太快，他身上的衣服还斜斜挂着。

他是真的还是装的啊？她又没说什么重话，他至于把自己弄得这么凄惨吗？

第七章
二人闹别扭

沈知离预料到苏沉澈会闹别扭，但是没想到这家伙会这么别扭。

看着筱叶公子被送回去，开过药方又交代了两句，沈知离的气便消得差不多了。跟小厮琉璃借了一套衣服换好后，沈知离才照着他说的路，找到纪明月分给苏沉澈的那座院子。

她推门进去时，苏沉澈正坐在八仙桌边，手里抱着一个三层的红木盒子。见沈知离进来，苏沉澈退到一边，忧郁地望向窗外。

沈知离打开盒子，里面有饭有菜，还热着，她略一想就明白了——用内力保温，真是好奢侈啊！

肚子也确实饿了，沈知离坐下迅速解决了饭菜，吃完看到底层，发现还有一个梨子。梨子很大，估计一个人吃不完，她实在看不惯苏沉澈那副样子，从旁边取了刀将梨子切开，递过去一半给苏沉澈："喂……"

苏沉澈缓缓转头，默默用手推开她递过去的梨子，再缓缓转了回去。

沈知离面无表情地道："你很委屈吗？"

苏沉澈轻轻摇头："没有。"

那你就不要一脸"我好委屈、好难过、好伤心"的表情好不好？

沈知离默默地在心里叹了口气，又把梨子递过去："把梨子吃掉。"

苏沉澈撇嘴："不吃。"

沈知离皱眉："为什么？"

苏沉澈幽幽地看了她一眼："梨子不能分着吃的。"

分梨——分离！

沈知离握着两半梨子，停顿了一下道："算了，我自己吃。"

苏沉澈又幽幽地看了她一眼，默默将头扭了过去，显然不打算再理她。

沈知离原本平复的怒气又有上涌的趋势——苏沉澈随便出手打人，她没让他去给筱叶公子道歉就不错了，他还一副"我什么都没做错你错怪我"的表情。

等等，苏沉澈怎么任性关她什么事？她为什么要生气？他不理她就算了！

沈知离啃完梨子，摔下果核，转身在外间挑了一张床，不大爽地睡了一晚。

第二天一早，苏沉澈就不见人影了，桌上倒是留了早饭。沈知离生气的时间有限，她吃完美味的早餐，念着说不定昨天真有什么误会，就想去找苏沉澈问个清楚。

沈知离出门正遇上筱叶公子的小厮琉璃，他步伐匆匆像是赶着去哪里，听到沈知离的问话，琉璃轻蔑地看了她一眼，简单地道："想去找泉澈公子？跟我走。"

泉澈公子？黑水公子才比较适合吧？沈知离默默地想。

跟着琉璃走了一会儿，沈知离就又到了那日见到美男海洋的玲珑宫。虽然早已有了心理准备，她依然觉得自己的一双肉眼被美人闪瞎了。

只是此时略有不同，因为纪明月正坐在最上头一张巨大到可容纳七八个人的榻上，她身上是一套白绸长衣，简单利落，乌发随意散下，将女子慵懒随性的气质衬托得十足。

在纪明月身旁分别坐了四个美人，他们一个替她捏肩，一个替她捶腿，一个替她修剪指甲，剩下一个正用纤指捏了一颗葡萄放进纪明月的口中。纪明月柳眉微皱，显然还有些不满意。

这人真是嚣张得好可恨哪！等我回了回春谷，我要比她更嚣张！沈知离默默捏起了拳。对了，苏沉澈呢？

沈知离四下看了看，在找到苏沉澈之前，又一次被美人们不经意露出的白皙

胳膊、白皙胸膛、白皙大腿闪得脸上腾腾地冒起热气。

她不是没见过美人，但是数量堆积，量变产生质变，杀伤力不是一般强。沈知离揉了揉脸，话说之前怎么没发现他们竟然穿得这么暴露？还是因为……她望向纪明月。

安然享受着美人服侍的纪明月伸了个懒腰，眼神突然变了变，伸手拂开几乎趴在她身上的美人们。美人们不明所以，愣愣地望着纪明月。纪明月蓦然起身，大踏步朝前走去，纯白的绸衣流转出淡淡的光晕，瞬间衬托出她的女王气质，可是此刻她的神色间染上了几分莫名的激动。

顺着纪明月的视线，沈知离看见了一袭淡紫的长衫，极淡的颜色，却仿佛沁人人心。紫衫的主人站在门口，殿门外几株梅树微摇，落下一二花瓣，花瓣无声滑过他的墨色长发，轻如鸿毛般自发梢飘落至长衫上，也抚过他温润的侧颜——那般清澈如水的侧颜。

在众人叹息之际，一双若秋水般的眸子淡淡地望过来，仿佛在那一瞥下，世上的一切都悄然隐没，只剩下那极致温柔却又极致薄凉的目光，刹那间，勾起众人心底莫名的悸动。

正在众人怅然若失之际，纪明月猛地上前，双手紧紧抱住了那个身躯。

沈知离揉了揉眼睛，嘴角微微抽动了两下。苏沉澈这是受什么刺激了？还是说他要争宠？沈知离想到这里，脸不自觉地黑了几分。

当然，同一时间，还有脸色比她更黑的人。沈知离却已经顾不上去看，深吸了两口气，始终没法压下那股不爽。她抓住面前的东西，用力折啊折、折啊折……

她耳边传来细若游丝的声音："那是公子的白玉筷子，你松手啊你！"

随即筷子应声一响。沈知离呆呆地看着手里被折成两截的白玉筷子，摸了摸目瞪口呆的琉璃的头，道："我再去拿一双过来。"

见沈知离悄然飘远，琉璃才反应过来，冲她低吼："喂……你上哪儿去拿啊？"

沈知离摸回苏沉澈的院子，发现手肘上的伤口又开始流血。她翻出一卷绷带，上了药，漫不经心地开始缠伤口。

一圈，苏沉澈到底是哪里又抽风了？两圈，还是说他真的看上纪明月了？三圈，应该不会吧？纪明月的年纪当他的娘都够了！四圈，可是纪明月看起来真的只像二十多岁风韵犹存的少妇，而且身材好。五圈，苏沉澈看上纪明月不肯走的话，那她其实可以一个人离开吧？六圈，可是她这样不辞而别是不是不大好？七圈、八圈、九圈、十圈……

绷带缠完，沈知离看着自己粗壮的手臂，怔了怔。不对劲，她不对劲，为什么看到那对狗男女的时候，她那么想痛下杀手？

沈知离一点点解开绷带，无声地叹了口气。承认吧沈知离，你对那个明知道根本不是什么好东西的苏沉澈动了心。沈知离头疼地按着脑袋，却没料到这只是苏沉澈抽风的开始。

“今天又有好多赏赐进了泉澈公子的院子呢。”

“宫主真的好宠泉澈公子啊！”

“这几日除了泉澈公子，宫主谁都没见呢，就连过去最受宠的筱叶公子都……”

沈知离面无表情地快步走了过去。

“你看……你看，那个是泉澈公子的贴身小厮，真是……走路都跟我们不一样了呢！”

沈知离蓦然回头，露出一个亲切的笑容。谁知她的笑还僵在唇边，众人已鸟兽般散去，仿佛生怕被她看见。沈知离的面容扭曲了一下——我有这么可怕吗？

压抑着暴躁的情绪，沈知离推门而入。这几日，苏沉澈白天几乎都不在，每晚倒是按时回来报到。但是谁关心他白天去哪里了啊？还有，晚上回来就能证明他的清白了吗？有些事情谁说只能在晚上做了啊？

她黑着脸进去，意外地看见苏沉澈站在厅中，双臂伸开，一个小厮正认真地替他量尺寸，边上摆了十来种布料。

沈知离连眼皮都懒得抬一下，朝后院绕去。手臂突然被人一下拽住，沈知离挣脱，低吼道：“别拽我，要拽拽你的纪宫主去！”

来人似乎很震惊，嗫嚅道：“我只是想帮你量量尺寸，多余的布料，泉澈公子说可以给你做一套衣服。你别生气，不做也没关系的。”

沈知离僵硬地回头，见一双兔子眼正可怜兮兮地看着她，眼睛的主人不是苏沉澈。

苏沉澈此时也在看她，隔着遥遥的距离，眼神幽怨。

沈知离摸了摸量衣小厮的头，低声道：“抱歉，我方才不是故意的。衣服我用不着，你给他一人做就好。”

苏沉澈开口：“知离……”他只说了两个字，却又不肯再说下去。

小厮退了一步，敏锐地察觉到了两人之间涌动着莫名的、非常可怕的东西，一种外人一旦触到一定会死无葬身之地的东西。小厮顿时收起尺子、抱起布料，噌的一声飞奔而出。

沈知离无奈地望着小厮迅速消失的身影，又被她吓跑了一个。

她收拾了一下心情，继续朝后院走去。这时一只手拦在她面前，她抬头，确认手是苏沉澈的，毫不犹豫地推开了他：“不要挡路。”

轻而易举地被沈知离挥开手，苏沉澈没有继续拦下去。

沈知离走了一段，又忍不住回头，就见苏沉澈倚着门框，身体僵直，目光微垂，碎发下，一双琥珀色眼眸散发出无限忧郁而黯然的气息，整个人像只被主人丢弃的野猫。他微微抬眸，用一种令人心碎的目光飞快地看了她一眼。

沈知离的心软了软，但是……这厮不会在纪明月面前也这个德行吧？

沈知离刚想说话，有人声从外面传来，似乎是争执声。她犹豫了一下，走了出去。

院外，蓝衣小厮倨傲地道：“宫主说了，你们都收拾收拾，准备走吧。”

花枝招展的某公子一脸难以置信地道：“你说什么？这不可能！”

蓝衣小厮道：“宫主亲口说了，你快些收拾，我还要去通知其他公子。”

见苏沉澈也站在附近，蓝衣小厮谦和一笑道：“泉澈公子也在啊？让你见笑了，宫主说她刚找到两幅墨白先生的真迹，要请公子你一起品评呢。”

苏沉澈浅笑道：“我知道了。”

某公子指着苏沉澈不甘道：“为什么让我们走？他就可以去陪宫主？这不公平！”

蓝衣小厮把他的手按下来，很淡定地道：“有本事让宫主为了你散尽明月宫，再来问什么公平不公平吧。”

沈知离拽住苏沉澈的衣角，暗暗用力把他拖进院中。关上门后，她缓慢地转过头，面瘫状一字一顿地道：“什么叫作让宫主为了你散尽明月宫？”

苏沉澈沉默了一下道：“大概是……字面上的意思。”

沈知离再也忍不住，扯下苏沉澈的衣襟，两人额头对额头，她凶狠地瞪着他，极其少用的粗口直接就爆了出来：“你他娘的，这些天背着我到底和纪明月做了什么事情？”

话一出口，沈知离就后悔了。她是苏沉澈的什么人？苏沉澈凭什么要回答她？就算苏沉澈说了喜欢她，但她一直未曾回应，苏沉澈移情别恋她也无从指责吧？

正在僵持间，苏沉澈微凉的指尖拂开她的发丝。沈知离眨眼，就见苏沉澈一扫之前幽怨哀愁的弃妇神情，小心地捧着她的脸，眼眸温柔，声音笃定地道：“知离，你吃醋了。”

一股被耍了的感觉油然而生，沈知离刚才挣扎的情绪瞬间荡然无存。近到不足一指的距离下，沈知离对准苏沉澈的额狠狠地撞了上去，结果……

她捂头蹲地痛得嗷嗷叫，被撞的苏沉澈连眉也没皱一下，反倒心疼地看着沈知离微微泛红的额头问道："知离，要不要我帮你上药？"

沈知离怒道："你的头怎么这么硬？一定是脸皮太厚了。"

苏沉澈翻出药膏，点头附和："我脸皮厚，我脸皮厚，我脸皮最厚了！"

沈知离继续捂头："你还没说你和纪明月到底是……"

苏沉澈拉开沈知离的手，动作轻柔地给她上着药，睫羽密密地覆盖住他的眼眸，衬得他的容颜越发清俊。他开口道："知离，你信我吗？我和她什么也没有。我喜欢的人从始至终只有你一个，最重要的人也永远只有你一个。"

沈知离："可是刚才那个小厮说……"

苏沉澈在她的额头上轻轻哈了一口气，叹气般轻声道："信我好不好？"他的声音充满了蛊惑意味。

沈知离的眼眸里有着一瞬间的迷惑，热气拂过面颊，她猛然倒退两步，像是突然清醒过来，怒道："你说了半天，其实根本什么都没说！"

苏沉澈挠头，琥珀色的眼睛眨了眨："要说什么吗？"

这家伙嘴里压根没一句老实话，她想从他嘴里问出真相，根本是不可能的事情。

沈知离深吸一口气道："当我没问，让开，我去看晚饭什么时候送来。"

她刚转过身，苏沉澈的声音响起："知离，其实那天我很生气。"

那天？哪天？略一想，沈知离便道："你是说筱叶公子那天？那本来就是你不对，我还没来得及生你的气呢！"

苏沉澈委屈道："我看见他的手按在你的肩膀上，你又一副不愿意的样子，以为他对你意图不轨。"

沈知离面无表情地道："这不是你无故伤人的理由。"

苏沉澈："好吧，我看他不顺眼很久了，而且……"他噘嘴道，"你为他凶我。"

沈知离："我凶你又不是一次两次了。"言罢，她抬腿出了门。

苏沉澈的余音自门内传出："可是，知离，你对别人都比对我温柔……"

她对他不温柔？沈知离愣了愣，好像是！她从来不是那种温声细语的大家闺秀，做事也随性得多，只是在外人面前多少还是会掩饰一二的，在苏沉澈面前倒好像从来没有如何掩藏。不，一开始她也伪装过，但一次次被苏沉澈的无耻逼得原形毕露之后，她也就懒得隐藏了。

沈知离按着心口，蓦然想起纪明月，不爽的情绪再度上线。纪明月对他很温柔吗？

晚膳后，沈知离出门散步，看见一个鬼鬼祟祟的人影钻进了苏沉澈的房中，

不多时，人影又鬼鬼祟祟地出来。沈知离在门口望了望，有些不放心地想推门进去。

外头突然灯火通明起来，沈知离愕然看见一众着淡黄宫装的少年簇拥着一袭浅金色睡袍的纪明月进了院中，一帮人气势汹汹地冲进苏沉澈的房间，当先一个粉衣公子高声道：“宫主，就在这间房里，泉澈公子偷偷在屋中藏匿咒巫之物以诅咒他人！”

沈知离站在门口，突然反应过来——这是陷害。话说，这真是好古老的手段啊！

透过窗棂，她看见灯光亮起的榻上，苏沉澈缓缓坐起，一头乌发倾泻而下，眼眸中似乎还有未睡醒的困意。

他打了一个哈欠：“你们说什么？”

粉衣公子：“不用狡辩了，那东西十有八九就藏在你房中，宫主，快下令搜吧。”

苏沉澈以手支着下颌，绽开让人无法心生敌意的笑容：“嗯，你们是说要在我这儿搜什么东西是吧？可是如果没搜到呢？可以再在你身上搜搜看吗？”

粉衣公子迟疑了一下，道：“好！”

纪明月皱着眉头开口道：“这……”

苏沉澈笑道：“没关系的，让他们搜就好。”

两炷香后。

“禀宫主，柜子中没有，床下床上都没有，书桌上也没有，房间里全部搜过，都没有。”

粉衣公子面色一变：“不可能，那就在其他房间里。”

苏沉澈坐在八仙桌边，替自己倒了一杯茶，又笑眯眯地问周围的人：“你们喝茶吗？”

来找碴儿的众人面面相觑，皆微微退后一步。

半个时辰后。

“禀宫主，所有的房间都已经搜查完毕，没有找到东西！”

苏沉澈又打了一个哈欠，捧着干净的脸蛋，眨了眨无辜的眼睛道：“既然在我这儿没找到，那可以搜你自己了吗？”

粉衣公子捏了捏拳，刚想说话，一个身上缠满线圈却依稀能看出四肢的小娃娃从他怀里掉了出来，娃娃的头上贴了一缕白色布条，用朱砂笔写了密密麻麻的字。

粉衣公子看着那娃娃，活像见了鬼，脸色苍白，不停重复道：“这不是我的，不是我的……”

纪明月抚额道：“够了，把他带下去，无故陷害宫中公子是何罪过，你应该很清楚。”

粉衣公子一下噤声，任由人将他拖了下去。

纪明月说的是无故陷害，并不是诅咒，那就说明她从一开始就知道这件事是谁做的。

纪明月的视线淡淡地扫过刚才还义愤填膺的众宫装少年，待她望到苏沉澈时，他弯眸一笑道："那我可以睡觉了吗？"他笑得就好像刚才什么也没发生过一样。

纪明月叹息了一声，保养得极好的手摸了摸苏沉澈的头，又抚过他那张脸，说道："你若是笨一些就好了。"

苏沉澈只是静静地笑，一言不发。两人之间流动着一种很莫名的气氛，仿佛笼罩了一层薄纱，令人看不清晰。

沈知离霍然转身，眼睛里燃起了两簇愤怒的小火苗。他们之间什么也没有，这样叫什么也没有？

她一头栽进被子里，还未消肿的额头被撞得生疼，她低吟了两声，觉得这么胡思乱想下去，不如自己去看个清楚。

天色微明，苏沉澈早早离开。沈知离看着他的背影，轻手轻脚地跟了出去，远远尾随着。见他进了纪明月的寝殿，沈知离忍了又忍，默默寻了一处墙根，开始偷听。殿中幽幽地响着靡靡之音，不知过了多久，琴声戛然而止。

沈知离正疑惑着，一个温软而慵懒的女声打断了她的思绪："澈儿……"

沈知离的身子抖了抖，头皮一阵发麻。

那女声又道："疼吗？这个我以前用过，若不好，还是换一样吧。"

用？用什么？换？又换什么？

男声低低地响起："宫主，别这样，我自己来就好。"

别你个头啊？你要不要用这种欲拒还迎的口气说话啊？

接着是一阵吮吸的水声，沈知离如遭雷击，脸颊慢慢红了，接着慢慢黑了。

这时女声又响起："那好吧，今天我们试试这个如何？"书页翻起和衣料摩擦的声音响起。

男声浅笑道："随便吧。"

试试？这又是试什么？

一阵窸窸窣窣的脱衣声伴随着衣料摩擦的声音响起。

男声似乎有些苦恼地道："好像有点儿紧啊，真的可以吗？"

女声诱哄道："没问题的。"

作为一个深知所有和谐、不和谐人体生理知识的大夫，沈知离的表情逐

渐……啊！她忍不住了！沈知离转身捞起一块手掌大小的石头，用力后倾，准备扔进去。

就在这时，她的肩膀忽然被人拍了一下——被发现了？沈知离惊恐地转头，却见一张俊美而魅惑的脸近在咫尺，只是这张脸上眉头紧锁，显得十分痛苦。

沈知离：“筱叶公子？你怎么在这里？”

筱叶公子皱眉道：“我来得比你还早，不过在那头。”

沈知离：“那你也听到了？”

筱叶公子沉重地点了点头。

沈知离咬牙道：“那就不要拦着我，让我砸死这对狗男女吧！”

筱叶公子：“我没打算拦你。”接着，他默默地掏出一块更大的石头塞到沈知离的手上，“扔准点儿，别扔到地上了。泉澈公子最好瘫痪，宫主……”

沈知离断然道：“不行，还是砸宫主吧。”

筱叶公子挑眉道：“你敢！”

沈知离：“她都不要你了，你干吗还维护她？”

筱叶公子：“泉澈公子也不要你了！”

沈知离：“被人甩的男宠！”

筱叶公子：“没人要的丑女！”

沈知离：“你……哼！”

筱叶公子：“我怎么了？哼哼！”

一个微弱的声音从他们中间传来，琉璃苦着一张脸道：“你们……别吵了啊，再吵就被人发现了啊！”

沈知离抄起石头，恨恨地道：“算了，我直接冲进去好了，这个浑蛋、骗子！”

筱叶公子也抱起石头，波光潋滟的眼眸里凶光毕露：“我也去！”

“你们……你们不是认真的吧？”琉璃喷泪，小身板努力挡在两人身前，“冷静一点儿啊！冲动是魔鬼啊！”

同一时间，寝殿里。

苏沉澈拿起眼前明显比他平时穿的要小上一号的衣服，刚想说点儿什么，突然看向窗外道：“外面是不是有什么人在说话？”

纪明月把弦断了的琴推到一边，轻描淡写道：“你听错了吧？快换衣服，还有好几套等着你呢！”

苏沉澈举起手指，眨眼道：“我的手指都被割破了。”

纪明月哼了一声：“那是你自己弹琴不小心，给你药膏你又非要自己涂，我帮你舔一舔不就好了？”

苏沉澈正色道：“我才不是那种随便的人。”

砰！伴随着几声低叫，巨石落地。

苏沉澈又一次望向窗外，困惑地道：“外面是不是……”

纪明月：“别管了，肯定是哪个小厮手笨。哎　快换，换好了记得照着话本念啊！”

苏沉澈垂头道：“好吧……好吧……”

窗外，琉璃捂着脚痛得面目狰狞，死咬着唇不敢出声。沈知离叹了口气，转身就走。

筱叶公子诧异地道：“你不砸了？”

沈知离拍了拍手上的灰，头也不回地道：“与其做被抛弃的那个，我还是更喜欢做抛弃人的那一方。”

第八章
明月宫殇落

沈知离向来是个言出必行的人。这之后，她白日就泡在纪明月分给苏沉澈的温泉池里，晚上回屋睡觉，两点一线，规律得不行。

苏沉澈堵了她两回，继续用越来越哀怨的眼神看她。哀怨的眼神看多了就变得无感，沈知离抬眸，淡定地问他："不知泉澈公子有何吩咐啊？"尤其是以沈知离现在的心情，苏沉澈这眼神怎么看怎么让她觉得恶心。

苏沉澈委屈。

反正无论他说什么，沈知离都自动过滤了他说的话，等他呜里哇啦说了一通，沈知离掏掏耳朵，拐弯走人。这招她小时候被大杂居的其他人嘲讽时常用，百试百灵。

随着明月宫里的公子越来越少，苏沉澈受到的陷害也越发密集。

沈知离起床后，去了温泉池。

泡温泉泡得有点儿饿，沈知离套上外袍，跑到苏沉澈单独的小膳房里想找点儿吃的。这时她看见一个穿着淡黄宫装的身影猛然转头，颤抖着身体看向她，手里还紧紧攥着包了药粉的纸包，那人哆嗦着唇道："我……我……"

沈知离扫了一眼灶上炖着的几锅东西，又嗅了嗅，道："春药？这个效果不怎么好啊，味道也有点儿重，放在菜里必须加葱姜才能压下去，而且药效不明显，发作后冲凉也能解决问题……"

对方的手抖了抖，看着她的眼神充满了恐惧。

"别害怕嘛！"沈知离露出友善的笑容，手在灶台上略一顿，挑了一个装着炖鸡的锅慢慢走远。

吃饱喝足，沈知离又到院子里晒太阳。明月宫中气候温暖，几缕阳光笼罩着沈知离的身体，很是舒适。她倦懒地翻了个身，幸福地眯起了眼睛。

睡了不到一刻，就听见细碎的脚步声传来，沈知离从大树后探出头，侧眸眯眼，看见几个小厮拖着一个大麻袋走了进来。麻袋掀开后，露出许多金银，然后几个小厮挖坑把金银埋了进去……

沈知离的眼睛亮了亮，待几个小厮走后，果断地挖坑、搬运、填坑。累得气喘吁吁的沈知离回去重新洗了个澡，心中满足，继续泡温泉，身心放松地在温泉里游了几个来回。

明月当空，沈知离准备回房间时，门外再次灯火通明。她打了一个哈欠，果断地回去睡觉——反正第二天一早有事的那个，肯定不是苏沉澈。

望着暗沉的天空，沈知离算了算日子，满意地想，冬天马上就要过去了，她也可以离开了。但是，她怎么出去成了迫切需要解决的问题。苏沉澈已经完全不在沈知离的考虑范围内，思前想后搜索过熟悉的人后，她发现好像也没什么别的选择。

沈知离敲门进去，看见琉璃又是一脸愁容，她摸了摸他的头。沈知离走进里间，发现筱叶公子没她想象的那么憔悴，他身着一袭宽松的衣袍，站在书桌边，提笔转腕像在画什么。

沈知离凑近一看，身子震了震，张口结舌道："这是春宫？为什么……"上面那个不断运动的男子的脸怎么这么眼熟？

筱叶公子嗯了一声，吹干墨，审视了一下，把画递给琉璃，低声吩咐了他几句。沈知离咳了两声。

筱叶公子直白地道："我在陷害他。"这个"他"指的显然是苏沉澈。

沈知离委婉地道："我觉得不会有什么作用的。"

筱叶公子淡定地道："三人成虎，不陷害一下心里实在不舒服。"说着，他

看向沈知离，翻了一个白眼，“来找我什么事？你不是放弃了吗？”筱叶公子对沈知离这种消极逃避的心理十分不屑。

沈知离也懒得绕圈子，开门见山道：“反正现在纪宫主也……咯咯，来做个交易吧，你带我出去，我帮你做一件事。”

筱叶公子斜睨她道：“别做梦了，懦夫，终于忍受不住决定逃跑了吗？”他又哼了一声，“而且在明月宫里，就凭你能做什么？哼！”

筱叶公子跟点燃的炸药包一样，一开始那个妖孽魅惑的美人哪里去了？上天给了你一双波光潋滟的诱人眼眸，不是让你用来翻白眼的啊！

沈知离在心中默默叹了口气，掰着手指道：“我能做的事情大致有这么几种：第一，也是最简单的，帮你诈死死遁；第二，帮你药翻全明月宫的人，但我不能保证会不会有漏网之鱼；第三，帮你迷昏纪明月任你为所欲为。我还知道三四种可以让纪明月的身体离不开你的药，虽然药材我现在没有，但上哪里找还是知道的。”

筱叶公子：“……”

沈知离：“干吗用这种眼神看我？好吧，告诉你最后一种，但事先说明这种我也不能保证啊！集齐世上至淫的七样东西，可以制出一枚七情丹，在丹药里加上一滴血，传说服食后的那个人会爱上血的主人。你若是能带我出去寻到七样东西，我就帮你替纪明月……”她抬头，发现筱叶公子还是用那种很复杂的看傻子的眼神看着她，“不信吗？”

沈知离佯装垂头，手指一翻，突然取出一样东西，飞快地丢进身边的琉璃口中。琉璃反应不及，硬生生咽了下去，双眼茫然地看着沈知离。

沈知离数着数：“一、二、三……”

琉璃的眼神猛然慌乱起来，脸颊浮起两片酡红，喝醉了一般转身抱住身后的书架，露出一脸难耐的春色，脸颊温柔地蹭着书架，两条腿也饥渴地蹭着，整个人就像趴在了柱子上，口中还发出低低的呻吟……

沈知离摸着下巴看了看，道：“贵小厮的酒品和抵抗力实在不怎么样啊！嗯，不过不用担心，最多一炷香时间他就会恢复，对身体也没有任何伤害，适当发泄一下欲望其实也是好事。”

筱叶公子：“这东西……是你制的？”

沈知离愣了一下，笑道：“东西是我师兄制的，不过我也会配。”

筱叶公子看着满眼春情荡漾的琉璃，沉思了片刻，道：“好，成交。”

又是一个天色微明的时刻，沈知离看着苏沉澈走出院子，才把包袱扛在肩头，去往同筱叶公子约定好的地方。

筱叶公子一身素衣，没戴任何挂饰，也没带琉璃，长发只用一根乌骨簪绾住。看见沈知离，他皱眉道："你到底带了什么行李？这么多东西怎么出去？"

沈知离喘着粗气道："反正是我扛，带路，快点儿。"

这一袋子全是金子啊，银子和成色不好的金子她都丢下了，真是想想就肉痛。也不知道这帮男宠怎么这么有钱，动不动就用真金白银陷害人。

筱叶公子忍了忍，什么也没说，手指按动机关，领着她走了下去。这次的机关不在温泉那里，就在一间柴房中，只是这次的通道……

沈知离眼前一黑："怎么这么多台阶？"

筱叶公子："别看我，哼，我不会帮你扛的。"

两人吭哧吭哧地下了楼，筱叶公子带着她在深黑的地下左拐右拐，沈知离累得连胳膊都抬不起来了，实在忍不住道："到底什么时候到啊？"

筱叶公子顿住脚步："不对……这个地方来过，我好像迷路了。"

沈知离突然觉得在某些时候翻白眼真的很爽："你怎么不去死啊？"

筱叶公子回了她一个白眼："我又不常来，记不得不是很正常？"

又转了转，筱叶公子试探着绕进一个密室，推开门，沈知离的眼睛被狠狠晃了一下，那门又瞬间合上。

沈知离结巴道："那个不会是……"

"嗯，是金子。"筱叶公子补充道，"你不知道也很正常，明月宫下面有座金矿，不然你以为我们的日常吃穿都是哪里来的钱？"

沈知离弱弱地道："我腿软……"

筱叶公子拖起沈知离，叹气道："真受不了你，怎么会有你这种女人？快走了，你想不想出去了？"

沈知离依依不舍地挥别金子，这次他们总算没走错路。沈知离松下一口气之后，又有些遗憾——要是早知道，她肯定会……算了，别人的金子不该拿的还是不要拿了。

密道越走越向上，筱叶公子指着最后一段路道："那边就是出口，出去往外走一段是座大城，你再想去哪里可以从驿站中转。"

沈知离默默记下，道："你不跟我一起走？"

筱叶公子："我……再等等吧，再过些时日我大概会去寻你，我还想陪宫主一段日子……"

沈知离："你到齐州安平城找徐记药铺掌柜，让他带你来找我。"

筱叶公子："我知道了，你快走吧。"

沈知离走了两步，回头道："喂喂，你不怕我一走了之吗？"

筱叶公子笑了笑道："你不是坏人，我信你。"

沈知离笑着想，这次明月宫她总算没白来，至少认识了一个朋友。

推开出口的门，沈知离正想攀上，抬起头却看见一张眼熟的脸。沈知离缓缓张口，怔了怔才道："你怎么在这儿？"

苏沉澈蹲在地上，气压低得简直可怕，仿佛有肉眼可见的黑色旋涡在他身边盘旋，整个人陷入了一片死沉沉的黑暗中。

苏沉澈说："知离，你不要我了吗？"他的口气用哀怨根本无法形容万分之一。

长痛不如短痛，沈知离冷声道："我什么时候要过你吗？"

苏沉澈的唇干涩地动了两下，贝齿咬住下唇，神情却像快哭出来了一样。

沈知离用摸狗头的动作摸了摸他的头："别这样，乖，男子汉大丈夫的，女人什么样的不能找，而且你不是还有纪明月吗？"

苏沉澈："我只要你。"

沈知离："别闹了。"她收回手，抬腿绕过苏沉澈，"我真走了啊！江湖再见，呀……"

最后一个字沈知离还没说完，她的肩膀便被人猛地抓住向后一拉，接着她的身子一仰，人便陷入了一个悲恸的怀抱中。然后，她的唇被狠狠地堵住了，苏沉澈的舌头伸了进来……

苏沉澈吻得很凶残，跟之前的唇瓣厮磨、浅尝辄止完全不在一个层面上。在沈知离回过神之前，苏沉澈已经用舌头尝遍了她口中的每一个位置，甚至试图跟她的唇舌交缠。

他在做什么？长到这么大，从未如此吻过的处子沈知离两眼呆滞、神游太虚。

见沈知离没反抗，苏沉澈吻得更欢。他漂亮的眼眸微微眯起，一眨不眨地望着近在咫尺的沈知离。

飘荡在空中的三魂七魄瞬间归位，沈知离的脑中只有一个念头——让我杀了他吧！

沈知离弯曲手臂，转瞬却被苏沉澈用手压住，她抬起膝盖，苏沉澈的腿已经早一步钳制住她的腿。这一刻，沈知离才意识到眼前这个看似无害的人的力气到底有多大，她那点儿力气根本不够拿出来和他较劲的。她整个人被苏沉澈牢牢地锁在怀里，连半点儿挣扎的机会都没有，只能任由他亲吻。

他紧紧地抱着她，就像抱着最后的救命稻草。他解开她的发，满头如瀑乌发滑落，半掩住苏沉澈的神情。沈知离只能感受到那激烈到不顾一切的情绪、热烈而渴求的激吻，和苏沉澈身体里散发出的浓烈悲恸，她所有的感官此时只能感受到他的气息……

为什么？为什么明明是她被强吻，这个行凶的人却比她还要受伤的样子？到底是苏沉澈疯了还是她疯了？

但被人完全掌控的滋味沈知离一点儿都不喜欢。在一个喘息的间隙里，她猛然咬住苏沉澈的唇，咸腥温热的液体顺着牙齿涌入沈知离口中，又隐约带了几分难以言喻的苦涩。

苏沉澈终于松开唇，却没有松开沈知离。他伏在沈知离的肩上，重复着呢喃道：“知离，你不要我了吗？”他依然是悲伤的口吻。

沈知离这一刹那有些心软，但口中不属于她的血液提醒了她刚才曾被怎样对待，沈知离的愤怒在下一个瞬间爆发：“要你个头！你知道你刚才做的这个叫作什么吗？你信不信我把你带到官府治罪，让你蹲一辈子的牢？别人不愿意，你就用强，炫耀你力气大是不是？你这种行为简直是禽兽，不，禽兽都不如！禽兽那是没有脑子，你的脑子长来干什么用的？挂在脖子上好看吗？还是说你根本就没长脑子……”

苏沉澈抬起头，琥珀色的眸凝视着沈知离的眼睛。

沈知离一怔：“你瞪我干什么？”

苏沉澈垂眸，低声下气地道：“知离，你骂我吧，想怎么骂就怎么骂，如果不够，打我也行，我绝对不还手。”

沈知离愣住：“你有病吗？”

苏沉澈放开沈知离，一手按着额头后退了一步，另一手攥住沈知离的袖口：“刚才是我的错，只要你不丢下我，让我做什么都可以。”

做什么都可以？那双剔透的琥珀色眼睛里写满了恳求，他是拿准了她吃软不吃硬吗？

沈知离抿了一下唇，正欲开口，一阵嘈杂声打断了她。

“宫主！宫主！你刚才都看见了吧？泉澈公子同这个假扮成小厮的女子私通，正准备逃跑！”

“对、对，这次人证物证俱在，看他还如何抵赖！”

沈知离转头，四下不知何时出现了十多个人，走在最前头的是纪明月。纪明月那一袭鹅黄长裙径直拖到地上，随着头上插着的金凤步摇摇曳生姿，宛如一朵

绽开的嫩黄鸢尾。

沈知离瞬间僵硬，也就是说刚才她被强吻那一幕，这十多个人都看见了？然而更让她僵硬的是，她看见了纪明月身后站着的筱叶公子。

筱叶公子垂着头，并不和她对视，神色间却是陌生的疏离——有一种可能呼之欲出。

纪明月仿佛根本没有看见沈知离，径直走向苏沉澈，在他面前站定，缓慢地道："解释。还有……那东西呢？"

苏沉澈笑了起来，眉眼弯弯，很是好看，他耸肩摊手："我没有什么好解释的，至于那东西，的确在我这里，不过它原本就不属于你，我带走也……"

不等苏沉澈的话说完，纪明月一把掐住苏沉澈的脖子，神色霎时阴沉下来："你想走？"

苏沉澈风轻云淡地点头，似乎那只死死掐在他脖子上的手对他没有任何影响。

纪明月的声音里可以听到剧烈的磨牙声："你说会留在这里永远陪着我的！"

苏沉澈低声道："那是戏词，怎能当真？"他又笑了笑，"我也陪你够久了。"

纪明月："那为什么不能继续陪下去？"

苏沉澈嫣然一笑："我的知离生气了，再玩下去她就不要我了，我怎么还能继续下去？"

纪明月的手霍然松开后一转，便朝着沈知离的位置抓去。苏沉澈一个闪身挡在沈知离身前，他仍旧在笑，只是笑容里掺了几分危险的味道："你对我下手可以，但是别动她。"

纪明月阴沉地道："来人，把那个女子给我抓住！"

纪明月一声令下后，噔噔几声，不知从哪里蹿出两个虎背熊腰的彪形大汉，一左一右便要架起沈知离。沈知离从袖中翻出两包毒粉的时间里，苏沉澈抬腿干脆利落地踹翻了那两个大汉。

纪明月胸口剧烈起伏，她显然气得不轻："你当真要跟我对着干？"

苏沉澈笑道："我只做我觉得对的事情，还望宫主高抬贵手。"

纪明月怒极反笑："那我今天还就非要杀了她！"说着，一根粗长的白练从她的袖中猛然飞出，嗖的一声缠向毫无防备的沈知离。

苏沉澈嘶啦一声用剑劈开白练，纪明月反手又是一条白练，沈知离丢下金子，转身就跑。可惜没等她跑出两步，白练勾住沈知离的脚踝用力一拉，沈知离摔倒在地，膝盖、手肘血流如注，脚踝上亦被钩出了一道血口。她刚想掏出特制的伤药，只见又一条白练朝她抽来。

纪明月盯着苏沉澈，冷笑道："她这种体质我见过，只要缠住你，不时偷袭她，没过多久，她自己就会失血过多而亡。"

苏沉澈的眉眼间染了几分焦躁之色，他蓦然神色一凛道："你当真以为我不会杀了你？"

纪明月嗤笑："那就看谁撑得更久吧！"

苏沉澈的眸色一冷，他反握住剑柄，做了一个很奇异的起手式。纪明月见状，目光突然变了。然而下一刻，那柄剑径直朝着纪明月刺来，恍惚间幻化成无数柄剑，寒光森然。纪明月一时失神，反应过来想用白练阻挡时，苏沉澈的剑已经抵在了她的胸膛上："让我们走。"

纪明月死死地看着苏沉澈的剑，一言不发。

苏沉澈将剑捅进半寸，笑得薄凉："放我们走。"

"你先放了宫主！"

苏沉澈转过头，只见绯红衣衫的筱叶公子手握一柄长剑抵在了沈知离的脖颈处，他魅惑的细长眼眸凶狠地瞪着苏沉澈。

纪明月没有转头，反而握住剑身，血从她的指缝间流下来，染红了一身鹅黄的裙装。她的声音有些喑哑，还带着一丝涩然："杀了她，筱叶，不用管我，杀了那个女人！"

筱叶公子："可是宫主……"

"且慢。"

急切之色转瞬即逝，苏沉澈抽出半截剑身，血溅在他身上，衬得他的容颜极其妖艳。他徐徐抬眸道："纪宫主，或者说纪怜雅，你认得这剑法吧？这是家父苏慎言自创的得意剑法，全天下知道的人不超过五个。你曾经和他很亲密。"

纪明月爆吼出声："够了，我不想听到和他有关的事情。"

苏沉澈沉默了一下道："他喜欢你。"

纪明月张了张口，突然大笑出声："信口雌黄！他从来没有喜欢过我，他心里只有你死去的母亲！枉我一片深情，十六岁的年纪不顾名节跟着他走了三年，只为求他分半点儿真心给我。可他呢，上一刻还在温柔缱绻地说要听我弹琴，下一刻就告诉我可以走了，他已经帮我安排好了婆家……这种人……"

那还是在二十多年前，一切尚未开始，尚未发生。那一年，纪明月还不叫纪明月，而那个改变了她一生的男人也还未出现。她是天之骄女纪怜雅，出身名门，容貌绝艳，琴棋书画样样精通，自负跋扈到不可一世。

女扮男装的她出府游玩，路上屡屡出言不逊惹怒地头蛇。夜晚地头蛇带了几

十名大汉将她和侍女堵在小巷里，而酩酊大醉的苏慎言刚从胭脂巷中翻墙而出，脚跟一转，落在了她面前。苏慎言璀璨的桃花眼明媚地眨动，冲她微笑，目光极致温柔却又极致凉薄。

他说：“小姑娘，要我救你吗？”那一道飘逸至极的淡紫身影，就这么藏进了她的心里。

他像是一场注定的劫数，一经相遇，她便无法逃脱。他救了她，教她逛青楼，带她上酒馆，陪她逛庙会看祭祀，见各种形形色色的人，给她说各种各样的故事，她听得如痴如醉。然后，理所当然地，她爱上了他。

待她及笄之际，父母做主替她定了一门亲事，推拒不得。于是她做了一个让她这一生都后悔的决定——她要和他在一起。一身狼狈不堪地坐在苏慎言的府邸吃着凉掉的饭菜时，她觉得自己距离幸福那么近。

可惜这段感情到底是水中月、镜中花。也是，对苏慎言而言，她不过是个可以拿来取乐的黄毛丫头，他又怎么会真的爱上她？是她幼稚，以为温柔就是喜欢，以为迁就就是爱护，却没想到苏慎言早已过尽千帆。他什么样的女人没有过，又怎么会在乎一个小丫头？

苏沉澈没有打断她的话，只是淡淡地道：“如果我说事情并不是你想的这样呢？”他静静地看着神色恍惚的纪明月，口气里带了几分不易察觉的冰冷。

然而不知是苏沉澈没发现，还是刻意没有去看，被筱叶公子胁迫着的沈知离此时也在静静地望着他。沈知离身上大大小小的伤口正在不断涌出鲜血，她却只是抿着唇，脸色苍白，本人像一包正在不断酝酿的炸药。

苏沉澈，你不是失忆了吗？你不是因为第一眼看见我，所以认准我是你的娘子、你的心上人吗？那你又是怎么记得你父亲的事情的呢？骗我真的这么好玩吗？

天色渐渐暗下来，冬季刚过去，空气中还弥漫着未化冰雪的味道，冷寂、森然。血一滴一滴地落在冰冷的地面上，猝然炸开一朵朵绚烂的血花。

苏沉澈原本柔和的声音在这样的环境中，染上了几分冷冽之意：“妻子亡故，他独自留在江南醉生梦死，虽然相好无数，可每个都不超过一个月。你跟了他三年，难道还是什么都察觉不出吗？他是个不折不扣的懦夫，连爱也不敢爱的可怜虫。”他的语气里有淡淡的轻蔑之意。

不敢负于发妻，不敢面对亲子，不敢付出真心，亦不敢接受真心，苏慎言一生受累于此，至死方休。

纪明月根本不管流血的伤口，厉声道：“他是你父亲，他如何还轮不到你来说！”

苏沉澈：“他几年前就死了。”

纪明月一怔，缓缓地道："死了？我明明……"

苏沉澈平淡地道："你给他留的那半条命很快就被他挥霍殆尽，我以为你知道。"

几年前，那时候她已经是纪明月——明月宫宫主、人人喊打的女魔头，艳色无双，冷傲无情。报仇的念头反复折磨着她，她的性子素来偏激极端，这样的欺辱她如何也咽不下去。于是，处心积虑数年，那一场局，她动用了所有她能用的力量，美色也好，金钱也罢，甚至挑拨离间，最后换了他一个肾脏。毕竟他还有其他不可舍弃的东西，只要能威胁到他的事情，她没有不曾尝试过的。

被深深刺入的伤口开始蔓延出难以忍受的疼痛，纪明月变得有些恍惚，苏慎言苍白失血而皱眉忍痛的面容在她眼前浮现。那时候他有多痛？当时她被报复的快感淹没，就连理智也完全丧失。

纪明月突然攥住苏沉澈的衣服，抿紧唇道："他死的时候……是什么样子的？"

因为这一个动作，嵌在她身体里的剑刃深入了几分。

"宫主！"筱叶公子惊叫了一声。

苏沉澈："反正我说了你也不会信。"

纪明月："告诉我！"

苏沉澈冷笑道："告诉你了又能怎么样？反正他已经死了，答案早已不重要了。"

纪明月声音嘶哑地道："我不信！"

苏沉澈："就连他自己都不信，可是……若非如此，他怎么会急于推开你，又怎么会被你威胁？你以为对你的那些伎俩他真的束手无策吗？就连你现在用的白练都是他赠的吧？千年蚕丝，一匹在我姑姑手中，一匹在你手里。他死了，没人知道他和你的关系，不然你以为你能完好无损地站在这里和你的男宠纠缠？因为他至死也没有将这些事告诉过任何人。"

纪明月只是固执地道："我不信！"

她只记得最后一晚他看着她的冷淡神情，只记得被他新揽在怀里调笑的女子，只记得三年枉然的付出……她却忘了他所有温柔的微笑，忘了他低沉的声音，忘了那些曾被视为最美好的回忆。她自私、怯弱、蛮横，被内心的不甘和愤懑蒙蔽了双眼，然而到头来……

纪明月身体里的真气突然暴涨，鲜血淋漓的手握住剑一把抽出。她的眼睛里泛起几抹赤红血丝，苏沉澈皱了一下眉——她走火入魔了。他抽剑再砍，纪明月已然挥动白练挡开，朝着苏沉澈袭去，面目有几分狰狞。

两人缠斗的身影化为光影，朝着地道深处行进，地道中不断发出重物落地的声音。筱叶公子手中的剑颤了颤。

筱叶公子的肩膀忽然一重，沈知离靠在他的肩上，手臂微垂，似乎很疲倦地合上了眼睛："想去就去看吧。"鲜血正透过沈知离的衣衫层层浸染，她的口气却没有多少怪罪的意味，她只是脸色煞白，眉心微蹙。

筱叶公子愣了一下，道："你不恨我？"

沈知离："我为什么要恨你？"

筱叶公子："你难道不觉得是我陷害你们？"

沈知离："不是你做的。"她的声音很低，语气却很笃定，她微微抬眸，"一开始我的确怀疑，不过，我更相信自己的判断，你说你信我的时候是真的。"

筱叶公子瞬间感到涩然，移开了剑，垂下头道："抱歉，我没能拦住他们，还用你威胁……你居然还……"

沈知离从怀里掏出特制的凝血金创药，吃力地替自己上着药，轻笑道："人总要有些坚定相信的东西，不然未免活得太累。"比如她相信筱叶公子是真的把她当成朋友，而不仅仅是利用，又比如她相信即使她回到回春谷，师兄也不会杀了她，"没关系，你很担心纪明月吧？快去吧。"

筱叶公子顿了顿，脱下外袍盖在沈知离身上，冲了进去。

四周明月宫的人早在纪明月进去时就都跟了进去，只留下了两个小厮看守沈知离。大概是见她身体孱弱又满身鲜血，他们连看守都不甚尽心，沈知离轻松地用银针放倒二人，肉疼地看了一眼金子，头也不回地顺着出去的路爬了过去。

外面余寒尤烈，冷风瑟瑟，残雪压弯树梢，扑簌簌落下枝头。沈知离打了个喷嚏，缩缩脖子，又爬了回来，扒光两个小厮的衣服套在自己身上，才再度爬了出去。

虽然冷，但万里无云，天光大好。潮湿而冰凉的气息透过遮盖不严的衣服，丝丝缕缕地传到了沈知离身上，然而这样的气息让她更觉得真实——她终于出来了！

沈知离摇晃着身子，轻按因为失血过多而眩晕的脑袋，还好，失血量还在可以接受的范围内，她虽然会虚弱几日，但至少不会死。

她紧紧地握拳，以后绝对不要再来这里了。无论是纪明月还是苏沉澈，跟她一个铜板的关系也没有了。

轰隆一声巨响，犹如闷雷一般在明月宫中响起，接着是一阵坍塌的声音。沈知离脸色一白，想也不想又爬了下去——苏沉澈还在下面！

明月宫里烟尘滚滚，沈知离什么也看不清楚，只听见仓促的脚步声传了过来。

"宫要塌了，大家快走啊！"

"快跑啊，明月宫要毁了！"

沈知离替之前看守自己的二人解了麻痹散，支撑着身体，逆着方向朝里走去。众人似无头苍蝇一样惊叫乱跑，她侧着身朝里走去。

“苏沉澈……苏沉澈……你在哪儿？咯咯——’她的声音太小，很快被淹没。

轰然倒塌的声音越来越近，她终于听见了人声。

“你怎么还在这里？快出去啊！”

沈知离：“筱叶公子……你……”

她话音未落，空旷的明月宫里回荡起纪明月狂肆到甚至有些疯癫的笑声，而后是极端冷静的声音：“那就一起死吧。”随后，整个明月宫更加剧烈地震荡起来。

沈知离抬头，眼前是站在明月宫正中大殿顶端的纪明月，身边是一尊男子石像。她还是那身染血的鹅黄色裙装，却已不再那般美艳不可方物。纪明月眼眸赤红，发丝散乱，周身有逆转的气流，显然是走火入魔的迹象。

传说纪明月嗜好收集武功秘籍，学得驳杂，而且急功近利，接受过不少传功——这种人一旦走火入魔，反噬会比其他人厉害得多。

筱叶公子焦急地把沈知离朝外推着，同时往她怀里塞了一样东西：“你快走，这个……就当是你信任我的奖励吧，但凡绿色的路线都可以出去。”那是一份地图，明月宫的地道地图。

“可是……”

沈知离的话还没说完，腰间突然一紧。有人搂住她的腰，唇擦过她的耳垂道：“知离，我带你走。”抽过沈知离手里的地图扫了一眼，苏沉澈毫不犹豫地抱起她，准备纵身而起。

沈知离猛然转头。纪明月站在高处，对不断坍塌的明月宫毫无感觉，只是专注地抚摸着那尊石像。她依然眼眸赤红，指甲在石像上划出一道道血痕。突然间，石像一震，拦腰断裂开，上半身径直摔了下去。纪明月发出一声惨叫，也直直地冲了下去。

沈知离死命地想要扯住筱叶公子的衣角：“纪明月已经疯了，不要去送死！跟我们出去！”

筱叶公子扯开她的手道：“我的命是她救的，陪着她死正好。”他对着沈知离微微一笑，波光潋滟的眼眸折射出极漂亮的光芒．“只可惜没机会再去寻你说要给我配的药了。”

沈知离垂下手，远远地看着筱叶公子快速消失的背影，这一切不过发生在转瞬之间。

苏沉澈抱住她的腰，御起轻功朝外飞奔而去。沈知离视线中的二人越来越远，

只能隐约看见筱叶公子抱住疯狂的纪明月，任由纪明月的白练挥在他身上。石像滚落裂成数块，犹如她断裂的爱恋，再拼不回最初的形状。

碎石不断阻挡沈知离的视线，逐渐将里面的一切淹没，包括她在明月宫的一切见闻——那个美丽而高傲的女人，那个魅惑而固执的男子，和他们绝望的痴念。

沈知离突然觉得无力，垂下眸，任由苏沉澈带她出去。

不知过了多久，风拂过她的面颊，新鲜而微凉的空气预示着安全的到来。苏沉澈如同放珍贵瓷器一样放下沈知离，小心翼翼地检查着她身上的伤口，沈知离默默地推开了他。

苏沉澈眨着那双依旧澄澈的大眼睛，沈知离的声音无波无澜："你刚才说的都是真的？"

苏沉澈沉思了一下，老实回答："不完全是，七分真三分假，才会有人信。"

沈知离："你父亲真的喜欢纪明月？"

苏沉澈果断道："我又不是他，怎么知道他是怎么想的？"他顿了顿，见沈知离面色不善，又委屈地补充，"而且就算他死前我也很少见他，对他本人更是完全不了解。"

那你刚才对纪明月说的话全是骗人的吗？冷风掠起沈知离的额发，她咧开一侧嘴角道："你已经完全想起来了？"

既然已经被发现，再隐瞒也没有任何意义了，苏沉澈乖乖地道："没有全部，但大部分是想起来了。"

沈知离："什么时候？"

苏沉澈低声道："大概是在掉下来刚清醒的时候。"

在他刚清醒的时候，刚清醒……

沈知离沉默了一下，抬起黑眸，对苏沉澈勾勾手指，苏沉澈狗腿地凑过去聆听沈知离的吩咐。

沈知离拽住苏沉澈的耳朵，咆哮道："苏沉澈你这个王八蛋，滚得越远越好，我这辈子再也不想看见你了！"

第三卷

情不舍南疆

第九章
师兄很邪恶

“你能不能别再跟着我了？”沈知离抚额，回头道，“你以为你弄片芭蕉叶我就看不见你了？话说这个天气，你到底从哪里弄的芭蕉叶啊？”

苏沉澈从巨大的扇叶下露出一只弯着的眼睛，他的笑容如冬阳般暖人。他微微抿唇道：“知离，原谅我好不好？”

“好，原谅你了。”沈知离温和地微笑道，“你可以滚了吗？”

苏沉澈：“知离，女孩子说脏话不好的。”

沈知离抚额道：“那我好好跟你说。大路朝天各走一方，十二夜公子，我们本来就不是一路人，你家属下现在估计也在到处找你呢，你还需要去匡扶武林正义，创造武林新的辉煌，顺带解决你难缠的红颜知己的问题。现在你可以去干你的大事，别再跟着小人物我了吗？”

苏沉澈刚张口，沈知离迅速指着他道：“你恢复记忆了，应该知道我们一点儿也不熟，自来熟也没有用！”

她转头走了不到一步，便听见苏沉澈可怜兮兮的声音传来：“知离，不熟也可以从现在开始熟的，你想知道什么，我都可以告诉你的。”

沈知离继续往前走着。

“十二夜公子，虚岁二十四，家住明都，相貌堂堂，性情温和，身体健康，无隐疾，出身良好，家财万贯，有良田万顷，下属仆从无数，父母双亡，无妻妾子女，出可揍人炫耀，入可陪聊暖床……”想了想，苏沉澈又补充道，“可倒贴！”

谁对这个有兴趣啊！沈知离森然地扭过头，目光阴冷地盯着他。苏沉澈乖乖闭嘴，清澈纯善的眼眸无辜地眨动着。

沈知离：“你不要逼我。”

苏沉澈：“我没有！”

沈知离眯起眼道：“再让我看见你跟着我，我就把你卖掉。”

苏沉澈愣了一下，摸了摸沈知离参毛的头，半分被威胁的感觉都没有，微笑道：“知离，你真可爱。”

可爱你个头！你才可爱！你全家都可爱！

沈知离狠狠拍开苏沉澈的手，再不管他，扭头径直进了城。

沈知离去银庄兑了银票，揣着钱在街上闲逛两圈，逛累了便找了家小摊儿买了碗馄饨。但是无论她去哪儿，都能看到苏沉澈那双亮闪闪的眼睛。

馄饨摊儿上的小姑娘羞红着脸道：“公子，你……你要什么？”

将芭蕉叶放在一侧，苏沉澈一甩如云的衣袂，乌发披散，脸上露出有些腼腆的笑容：“什么都可以，姑娘随意便好。”

要不要用这种暧昧的口吻啊？

小姑娘的头垂得更低了，声音细若蚊蚋：“什么……是什么？”

沈知离忍无可忍，喝完最后一口汤，丢下铜板一头扎进了隔壁的成衣铺子里。寻着一名身材与她相仿的姑娘，沈知离直接拽着人进了更衣室，严肃地道：“小姐，我能不能同你换身衣裳？”

沈知离出来时，风和日丽，她的心情也好了起来。她将散开的发丝束起，盘了一个妇人髻，才去驿馆询问到回春谷的马车价钱。

谈妥之后，沈知离刚迈出门，就发现手臂被人一把抓住。抓她的是个女子，来人大松一口气道：“姑娘，我可算找到你了！”

沈知离感到莫名其妙：“敢问你是哪位？”

那人把腰一掐，一挑眉头道：“你刚才同我换的衣裳，怎么这会儿就忘了？”

沈知离哦了一声，道：“我给你银子了，还有什么事情吗？”

话音未落，沈知离就看见那女子身后闪出一个锦衣华服很是眼熟的翩翩公子，公子的脸上满是黯然之色——为什么她突然有种很不祥的预感？

不等沈知离反应，女子一把将沈知离推向苏沉澈的方向。防备不及，沈知离一个踉跄，栽进苏沉澈怀里，恰好被他抱了个满怀。

沈知离挣扎出来，怒道："你干什么？"

女子双手环胸，神色显得比沈知离还怒地道："我最看不惯你们这种仗着夫君宠爱就使小性子的女子了！你家夫君这个模样、这个性子，放出去不知多少人争着要，你还不知珍惜！让一个大男人跟着你天涯海角地跑，你还有没有一点儿为人妻子的自觉啊？你是不是觉得很得意、很嘚瑟啊？哟，一个大男人天天围着你跑！哼！要是你家夫君哪天被你惹怒，或者看上其他女子，真的不要你了，我看你还怎么得意！真是身在福中不知福！"

沈知离被骂蒙了，随即勃然大怒道："你知道什么？"

"我不知道？你先别生气，我来问你些问题。"女子按住沈知离的肩膀，用下巴指着苏沉澈道，"他可曾打骂你？"

对方气场太强，沈知离下意识地道："不曾。"

应该说她打骂他的次数比较多。

女子又问："他可曾三妻四妾花天酒地？"

沈知离："好像也……不曾。"

在明月宫的那个时候，应该算是苏沉澈被人花天酒地、三妻四妾吧？

女子还问："那他可曾误解你、虐待你、给你脸色看、迫使你做你不愿意做的事情？"

沈知离声音阴沉地道："他敢！"

苏沉澈猛摇头："我才不会做呢！"

女子顿时一拍桌子问道："那你到底跟你相公闹什么别扭？"

沈知离从齿缝间挤出几个字："他才不是我相公！"

女子指着沈知离，眼见又要喷话，苏沉澈突然伸臂挡在沈知离面前，冲女子落寞地一笑道："多谢姑娘好意，娘子不认我也没关系，精诚所至，金石为开，我相信娘子总有原谅我的一天。"

女子深深叹了口气，用一种同情混杂着感慨的眼神看向苏沉澈，说道："像公子这般好的夫君，真是打着灯笼也找不到，偏偏有些人还诸多嫌弃，真是……公子，听小女子一句，如此刁蛮妇人实在不是良配，不如去寻一温婉佳人才是真……唉，不过公子这般人品定然不会随随便便移情别恋，真令人唏嘘！"说完，女子

才缓缓远去。

沈知离僵硬地转过头："你到底和她说了什么？"

苏沉澈眨着眼睛垂下头道："也……也没什么。"

沈知离忽然深深地看了他一眼，叹了口气："你到底喜欢我什么，我改还不行吗？"

苏沉澈眨了眨眼："我就喜欢你不喜欢我，你改吧改吧……"

沈知离闭了下眼睛，按着额道："苏沉澈，别再装了，你以前跟叶浅浅也是这样的吗？"她顿了顿，又道，"死缠烂打、死乞白赖、百般甜言蜜语……"

苏沉澈沉默了一下，嘴唇翕动。

夕阳西下，淡淡的橘黄光芒映在苏沉澈的侧颜上，连他的睫毛都清晰得根根分明。

沈知离的手按上他的肩："别跟我解释了，我们真的道别吧。苏沉澈，我不适合你，你会后悔的。明日我便坐马车回回春谷，我不希望看见你骑马跟在我后面。"

沈知离转身离开，苏沉澈的影子被拉得很长，人却没追上来。

第二天一早，沈知离抱着新买的手炉怅然若失地坐上马车。马车驶了一会儿，前头的车夫突然道："小姐，后头那人可是在跟着我们？"

沈知离掀帘一看，就在距离他们马车不远的地方，一个白衣翩然、脖子上一圈雪白绒毛的公子正骑在……骑在……一头驴上！

只见那驴的毛光滑水润，两只驴耳朵高傲地竖起，雄姿英发，透着一股骏马才有的神韵。同时两只驴蹄冲着他们马车前拉车的马踢踏了两下，那驴又嘶鸣一声，动作极其挑衅。

驴上的公子冲沈知离粲然一笑，用手挥着驴耳朵向她打招呼。

沈知离："……"

车夫："小姐，要不要放慢点儿速度等他啊？"

沈知离果断地放下帘子道："不用了，我根本不认识这家伙。"她咬牙，又肉痛地递过去半两银子，"能不能快点儿，甩掉他的话，我给你的车费加倍！"

金钱的诱惑是巨大的，很快风驰电掣的马车载着沈知离飞一般到了回春谷口的镇子上。沈知离被颠得七荤八素，几乎口吐白沫，恨恨地想：驴子是绝对不可能追上来的。

下了马车，这次沈知离学乖了，戴了面纱又刻意放缓动作，警惕地看向四周，才慢慢朝前走去。

酒馆的掌柜探出头诧异地看着她："谷……前谷主，你这是在做什么？"

沈知离怀疑地看着掌柜："你还认得出我？"

掌柜："整条街都在看你啊，呵呵。"

沈知离一把拽掉面纱，沮丧地道："好了，不戴了，被抓就被抓吧。等等……"她猛地抬头，"你刚才叫我什么？"

掌柜咽了咽口水："前……谷主。"

沈知离痛心疾首道："你们……你们竟然这么快就被他收买了？他在哪儿？"

掌柜还没回答，沈知离就觉得自己又被抱住了。

这一幕好生熟悉，她僵硬地回过头道："师……"

抱住她的人将头埋进她的怀里："小姐，呜呜呜……蝶衣好想你啊，还以为你遭遇不测了呢，呜呜呜……"说着，蝶衣使劲蹭她，一脸鼻涕、眼泪全蹭到了沈知离的衣服上。

沈知离摸了摸蝶衣的后背，叹了口气："好了，小姐没事，小姐没事，你带我回谷吧。"

有蝶衣带着，沈知离一路都很顺利。沈知离从自己的院落绕进石窟，吩咐了蝶衣几句，便独自进去了。

半个时辰后，沈知离脸色苍白地扶着墙走了出来，在地上坐了好一会儿才忽然奇怪地道："蝶衣，你带我进来这么久，为什么师兄都没有发现啊？"

她原本是做好了被抓的准备的，这会儿没看见花久夜，却又莫名有些不安。当然，这不代表她准备送上门去给花久夜玩。

蝶衣闻言，神色一下显得很哀伤："花公子受伤了。"

沈知离："啊哈？"

蝶衣咬着手绢道："伤得好重的样子，还不让人靠近照顾，奴婢都快担心死了。"

沈知离一怔，随即问道："他快死了吗？"

蝶衣横了沈知离一眼："还没有！小姐，你怎么看起来很开心的样子？"

"怎么会？师兄受伤，我也很难过，真的，很难过……"沈知离克制住耸动的肩膀，以手掩唇咳嗽了两声，"那你带我去探望一下师兄吧。"

幸灾乐祸什么的我才没有呢！

回春谷对沈知离来说已经熟到她闭着眼睛都能走上一个来回的程度，穿过长长的回廊，沈知离发现蝶衣领着她去的是以前师父的房间。

沈知离拉住蝶衣："为什么在这里？"

蝶衣解释道：“小姐的房间在那次打斗时毁了，花公子懒得修理，就干脆搬到老谷主的房间了。”

岂有此理！师父的房间过去她自己都很少去，花久夜居然敢住进去！沈知离攥拳，跟着蝶衣进去的时候，不觉带了几分怒气。

蝶衣推开门，手指抵在唇间，小声道：“小姐不要吵到花公子休息啊！我在门口望风，若有人来我便咳嗽两声。”

沈知离摆手道：“我知道了。”

一进门，沈知离就看见过去那张师父时常休憩半靠的榻上躺着一个黑发少年。花久夜其实早已经过了少年时期，只是他那张雌雄莫辨的妖艳面容，让他无论什么时候看起来都不过十五六岁。

他抱着蛇侧躺着，背脊微弓，身子紧紧蜷缩着，纯黑的长袍裹住他的身躯，反衬得那张妖邪的面孔分外苍白通透。从眼角划下的伤口落到他的颧骨处，不仔细看像是一滴泪，一滴将落未落的泪。只这一笔，瞬间将他的整张面容点缀得格外凄清。

沈知离反握住银针，小心翼翼地接近他，再迅速动手刺下——花久夜没反应。她松了口气，在花久夜身边坐下，打量着屋内的一切。

师父的房间总有人打扫，干净得纤尘不染，家具陈设也同过去没有任何差别。四周的空气里还弥漫着师父的气息，带着几分清冷、几分药香。一切熟悉到让她甚至生出几分错觉，也许师父会随时从门口进来，勾起薄唇冲他们微笑，晨曦照着师父的侧颜，依旧好看到令人心动。可是……沈知离垂下眼眸。是她亲手装殓了师父的尸体，怎么还有这种可能？沈知离按住心口，忽然有些难过起来。

沈知离转过头，映入眼帘的是花久夜熟睡的侧脸。她替他搭了搭脉，瞬间皱起眉头。花久夜到底受了什么伤？把蛇放到一侧，沈知离摊平花久夜的身躯，一颗颗解开他外袍的衣结。

来不及欣赏花久夜的身体，沈知离首先注意到了他身上交错重叠的伤。各种各样的伤口遍布他的整个身躯，最近的看起来不过伤在几天前，而且从伤势的愈合情况也可以看出主人对它们的漫不经心，他估计连药都懒得涂——花久夜这些年到底过的是什么日子啊？

轻柔地抚过这些伤口，沈知离快速取出药膏帮花久夜上着药，动作熟练得就像小时候那样。

花久夜小时候很爱打架，脾气暴躁又懒得解释，基本上稍微惹到他的人，不管是谁，挨一顿打是跑不掉的。尽管花久夜也不是总赢，但他用的伤药是全回春谷最好的。

少年趴在床上，背脊上都是打架时挂的彩。少女一巴掌拍在他受伤的肩膀上，少年嗷的一声惨叫，昂头暴怒道："你这是要我的命吗？"

少女不以为意地努努嘴："哼！知道疼就不要打架啊！"

少年托着下巴，对她爱理不理的模样："不打架还叫什么男子汉？而且你要知道这是你师兄赢了！"他挥着手臂，高高竖起一根食指，"还有，这事关男人的尊严，怎么能不打？"

少女不以为然道："那我明天告诉师父好了。"

少年蓦然转头，呻吟一声，伸手死死拽住少女的衣角："师妹，别这样啊，我都死命护住脸了，要是被师父知道就功亏一篑了啊！大不了我以后打架的时候用点儿毒，速战速决……哎哟，好师妹，回头师兄下山给你买桂花糕、泥人……总之你想要什么师兄都给你买，你就当没看见、没看见哈！"

沈知离低头思索，她当时是怎么回答的？好像是……沈知离的手在虚空中推了一下，她轻声道："笨蛋，你受伤都不会疼的吗？"轻叹了一口气后，沈知离收回了手。

"我疼不疼和你有什么关系吗？"

沈知离下意识地回答道："当然，你是我的师兄啊！"

回答完，沈知离才瞬间意识到不对，刚才那个声音……

花久夜赤裸着上半身，细长的眼眸中流转着锋利的光芒，目光带着不加掩饰的戏谑，让被盯着的人总有种仿佛被什么阴冷生物缠上的感觉。

沈知离吓得连退数步，抵着墙站稳道："你什么时候醒的？"

花久夜舔了舔唇，猩红的舌滑过贝齿，视觉效果有些触目惊心。沈知离不自觉地咽了口口水。

花久夜道："过来。"

沈知离猛摇头道："不要，我走了。"说着她就准备去拉门。

花久夜的声音慢悠悠地响起："如果今天你敢这么走出这扇门，我不保证你下次来的时候，回春谷还存在。"

沈知离怒道："花久夜，你敢！"

花久夜轻笑了一声："你大可以试试。"他又道，"快，乖乖坐过来。"

沈知离握拳，然后……她坐过去了。不是她懦弱，而是她实在不敢拿回春谷做赌注，那是师父的心血，也承载了她所有美好的记忆。

见她乖乖坐好，花久夜自喉咙中挤出一声笑，笑声极低沉，也极悦耳，沈知

离却不由自主地打了一个寒战。

花久夜抚摸着沈知离颈脖处的肌肤道："师妹，这些日子都去了哪里呢？实在让师兄好找啊！"

沈知离咽着口水，觉得寒气森森，鸡皮疙瘩一颗颗起立："没去哪里，就是在附近转了转，等师兄消气……"

花久夜："可是我觉得我更生气了怎么办？"手指在蛇身上温柔地爱抚着，花久夜托着下巴道，"还有，师妹真是好不乖啊！谷里埋着沈天行的墓地里竟然放的不是他的尸体。师妹，你把沈天行的尸体藏到哪里去了呢？竟然用这种方法糊弄师兄。嗯，这么一想，你还真是需要找个地方好好躲着。"

沈知离有点儿心虚。

估计是知道这家伙肯定要来挖坟，师父死前吩咐她不要把他的尸体埋在谷里，而是埋在了附近的小镇口。

花久夜使劲捏了捏沈知离的脸，揉搓成各种形状。沈知离咬牙默默忍了。

花久夜玩得开心，冲沈知离招招手道："师妹，靠过来。"

沈知离瞪着花久夜："靠过去？"

花久夜："嗯，靠到我怀里。"

他身边的那条巨蟒此时也扭动着一身绚丽的花纹蹭到他怀里，讨好地用胖硕的脑袋顶了顶花久夜的胸膛，身姿妖娆曼妙。也就是说，她要和那条蛇靠在一起！

沈知离："师兄，你不要得寸进尺啊！"

花久夜好整以暇地挑眉看着她："我就喜欢得寸进尺，师妹不喜欢吗？"

沈知离僵直着身体瞪着他。

花久夜叹了口气，将巨蟒推开道："你就这么怕师兄吗？我又不会害你。或者说，我什么时候害过你了？一直以来我都对你不错，不是吗？"

沈知离心一软，身子猝不及防地被花久夜揽入怀中。她一惊，刚想挣脱，耳畔拂过温热的吐息，花久夜慵懒却又含着戏谑的声音响起："别乱动，我受伤了。"见到沈知离明显戒备的目光，花久夜顿了顿，又不无嘲讽地补充道，"现在什么也做不了，你放心。"

沈知离不惊讶花久夜为什么能动，她的药对其他人来说或许是立竿见影的，可对自小天分就比她强悍不止一点儿的花久夜来说，解毒根本就比呼吸还简单。

贴着沈知离的身躯冰冷得像一块寒玉，花久夜却犹觉不够，伸出了一条手臂环住她的腰。沈知离哆嗦了一下，闭眸镇定下来道："师兄，你受的是什么伤？为什么我从来没有见过？"

花久夜把头埋进沈知离的肩窝里，深深嗅了一口，舔了舔她的锁骨道："师妹，你好香，又香又软又温暖，让我好想把你吃掉。"

沈知离："我赶路三天没洗澡了。"

花久夜的身体僵了一下，随即他温柔一笑道："那我帮你洗吧。"

沈知离磨了磨牙，忍不住吼道："花久夜，你能不能好好回答我的问题？不要对我动手动脚的！"她伸指在花久夜的眼睛前戳了戳，"还有，别再用那种令人毛骨悚然的眼神看我了行不行？我感觉好像被什么脏东西盯上了。"

花久夜笑着抓住她的手指，温柔地摩挲了两下，随即移开视线，漫不经心地道："也没什么，只是出门的时候遇到了南疆的几条狗，被咬了两口。"

南疆？难怪她完全不知道，对中原地区来说，那里的蛊毒就相当于未知，很多甚至完全不能用医术来解释。

沈知离皱眉道："那……严重吗？"

花久夜无所谓地道："反正死不了。"

额发垂下来，花久夜细长的眸子被掩盖住，甚至连近在咫尺的沈知离也没有看见其中一瞬间流露出的近似自暴自弃的绝望。

他的确死不了，他身上种了不下数十种蛊，无论哪一种放到任何人的身体里都是致命的蛊毒，混合起来更是可怕到了极致。要死他早就死了，只是再苟延残喘他也要活着，他活着就是对某些人最大的嘲讽。

花久夜动了动唇，说道："倒是你身上的蛊毒不打算解了吗？"

沈知离一愣，花久夜拉开她的衣袖，她才看见那腕上的浅粉丝线。对了，上次那个蛊毒，

那个让她对苏沉澈起邪念的蛊毒！

花久夜定睛看了一会儿，突然咦了一声："师妹，你的运气还真不错，这蛊竟然陷入了沉睡，想必之后就再没发作过。不过看样子至多再过一个月，它就会清醒过来。"

沈知离愣愣地道："清醒过来？然后呢？"

花久夜微笑道："就进化了啊，会更加难以除掉哦，而且发作起来效果也会更好哦。"

沈知离："……"

花久夜摸了摸沈知离的头："反正这蛊对身体没多少伤害，你留着做个伴也不错嘛！"

这种一发作就跟中了春药一样的蛊谁想要啊？

沈知离抽动嘴角，声音阴沉地道：“到底怎么才能解？”

花久夜：“不知道，不过我有个办法，无论什么蛊都可以解。”

沈知离隐约有种不祥的预感，但还是问道：“什么？”

花久夜笑道：“就是跟我欢好啊，我身体里有南疆号称不死蛊的至尊蛊皇，万蛊皆克。”

沈知离呆滞了片刻，这家伙怎么可以说“欢好”说得这么顺啊？

她迅速挣脱花久夜的怀抱，握住手腕断然道：“那还是算了吧，我突然觉得留着这蛊也挺好的。”

花久夜上半身前倾，未束的外袍自肩膀向两边滑开，松松垮垮地挂在手臂上。大片细腻紧致的白皙肌肤正对着沈知离的视线，仿佛泛着淡淡的珠光，诱惑非常，发梢的一滴汗顺着他的锁骨滑过胸膛没入被中。

沈知离艰难地移开视线，花久夜微微眯起眼睛，似笑非笑地对沈知离道：“师妹不愿意跟师兄欢……”

在最后那个“好”字说出来之前，沈知离果断地打断他的话道：“不愿意！”

花久夜的笑容不变，他慢条斯理地道：“师妹都忘了吗？你以前可是答应过要嫁给我的。”

沈知离愣了一下。这是什么时候的事情，她怎么完全不记得？

花久夜慢悠悠地道：“你不记得也没关系，只要我记得就够了。既然如此，我们不过是提前做夫妻之事而已，你有什么好不愿意的？”似乎想起什么，他又道，“你之前不是还特地算过，若你嫁给师父有多简单低廉吗？嫁给我不也是一样？我们可以把婚礼所需的银子控制到五两以内，挑个黄道吉日，你直接搬进来就行。”

沈知离抓狂道：“师兄，你开什么玩笑？”

花久夜挑眉，冷笑道：“我看起来像在开玩笑？”

沈知离一怔，随即声音低了下来：“你不是已经知道，为什么……”

花久夜随手拨弄着蛇鳞，最角勾起一抹若有似无的笑，口气很无所谓地道：“我又不知道自己还能活多久，当然要赶快生个继承人了，反正我最熟的女人就是你了，我可没这个工夫再去找个像你这么笨的女人。”

这种原因，实在是……太好了！

沈知离真诚地建议道：“其实你可以娶蝶衣啊，我觉得她比我笨，也更好骗啊！”

花久夜用恨铁不成钢的眼神盯着沈知离。

沈知离垂头道：“别用这种眼神看着我嘛，我很认真地建议的啊！”

花久夜眼神阴冷，继续盯着她。

沈知离瑟缩了一下，低声道：“而且，师兄，你要是娶我的话，你不会有乱伦的感觉吗？”

花久夜：“不会！”

沈知离弱弱地道：“可是我会。”

花久夜：“那就乱伦好了，我一点儿也不介意。”

他要不要这么油盐不进啊？嫁给师兄，她根本就没有考虑过。她预料到师兄会回来，会报复、愤怒，只要不杀了她、毁了回春谷，这些都没关系，但是他要娶她……这实在是太刺激她的心脏了！

花久夜：“那就这么定了，我现在……”

沈知离一把拽住花久夜的肩膀，摇晃着，眼神恳求地道：“喂喂，别这样！”

花久夜突然神色一变，闷哼一声，眉头紧皱着捂住胳膊。沈知离连忙松手，有血从花久夜的手背上流淌出来，顺着他骨节分明的手指滴落到地面上。

他怎么还有伤？不容分说，沈知离上前撕开花久夜的衣袖。伤口在胳膊肘以上，有两个大而深的牙痕，血色已经泛黑，蔓延半条手臂。他显然是中了毒还未解，而且是蛇毒。

沈知离把阴沉的目光投向花久夜身边游动的巨蟒身上，巨蟒仿佛感受到沈知离的敌意，兀自钻进花久夜怀里，头颅努力地蹭了蹭，又对着沈知离耀武扬威地吐了吐舌，似乎在说：羡慕不、嫉妒不、恨不？

沈知离：“……”

接着巨蟒身躯一探，骤然靠近，朝她猛地吐了吐鲜红的蛇芯。沈知离吓了一跳，倒退一步，跌坐在地。巨蟒这才又回到花久夜身边，温驯地用蛇芯舔了舔花久夜的手指。沈知离泪奔，一条蛇都能吓到她，她是有多没用啊？

花久夜像是对待调皮的孩子一样，抚摸了两下巨蟒，眼神温柔，唇畔不由自主地挂起笑容，温声细气地对巨蟒吩咐道：“吓吓她就好，不要真咬哦，不然帮她解毒她又不愿意，我可麻烦了。”花久夜抬起头望着沈知离，语气平淡地道，“不要用那种眼神看小花，它会被吓到的。”

差别待遇要不要这样啊？

沈知离闷声道：“你不如干脆娶你家蛇算了。”

花久夜奇怪地看着她道：“小花是公的，而且小花又不能生孩子。”

你居然真的想过？

看花久夜这么护着蛇，估计就算是那条蛇咬的他，他也心甘情愿吧？

沈知离从地上站起来，认命地找到药，替花久夜清理过伤口，再用火烧过的

刀割开伤口放出毒血，接着迅速上药包扎。这期间花久夜一声也没出过。似乎知道沈知离是为了花久夜好，巨蟒也安分地待在一边。

房间里突然安静下来。沈知离却忽然有些怀念当初那个大大咧咧，虽然爱损她、爱欺负她但笑得比谁都阳光的师兄。现在这个人，不知道还有几分师兄的影子，毕竟再回不去了。

“好了。”沈知离扎好结，抬头发现花久夜死死地咬着唇，他双眸紧闭，冷汗顺着额头一滴滴落了下来。他不是不痛，只是学会了忍耐。

沈知离的心软了几分，但……她猛然出手，点中了花久夜的几处大穴，虽然力度不够，花久夜可能很快就会冲破，但她只要这么点儿时间就够了，更何况刚才的药里也掺杂了一点儿有迷幻成分的药材。

沈知离轻声道：“抱歉，师兄，你还是娶别人吧。回春谷就交给你了，这原本也是该你继承的，谷主的印鉴和其他文书还放在老地方，你可能已经找到了。只是，师父葬在哪儿，我真的不能告诉你。”

花久夜死死地盯着她。

沈知离垂眸道：“我走了。”

花久夜：“等等。”

沈知离顿住。

花久夜低声道：“我不娶你了，你别走。”

沈知离叹气道：“我又不是笨蛋，真留下来会发生什么还很难说。”

花久夜似乎也知道自己的话实在没什么信服力，抿了抿唇：“那抱我一下可以吗？”

沈知离想了想，张开双臂快速地抱了花久夜一下，然而就在她退开的瞬间，花久夜的头动了一下，嘴凶猛地咬住了沈知离的唇——这家伙竟然只冲破脑袋的穴道！

沈知离挣脱开，唇上剧痛，显然已经被咬破，有咸腥的血液味道。

沈知离怒道：“你……”

花久夜舔着唇上沾到的鲜血，眼锋如刀，语气危险地道：“我看你能跑多远。还有，记住，我咬过的地方不许给别人碰，尤其是那个叫十二夜的……”

不等他说完，沈知离一抹唇上的血，怒气冲冲地摔门而出。

房门口。

蝶衣捂嘴道：“小姐，你的嘴唇……”

沈知离："看什么看？我自己咬破的。"

"小姐，你一点儿都不适合骗人。"蝶衣咬着手绢，"好羡慕、好羡慕……"

沈知离抽动嘴角道："花久夜现在在房间里动弹不得，你速速送我从后门出去，回来说不定还来得及……"

蝶衣的眼睛猛然一亮，她拖住沈知离的手，一溜烟狂奔消失在烟尘中。

半个时辰后。

沈知离靠在榻上，一边对着马车里的铜镜看自己嘴唇的惨烈程度，一边打哈欠。

花久夜这个浑蛋，咬得这么狠！沈知离欲哭无泪地发现，以她的体质至少要半个月才能好，这要怎么见人啊？

叹了口气，沈知离摸出马车里藏着的银票，从头到尾数了两遍，心情才好了一点儿。

这辆马车是为了她出逃特制的，不只按照她的喜好赶制，里面还藏了她的不少好东西，前几次马车都没用上，这次总算派上了用场，不枉费她重金特制。而且她走的是鲜为人知的后门，就连花久夜都不知道，应该能甩掉他们吧？

打了一个哈欠，沈知离往马车中铺的褥子里缩了缩，准备先睡一会儿，跟花久夜对峙实在太消耗心力了。

"车夫，赶慢点儿，我睡会儿。"

外头的车夫低声应下。

沈知离在马车里睡得昏天黑地，醒来时抓了抓蓬乱的头发又扯了扯半敞的衣襟，刚想问到哪儿了，就见帘子被人拉开。

一身白衣的车夫探头问："知离，今晚就住在这家客栈，你说好不好？"

沈知离："……"

车夫见她不答，狐疑地道："怎么了，你不喜欢吗？"

沈知离迅速拉好衣服，丢过去一个茶壶："怎么是你？怎么又是你？怎么老是你？你怎么就这么阴魂不散啊？"

委屈的苏沉澈只露出半只眼睛："知离，你一个人我不放心嘛！"

沈知离怒道："我的车夫呢？"

苏沉澈："我给他银子回家养老了。"

沈知离："不可能！他是我的心腹，怎么会……"

苏沉澈："我给了他十万两银子。"

沈知离的眼睛都直了，她又丢过去一个茶杯："浑蛋，干吗不给我？"

苏沉澈躲开杯子，笑容纯良："我整个人都是你的，银子当然也……"他的声音戛然而止，"知离，你的嘴唇怎么了？"

沈知离："我自己咬破的。"

苏沉澈甩开缰绳，扑到沈知离面前，手指轻柔地抚过她的唇，心疼地道："知离，到底是谁咬的？"

为什么她说个谎话，就完全没人信呢？

沈知离推开苏沉澈："跟你没关……"

苏沉澈紧紧盯着沈知离的唇，好像根本没听到她的话："知离，我可以舔一舔吗？舔一舔会好得快一点儿哦！"他琥珀色的眼睛忽闪忽闪的，期待似的看着她。

沈知离："滚！"

第十章
歌吹是蛊王

他们到底还是在客栈住下了——因为天黑，也找不到别的地方，方圆十里只有一家“黑店”。

掌柜点头哈腰地把他们迎进了最好的房间，是的，又只有一间房了。

月色正浓。

沈知离铺好被子，斟酌了一下，转头对着坐在对面榻上双手抱被的苏沉澈道：“苏公子……”

苏沉澈弯眸笑道：“知离，叫我沉澈就好，当然，如果你喜欢叫单字‘澈’，我也没有意见的。”

沈知离：“……”

苏沉澈裹了裹被子，语气正经地道：“知离，虽然开春了，但天气还是有点儿凉，需要暖床吗？”

沈知离抚额道：“不用了。”不等苏沉澈说话，沈知离对他招了招手道，“这

样，你坐过来，我们好好聊一聊。”

苏沉澈欢欣雀跃地奔过去坐好。

沈知离也坐下，手指敲着桌面：“你到底在想些什么啊？你不是已经恢复记忆了吗，为什么还赖在我身边不肯走？”

苏沉澈回答得毫不犹豫：“因为我喜欢你啊！”

沈知离愣了一下，随即苦笑道：“苏沉澈，就算我再想相信你，也实在不能接受什么一见钟情、一往情深……你到底图我什么啊，你说清楚好不好？真的不用硬装下去了，你多次救我，如果能做到的我尽量答应你……”

她的话还没说完，手就被人握住了，苏沉澈静静地望着她，幽幽地道：“在明月宫里，我不是故意瞒你的。”

沈知离一顿，抽出手，不自然地道：“怎么扯到这个了？”

苏沉澈接着道：“我父亲的一个肾脏和执掌令牌都在纪明月手里，无论如何我都要拿回来，只能跟她虚与委蛇，不告诉你，是不想让你担心，也怕把你牵扯进去。虽然他不是个好父亲，但毕竟生养我多年，不这样做的话，我怕会于心有愧。”

他的声音有些低沉，在夜晚里，语气显得很淡，让人不由自主地回想起那天他对纪明月说的话。

“妻子亡故，他独自留在江南醉生梦死，虽然相好无数，可每个都不超过一个月。你跟了他三年，难道还是什么都察觉不出吗？他是个不折不扣的懦夫，连爱也不敢爱的可怜虫……”

沈知离瞬间语塞，这是苏沉澈的私事，她一个外人无从置喙。

沈知离动了动唇，说道：“你不用跟我解释的。”

苏沉澈垂眸：“可是那天你很生气。”

沈知离想说，我生气那也是我的事情，但又觉得未免太过伤人，反复斟酌才循循善诱道：“那现在呢，你就没有什么打算吗？你毕竟还是十二夜公子，不该这样陪在一个女人身边，你应该……”

苏沉澈：“我不想再去管了。”

沈知离不明所以地道：“啊？”

皎洁的月光透过窗棂斑驳地投射进来，流泻在地面上，窗外寂静无声。

苏沉澈的面容显得有些落寞：“我的母亲在我出生后没多久就被人杀了，怕见到我后念及母亲，自我有记忆后，父亲就很少见我，一直将我寄养在姑姑、姑父那里，甚至一两年都见不上一面……会做十二夜公子，也是母亲旧部想要我为母亲报仇，想为我谋权夺利，但那实在很累……”

沈知离又是半晌不知道该说什么，苏沉澈的模样实在不像说谎，她的心软了软，父母不在的苦涩她能体会，可……她终究只道：“别这么说，你做得很好啊，就连我久居回春谷都听过十二夜公子的大名，全江湖除了各大门派的掌门，最出名的就是你了。”

“好又怎么样，不好又怎么样？又有谁会在乎？”苏沉澈苦笑了一声，手覆盖上沈知离的手，摸了摸，语调怅然地道，“知离，你就这么想赶我走，让我陪着你不好吗？”他琥珀色的眼眸中，有几分近乎卑微的恳求——这是多么让人动容的神情。

不是不好，她只是……

微凉的手指触上她的额头，沈知离愕然地抬头，却见苏沉澈动情地望着她，满眼的深情，浓得若化不开的雾。沈知离一时反应不及，苏沉澈的手指已经顺着她的脸颊摸到下颌，轻轻托住，另一只手反环过她的腰，将她贴近自己，然后那张清俊的面容越来越近……

等等，好像有什么不对！沈知离在这千钧一发之际，双手握拳，死死抵在苏沉澈的额前，阻止了对方亲过来的唇。然后，她果断地挣脱出来。

这么好的气氛，明明就差一点点了……苏沉澈转过头，嘟嘴怨念地道：“知离，为什么推开我啊？”

至此，沈知离可以确定，这浑蛋又开始装了。亏她刚才还觉得心软，简直……

沈知离：“再相信你说的一个字，我就是白痴！”

苏沉澈眨眼，诚恳地道：“知离，这样诅咒自己不好的。”

谁诅咒自己了啊？她是认真的！

沈知离掀开被子钻进去，双手将被子拉高盖过脸，闷声对苏沉澈道：“浑蛋，睡觉。”

苏沉澈温柔地道：“知离，晚安。”

三天后。

沈知离悲剧地发现，她不仅没把苏沉澈甩掉，这厮还越黏越紧了。无论她用什么办法、跑到哪里，苏沉澈都有办法以一种奇特的方式出现在她面前。

沈知离抓狂，她已经好些年没出远门了，正想好好逛一逛游玩一下，但是苏沉澈跟在身边，哪怕他端茶倒水殷勤得跟蝶衣没什么差别，沈知离还是有一种油然而生的别扭感，尤其是跟他出门的时候……

路边某少女：“哎呀，你看、你看，那位公子看起来好俊俏啊！”

某少女的友人：“是啊、是啊，尤其他一笑起来看得我心跳得好快啊！你快看、你快看，他转过头来了，他对我笑了，是对我笑吧？”

某少女：“才不是呢，明明是对我笑！”

某少女的友人：“不对，他是看那个女的。”

某少女：“嘁，那女子还没你我好看呢，唉，世风日下……”

沈知离默默地瞥了苏沉澈一眼，苏沉澈欢快地奔到沈知离身侧，接过沈知离手里的东西，殷勤地道：“知离，还有什么想买的吗？”

沈知离看了看他，再看了看那边自以为说话声音很小，结果所有人都能听见的少女——

她还是把他甩掉比较好吧？

突然一阵喧哗声响起。

“官爷、官爷，就是这几个人偷了我的银子还打伤了我的人！”

沈知离望去，只见一个衣着华丽、身形圆润如球的男子，正用肥胖的手指指着三个穿着兜帽黑袍的男子，他身后跟了数十名官兵。

带头的官兵邪笑一声道：“拦住他们！”

说着带头官兵走到当中一名男子面前，拉下他的兜帽，正想说话，却被吓得倒退了一步。

从沈知离的角度恰好能望见那男子的面容，一瞬间，沈知离的脑海中闪过两个词——女扮男装、死人。但她定睛一看，又将其全部否定。

对方有一张非常秀丽的面容，虽然用这个词来形容男子有些奇怪，但那张雌雄莫辨的脸确实如此。那张脸上下巴削尖、唇形优美，一双剪水瞳仁忽闪，若非沈知离是个精通人体骨骼的大夫，也未必能看出对方的性别。当然这并不能吓到人，真正让人觉得诡异的是那张脸上毫无血色，呈现出一种病态的苍白，散发着阴冷的气息。

官兵可能是想到光天化日之下，哪敢有妖孽作祟，才壮着胆子道：“你们是什么人？可有户籍，怎敢偷王公子的银子？”

那人开口，声音中有一种奇异的冰冷之意：“我们没偷。”

王公子立刻嚷嚷道：“胡扯！就是你偷的，还不敢承认！官爷，赶快搜他的身，现在赃物定然还在他身上！”

周围的人已经越围越多。

一根纤细的手指从那人的黑袍中探出，那人指着王公子道：“好，你搜。”

王公子舔了舔唇，被肥肉挤压的小眼睛里露出几分淫邪的光芒：“好啊、好啊，小爷这就来搜了。”

王公子的手毫不犹豫地探向那人的胸膛和腰肢，没过片刻，就听他一声惨叫，捂着不住流血的虎口，向后倒退。黑血从他的手指上滴下，一条蛇飞快地掠了出来。

“啊，有蛇！”

“好多蛇！蛇有毒！”

围观的人顿时惊叫起来，街上乱成一团。

沈知离当即冲过去查看已经倒在地上脸色惨白不断呻吟的王公子。虽然他因色诬赖人，但毕竟罪不至死。一看之下，沈知离顿时愣住，王公子被咬的伤痕同花久夜手臂上的伤痕竟是一模一样的。

沈知离猛然抬头，然而人潮涌动，此时她只能在慌乱的人群中捕捉到那三人迅速隐没的身影。在最后消失之际，为首的那人蓦然回头，视线扫过沈知离的方向。沈知离莫名一凛，再看去，那人已经彻底消失不见。

这几个人……竟然是南疆的，难道他们是冲着花久夜来的？花久夜说遇到了南疆的几条狗，指的莫非就是……

不等她多想，被蛇咬伤的人已经越来越多。沈知离一边用匕首处理伤口，一边让苏沉澈去附近医馆叫人来，再顺便买些雄黄驱蛇。话没说完，就觉得身体一轻，她竟然被人拦腰抱住了。

沈知离惊怒道：“苏沉澈你干什么？赶紧放我下来！”

苏沉澈：“地上有蛇，很危险。”

沈知离：“我没关系的！这些人的伤再不处理，过一刻只怕有性命之忧。”

苏沉澈摇头道：“我不要把你放在危险里。”

沈知离：“都说了我没事，就算被咬我也不会死，只是有一点危险而已，人命重要还是……”

苏沉澈打断她，断然道：“你重要。”见沈知离在他怀里挣扎，苏沉澈死死按住她的身体，又补充道，“对我来说，任何人的性命都比不上你的安危重要，更何况你救不了几个人的。”

沈知离不知道该说什么，她该感动吗？可是……

“苏沉澈，能救一个是一个，我都说我不会有事的，这可是人命啊！我是个大夫，怎么能眼睁睁地看着人死？”

苏沉澈抿着唇，就是不肯松手。

沈知离把心一横，双手抱住苏沉澈的脖子，唇往上一凑，亲在苏沉澈的唇上。苏沉澈眨了眨眼，双眼瞬间变成桃心形，手上的力道也松了。沈知离趁机挣脱，

继续处理被咬之人的伤口。

苏沉澈呆呆地站着，良久转头看向沈知离，忐忑地道：“知离……这是你第一次主动亲我哎！”

“嗯啊，不过还是有点儿恶心。”沈知离毫不犹豫地戳破苏沉澈身边四散飘摇的粉红泡泡。

说到底沈知离毕竟是个大夫，救死扶伤是大夫的天性。她忙活了好一阵，才给一个个受伤的人解了毒。

沈知离捶着肩膀回到客栈，不由自主地回想起白天见到的那三个黑袍男子的样子，他们总给沈知离一种很危险的感觉，希望不要再遇到，也希望他们不要再去找花久夜的麻烦。

她酸疼的肩膀适时地被人捏了两下，力道适中。

沈知离面无表情地道：“松手。”

苏沉澈：“呃，捶得重了还是轻了？不然我再换一种手法？”

沈知离挥着胳膊架开苏沉澈的手：“别吵，今天累死了，没心情陪你拌嘴。”

苏沉澈手脚迅速地帮沈知离铺好床，冲她微笑道：“累了就睡吧，我守着你，不会有坏人敢接近你的！”

沈知离：“……”

在这里，看起来最像坏人的就是你了。

不等沈知离反驳，苏沉澈已经乖乖地坐在一旁，手肘撑桌，捧着脸盯着沈知离，绽开如冬日般和煦的笑容：“今天知离好厉害……”

何止是厉害，在众人的一片惊慌失措中，唯独沈知离安然地握刀放毒血、上药，动作熟练到好像完全不用思考般。她身姿轻盈地穿梭在受伤的人群中，身上带着仿佛与生俱来的安抚气质，让人不由自主地觉得安定，好似什么也不用担心，只要信任她就够了。她平淡却也耀眼，让人完全没法移开眼睛。

沈知离打了一个哈欠：“这算什么厉害，大夫不都是这样的？你没见过我师父疗伤的时候，动作快得会让你觉得自己的眼睛瞎掉了。”她又敲了两下太阳穴道，“算了，不跟你说了，我先睡一会儿。别叫我，也别吵我！”

苏沉澈盯着她，如小鸡啄米般点头。

苏沉澈倒是当真没吵她，沈知离一觉睡到了天黑。清醒过来后，她长出一口气，只觉失去的体力尽数回到了她的身体里。窗外月色凄迷、光影朦胧，照在端坐于椅子上的苏沉澈身上，为他干净的容貌镀上了一层漂亮的银光。他斜靠在桌上，眼眸紧闭、呼吸浅浅，显然已经睡着。

沈知离歪头端详了一下苏沉澈的容貌，即便在已经对他知根知底的情况下，她还是不得不说，苏沉澈这张脸看起来实在……非常人畜无害，甚至会让人忍不住想要在他的嘴角戳一戳，看能不能戳出一个卖萌的酒窝来。

她戳了两下，也不见苏沉澈有反应。沈知离收回手，想着他大概是睡熟了吧？

等等，他睡熟了？沈知离从衣柜里取出早就准备好的包袱，准备再次实施摆脱苏沉澈的开溜计划。

多次失败让她对这件事已经做得非常熟练，不得不说，她这种越挫越勇的精神十分值得鼓励，但事实上到了这种地步，沈知离已经不大指望能够成功了，不过多逃两次摆明立场也是很有必要的。

此时正是夜晚时分，客栈里客似云来，沈知离轻手轻脚地走出客栈，倒没人注意到她。

在街上逛了逛，沈知离吃了碗酒酿圆子，置了几套衣服，又去戏班听了一场戏，才默默朝着驿馆走去。一边走沈知离一边想，她好像已经出来好些时候了，苏沉澈怎么还没出现呢？他是不是还没睡醒？嗯，有可能。那她要不要趁机逃远点儿？说不定她真能逃掉呢？

还没走到驿馆，沈知离突然瞅见一抹熟悉的影子——苏沉澈。她就说嘛，这家伙怎么可能到现在还没追过来？

失败这么多次以后，即便被发现，沈知离也渐渐连一点点失败的沮丧心情都没有了，取而代之的是一种"果然，又被发现了""我就知道肯定会这样""苏沉澈果然是万能的"的心情。话说，这其实真的不是什么好心理啊！

沈知离认命地站好，思考着措辞，却发现……

"啊哈？"

苏沉澈在距离她一个街角的地方猛然转身，快步拐向了另外一个巷弄，半点儿也未曾回头。

沈知离："……"

这种突然出现的不爽情绪到底是怎么了？苏沉澈你往哪儿跑啊？不对，终于有可能摆脱苏沉澈，她应该开心的嘛！沈知离握了握拳，迅速转身想要绕回驿馆。

沈知离跑了还不到两步，前头忽然有人挡住了她的去路。沈知离抬头，几个身着兜帽黑袍的男子正站在她面前，当先一人用僵硬的汉话道："你就是沈知离？"

来者不善，沈知离连答也没答，扭头就朝着苏沉澈消失的方向跑去。然而没跑出两步，她只觉脑袋眩晕，眼前一黑，整个人就不再属于她自己了。

在失去意识前，沈知离隐约听见了几个男子细碎的声音，他们说的是苗疆话。仓促之间，沈知离只能分辨出几个关键字眼——“王”“管用”“蛇”“杀掉”……这些字眼组合起来为什么这么令人毛骨悚然？

清醒过来的时候，沈知离已经站在一间古怪的房间里，是的，站在房间里。沈知离迅速反应过来，她不是被打晕，只是被下蛊麻痹了一段时间的意识，这实际上比她直接被打晕还要可怕。此刻那个可怕的人就坐在她面前，她不得不打起精神应对。

显然是因为对方的操作不熟练，茶盏轻碰，发出清脆的声响，对方干脆将杯盖掷在地上，瓷质的杯盖瞬间四分五裂，碎成无数小块。

他这个举动让沈知离更加紧张起来，手不自觉地摸上藏起的银针。

那人也缓缓转过脸来，兜帽黑袍，黑发如瀑，倾泻在肩上，面如皎月，色若春花，只是那双眼睛里一片深沉的漠然，让人根本无法看透他究竟在想些什么。

他说：“我叫歌吹，是南疆的蛊王。很抱歉地请你来，恐怕你要跟我们一起回南疆。”他依旧是那种奇异的语调，冰冷得没有半分情绪。

越是这种人越是让人不安，因为你根本不知道他想要从你身上得到什么。

沈知离回了一个微笑：“我也很抱歉，我暂时没有跟你们去南疆的……”

她的话还没说完，歌吹突然俯身，拾起地上碎裂的瓷片。但是瓷片实在太多也太过锋利，没多时，歌吹的手指就被瓷片割裂流出鲜血，他却像是浑然未觉，依旧收拾着地上的瓷片。

沈知离默默地看着瓷片将歌吹的手指割得鲜血淋漓，叹了口气，没忍住，掏出块帕子把歌吹的手裹起来道：“瓷片太锋利，没必要用手，用笤帚扫掉就行，不然容易伤到手。”

歌吹转头，用一种看神经病的眼神看着她。

沈知离：“……”

好吧，就当她是多管闲事！

紧接着她发现，她好像真的是多管闲事了，歌吹的手指上迅速覆盖上一层灰质，待灰质退去后，那双手又一次光洁如初，看不到半点儿伤痕。这真是令人羡慕、嫉妒、恨的体质啊，她嘴唇上的伤口到现在还没好。

歌吹将瓷片收拾好才问她：“他好吗？”他似乎并不在意她说了什么。

沈知离莫名其妙地问：“什么他？谁？”

歌吹思索了一下，才道：“他的汉文名字是花久夜，但我更喜欢叫他夜蛇。”

他们果然是冲着花久夜来的吗？不过知道他们的意图就好，沈知离松了口气，道："他很好。不过，如果你是为了花久夜来抓我，恐怕会失望，我们早在几年前就分道扬镳了，他恨我还来不及，不会为了救我……"

歌吹道："你身上是我亲自培育的媚蛊。"他顿了顿，又道，"它很霸道，种进去之后一般的蛊再难附身，所以刚才给你种的傀儡蛊才会这么快脱落……他很在乎你。"

沈知离："你这到底是什么逻辑，给人下蛊就是在乎吗？"

歌吹："蛊很珍贵的，不在乎的话直接杀掉就好了。"

沈知离皱眉道："那你给花久夜……"

歌吹供认不讳，"下过至少有十几次。"

沈知离差点儿无语："十几次……你是有多在乎他啊？"

歌吹："我是很在乎他。"

尽管他的语调平稳冰冷，毫无感情，但沈知离还是忍不住想歪了……

沈知离颤抖着道："很在乎是有多在乎？你不会是看上花久夜了吧？"

眼前这个人长得再漂亮也是男人啊，而花久夜也是男人啊！

歌吹疑惑地问："什么是看上？"

沈知离颤抖着解释道："就是你对一个人很有兴趣，很想得到他，很想跟他做一些亲密的事情。"

歌吹还是有些疑惑："那睡到一张床上算不算？"

沈知离颤抖得更厉害，点了点头，往后退了两步——师兄你好可怜，被这种变态看上，我好同情你……

歌吹对沈知离的眼神很不屑："那我应该没看上你，因为我什么也不想对你做。"

沈知离："……"

她到底是应该感激还是觉得不爽啊？

不久之前，城中大街上。

某个身着水色曳地纱裙的女子冷哼一声道："哼，都是你拖累我！"

某个身着青衫的男子苦着脸道："你能别再埋怨我了吗？你已经埋怨一路了，再不找到主上，我们回去一定会被暗部那个变态弄死的。"

提到暗部，就连一脸嚣张的女子也忍不住一个哆嗦，一拳捶在青衫男子身上，狠狠地道："都是你，要不是你非要来什么回春谷求医，主上怎么会遇到魔教入侵？怎么会跟那个手无缚鸡之力的谷主消失？还有，都是你，非要说先避避风头，

主上不会留在回春谷附近的，结果呢？明明都找到主上了，又被你手下那群蠢货放走了！啊，青荇你这个蠢货！”

很显然，这两个倒霉蛋正是一开始就被苏沉澈甩掉的十二夜花堂、雨堂堂主翟风和青荇。

青荇捂着被重捶的后背，哀叫道：“我是蠢货，行了吧？别打我了！”

翟风一下瘫坐在一家馄饨摊边：“我不管，我走不动了！都走三天了，谁知道那个狗屁主上又跑到哪个地方逍遥快活了。以前我们还能靠着叶浅浅到处惹事找人，现在一点儿办法都没有了。上头都下最后通牒了，这次只要给主上留一口气，随便我们怎么将人带回去都行，带不回去，只剩一口气的就是我们了……”

青荇无奈，拖起翟风：“要休息，也要找间客栈再休息啊！”

翟风猛地一扯青荇的衣襟道：“青荇……青荇，你看，那个人是不是很像主上？”

青荇定睛一看：“不是像，就是的，我们快追！”

南疆这个地方，沈知离虽然没去过，但还是知道绝对不近。她一丁点儿跟歌吹去南疆的打算也没有，利用身上的药粉加上银针，沈知离顺利地混出去过一次，但很快就被歌吹抓了回来。

歌吹说：“你身上种了我的蛊，跑到哪儿我都能找到你。”

好吧，她逃跑压根就没顺利过一次！

第二天一早就来了两个身着粗布衣的老妈妈，一照面她们就业务熟悉地把沈知离剥光丢进浴桶里，然后拽着沈知离的胳膊上上下下地开始刷，边刷还边对沈知离说废话。

妈妈甲把沈知离按倒，大力搓着她的背：“姑娘啊，那位公子虽说气色不是太好，但出手阔绰，人又仪表堂堂、谈吐温文……你就干脆从了他算了，硬撑什么呢？哎哟，姑娘，你的皮肤真好。”

妈妈乙拆了沈知离的鬓发，揉搓着沈知离的一头青丝：“就是……就是，姑娘，你这样的人我见多了，从与不从最后名节都没了，哪家的公子还能再要你？我跟你说，女子嫁人最重要的是嫁个喜欢自己的，趁着年轻先抓住男人的心，生个一男半女才是真的，到时荣华富贵享之不尽呵……”

沈知离努力地在水里扑腾，探出头道：“我不……”

妈妈甲：“不什么不，姑娘你怎么就听不进人话呢？”

沈知离微弱的反抗很快被镇压下去，两个妈妈像替煎鱼刷油一样，刷完反面又开始刷正面。

沈知离蓦然一僵，心里只有一个念头：让我死了吧……

事毕。

沈知离穿着新换的薄纱衣，抱膝坐在床上，万念俱灰。她身上的药粉、银针都被搜走了，房间里所有尖锐的物什也全被拿走，连根簪子都没留给她。这都没什么，但是作为一个有严重洁癖的大夫，她全身上下被两个不知道手干不干净的陌生女人摸了个遍，这种打击……真是一言难尽！

沈知离从天亮坐到天黑，从天黑坐到天亮。有人送来饭，她慢吞吞地挪过去打开饭盒，一碟子的清粥小菜，全部吃完也不过堪堪半饱，而且连点儿油腥都没有，沈知离更加万念俱灰。

直至晚上，门被推开，两个妈妈躬身把歌吹迎了进来。沈知离还抱着膝盖坐在床上，时已近夏，她身上的薄纱衣被风吹动，白皙肌肤若隐若现，风情万种，很是诱人。来不及躲藏，沈知离愣愣地打了一个喷嚏，视线直撞上来人。

如果此时进来的是苏沉澈，那么接下来就该是忠犬蹭豆腐外带鼻血横流；如果此时进来的是花久夜，那么接下来就该是饿狼扑食戏码。不过可惜的是，进来的是歌吹——这种遗憾的口吻到底是怎么回事？

歌吹目不斜视地走到沈知离面前，无形的压力让沈知离拉了两下衣服，往后退了退，却没发现纱衣太短，随着她的动作，两条白嫩的小腿露了出来。沈知离的脸蛋称不上绝色，但常年药膳滋养下来她的身材其实不差，纤腰长腿比例完美，肤色白皙。她这样的举动，简直就是在诱惑人快来做点儿什么吧。

在沈知离一脸紧张的戒备下，歌吹终于站住了。

妈妈甲搓着手道：“公子可还满意？”

妈妈乙觍着脸笑道：“保证里里外外都洗干净了，连根针都没留给她，我们刚才可劝了姑娘好一会儿呢。”

歌吹：“……”她们在说什么？

妈妈甲拉着妈妈乙，露出一脸心知肚明的笑容：“哦呵呵，那就不打扰公子和姑娘了，我们先走了。”说完，两人夹起屁股一扭一扭地朝门口走去。

快走出去之际，妈妈乙又小跑过来，塞给歌吹一个白玉小瓶，暧昧地笑道：“公子，这姑娘还是初次，难免生涩，把这东西用上，保准今晚……哦呵呵，你懂的。”

歌吹握着瓶子，一脸呆滞地道：“我懂什么？”

没等他研究，沈知离已经一把夺过瓶子。她打开小瓶嗅了嗅，随即痛心疾首地道：“好劣质！”

歌吹皱了一下眉，伸手去夺瓶子，沈知离急忙把它往身后藏。虽然歌吹看起来不像个大色鬼，可是在这种情况下，这种东西绝对不能落入歌吹的手里。

歌吹的眉皱得更深，他不喜欢有人从他手里抢东西，很不喜欢。

沈知离的位置靠后，歌吹的手臂则更长，几番争抢下势均力敌，两个人都折腾得够呛。不过沈知离也发现了一件事——歌吹并不会武功，这让她稍稍松了口气。

谁知就在那一口气之间，歌吹猛地用手一推，沈知离猝不及防地倒了下去，手里未盖紧的小瓶倒下，歌吹的食指一按，药汁顺着沈知离发出惊叫的嘴淌了进去。

沈知离蓦然一惊，猛然起身，歌吹用手一拍，她又倒了下去，药汁被她一口咽了下去。

沈知离："……"

歌吹趁着沈知离愣神之际，迅速抢过瓶子放好，重又回去看沈知离。清风拂过，几缕月光映照着这男上女下的经典场景，现场气氛一片死寂。

沈知离想：我活着就是为了证明人能有多悲剧吗？那是春药啊，再劣质那也是春药啊，越劣质药效越猛啊！

发丝披散，沈知离整个人陷进了柔软的被褥间。她艰难地仰脸看着眼前昳丽的男子，寄希望于最后一点可能："歌吹大人，你是喜欢男人的吧？"

歌吹顿了一下，声音冷淡地道："我不喜欢男人。"

沈知离："……"那你对花久夜到底是怎么回事啊？

现场又是一片死寂。

歌吹率先开口，骑在沈知离身上，居高临下地俯视着她道："明早出发，我需要你的一件信物。"

沈知离："信物？"她很快反应过来，应该是要拿来威胁花久夜的，于是坚定地摇头道，"没有！"

歌吹："那就砍掉你的一只手好了。"

沈知离迅速道："有！"

歌吹："给我。"

他的两只手撑在沈知离身侧，眼睛里没有半丝淫邪之意，一如既往地深沉死寂。只是他垂下来的发丝晃动间，无意识地擦过沈知离的脸庞，柔软而细腻的长发带着淡淡的檀香味儿扑面而来，那是属于陌生男子的气息。

沈知离无意识地张合了一下嘴，莫名感觉有些饥渴，不由自主地舔了舔唇。糟糕，她的身体开始发热了！

热气开始涌上沈知离的脸，她嗫嚅道："你能不能下去再说？"

歌吹哦了一声，正要翻身下去，窗口处突然传来一声巨响，整扇窗户的木棂全部断裂。

有人大叫了一声："知离！"

两人同时侧目看去。

率先从窗户翻进来的人沈知离再眼熟不过，他衣衫凌乱，身上犹带伤口，直奔向沈知离的床边。紧接着一男一女一人持判官笔，一人持虎狼鞭直冲进来，咔咔两声后，窗户彻底四分五裂，惨得不能再惨。

只听那女子口中高声叫嚷道："主上哪里跑？"而后她一个擒拿，死死拽住前头男子的领口，同时转头对身后那名男子道，"快打……快打，我抓住他了！"

沈知离惊愕之下，连春药对身体的影响都在一瞬间被压了下去。这不是苏沉澈跟青荇、翟凤吗？他们到底唱的是哪一出戏啊？

青荇手里的判官笔刚敲了一下，苏沉澈一个金蝉脱壳，利落地褪下外头穿着的白袍。

翟凤眼见苏沉澈要逃脱，顾不上多想，向前一扑，拽住苏沉澈的大腿，急急地道："快，用力啊！这么软绵绵的，你到底是不是男人啊？用点儿力啊，不打晕他，我们俩就都完蛋了！"

苏沉澈被这一扑直接摔倒在地，手臂伸长，哀怨地朝沈知离的方向够去："知离……"

沈知离下意识地把他的手推远了一点儿，苏沉澈双眼噙泪，目光悲凉深沉，开口准备哀号……然后，她就看见苏沉澈的脑袋被一敲一敲地按到地上。

沈知离轻喘了一声，问道："你们……这么敲不会把人敲死吗？"

翟凤也粗喘着道："沈谷主不用担心，上头说活着就行，对待这种人绝对不能手软的，手软的结果就是我们死啊！放心啦，毕竟他是我们的主上，我们怎么也会让他留半口气的。"

青荇点了点头，腾空一个暴击，正中红心，苏沉澈的脑袋软绵绵地垂了下去。

沈知离的眼皮跳了跳，她又喘了两下："你们真不是挟私报复吗？下手这么狠！"

翟凤冲沈知离咧嘴一笑，从怀里掏出几根无比粗的绳子，把苏沉澈捆了个结结实实，又打了数个死结，才像提粽子一样将苏沉澈丢到青荇的肩上。她拍了拍苏沉澈，对青荇道："赶快运回去！"转头她又暧昧地扫了扫沈知离和歌吹，掩唇低笑道，"哎哟，真不好意思，打扰到沈谷主了。"

沈知离："什么叫打扰了？"

翟凤眼中露出了一种“大家都知道”的神情，她摆摆手不胜娇羞地道：“沈谷主这情郎长得真不错，一看就比我家那不成器的主上靠得住，真是好眼光……好眼光……”

情郎？沈知离转头看了看一直近在咫尺、面无表情的歌吹。夜间光线昏暗，他那灰败的脸色也看不清晰，沈知离只能隐约瞧见他精致的五官轮廓。虽然他的脸略显女气，但被那表情影响，他确实要比苏沉澈显得沉稳许多。

青荇已经跳到了窗外，翟凤用脚钩起残破的窗棂，跃到窗口，轻轻合上窗户，冲沈知离挥了挥手：“沈谷主，感谢你这些日子对我家主上的照顾，后会有期啦！”

沈知离伸手，嗓子因为燥热而变得沙哑：“等等……”

她的话还没说完，翟凤身影一闪，几个腾跃后已经消失不见。

他们就……就这么走了？沈知离的手无力地垂下，她睁着意乱情迷的眼眸转头问歌吹：“就让他们这么走了，你都不拦住他们吗？”

歌吹面瘫地老实道：“我不会武功，拦不住，而且他们又不是冲我来的。”

沈知离欲哭无泪，用最后的神志想，如果上天能再给她一次机会，她刚才一定抓住苏沉澈的手，死也不松开。

“阿嚏——阿嚏——”沈知离坐在马车里一边颠簸，一边打着喷嚏，把歌吹的祖宗十八代骂了个遍。昨晚……一想到昨晚，沈知离就不禁悲从中来。

面对中了春药的她，歌吹一脸平静地骑在她身上问：“对了，信物呢？”

沈知离神志混乱，声音迷乱地回答道：“信物，什么信物？”

歌吹沉思片刻，似乎想起什么，自言自语道：“哦，你的衣物都被换下了，现在东西应该在我那儿。”然后他淡定地从沈知离身上翻身下来，整了整兜帽，走了！

他居然就这么走了！口渴的感觉几乎要烧焦沈知离的理智，她禁不住一个侧身钩住歌吹的袍角，却已经完全不知道自己嘴里在说什么，只是忠于身体的需求，语调绵软地低声道：“我热……好热……”

歌吹沉默了一下，一根根掰开她的手指，将她一掌拍了回去，说道：“我知道了。”接着，他又出去了，还非常顺手地把门也带上了。

一炷香后，趴在床上摩擦着丝被翻滚来翻滚去的沈知离看见两个黑袍男子抬了整整一桶凉水进来……

“阿嚏——”沈知离摸着红红的鼻子，使劲擤了一下鼻涕。她洗了一晚上的凉水澡啊，怎一个悲凉了得！

“阿嚏——阿嚏——”

沈知离软绵绵地倒在马车里，那股子悲凉直冲上心头。她真傻，真的。她单知道不能留下来跟花久夜成亲，不然到时候一定会被花久夜折腾死，但她不知道就连出来都能遇到这么多是非。早知道这样，她就不该跟着苏沉澈出来的，不出来就不会想逃跑，不逃跑就不会遇到歌吹，不遇到歌吹就不会被灌春药、洗凉水澡着凉，而且还坐在这么陈旧破烂的马车里……

“阿嚏——”风从马车的缝隙处灌了进来，混合着腐朽的酸臭味猎猎作响，把沈知离冻了个结实。由俭入奢易，由奢入俭难啊！

“阿嚏——”不好，她有点儿想吐！

沈知离趴在马车壁上吐了个稀里哗啦后，舒服多了。除了不得不替她赶车和看管她的黑袍人外，其余人都离她十万八千里，并且用异样的眼神看着她。

沈知离吐着吐着就想起了苏沉澈，接着又想起那始终挥之不去的疑惑。苏沉澈竟然这么容易就被属下打晕带走了？以他以往的性格，看到她衣不蔽体、姿势暧昧地和歌吹靠在一起，应该已经气爆了吧？

时间倒退至前一晚。

青荇双手被紧缚着，义正词严道：“主上，主上……你……呜呜——”说着他被臭袜子堵住了嘴。

翟凤背靠着青荇，努力往后缩了缩。苏沉澈手里剩下的那只臭袜子在她面前一晃而过，翟凤顿时崩溃，声音哀怨凄婉，语气恳切真挚地道：“主上，我们也是奉命行事，你就不要这样了，我们也不是故意……主上，主上……而且暗……”苏沉澈根本连听都没听，把第二只臭袜子迅速塞进了她的嘴里。

昏暗的光线下，翟凤看见一脸血的苏沉澈扯了扯唇，显出几分阴森之色。

“呜呜呜——”

刚才主上那半炷香逆转性攻击真的好可怕啊！

苏沉澈拍了拍手，又擦了擦脸上的血，御起轻功转身就走。一把剑挡在了他身前，接着一个黑影闪了出来，两人在空中迅速对了数招，身形快如闪电，肉眼几乎分辨不清。

一瞬间，苏沉澈定住，口气略显急躁地道：“别拦我。”

黑影口气公事公办地道：“乖乖就范吧，主上。”

苏沉澈叹气道：“那还是继续打好了。”

十二夜专司监督刑罚的暗部统领雷影，虽然平日苏沉澈的武功略胜一筹，但

他此时受伤又气力不济，胜负不过在五五之间。

黑影却骤然退开，苏沉澈一喜，刚想溜，突然被人揪住耳朵用力拧了两下——这种感觉他好生熟悉。

毫不温婉的女子声音在他的耳边吼道："你个死小子，连裸体画像都威胁不了你了，是不是长大了翅膀硬了，觉得自己很厉害了？"女子冷哼一声道，"你信不信我把你十四岁还尿床，偷偷藏床单的事情昭告天下？"

苏沉澈僵硬地回头讪笑道："姑姑……"他要怎么解释那个真的不是尿床呢？那明明是每个少年都很正常的……

女子一巴掌拍下来，正中苏沉澈脑袋上被判官笔砸中的位置。脑袋一阵剧痛，苏沉澈咬牙闷哼了一声。

女子继续喋喋不休道："姑姑你个头，你眼里还有我这个姑姑吗？真是白养活你了，小白眼儿狼，是谁一把屎一把尿地把你拉扯大……"

苏沉澈咳了两声。

女子顿了顿，又拍了一下苏沉澈的脑袋，气急败坏地道："咳什么咳？你什么意思啊？虽然我的确没怎么照顾好你，但是谁在你挨打的时候帮着你，谁第一次带你出门玩……"她说了一句似乎想起什么又顿住。

苏沉澈默默忍痛。

对，姑姑苏婉之第一次带他出门，结果她自己玩得太开心，把年仅五岁的他丢在青楼门口。等她找到他的时候，五岁的他衣衫凌乱地倒在床上，正被一群波涛汹涌、浓妆艳抹的女人捏脸、捏胳膊、捏腿。从此以后，苏沉澈视青楼女子为洪水猛兽，打死不肯踏进青楼一步。因此外传十二夜公子品质高洁，不沾染半点儿秦楼楚馆的脂粉气息，令全江湖的人为之钦佩。

苏婉之打哈哈道："算了，让你回明都就乖乖回明都不好吗？害得十二夜的人天天跟无头苍蝇一样到处乱转，丢不丢人啊？"

苏沉澈霍然抬头，琥珀色的眼眸闪亮如星，苏婉之被那眼神镇住，话音戛然而止。

苏沉澈握住苏婉之的手，深吸了一口气道："姑姑，我内急，先出去了。"

苏婉之："……"

不等苏婉之反应，苏沉澈立时便走，刚走到门口，温柔的男声响起："你这是要去哪儿？"男子的语气隐隐有几分不怒自威之意。

苏沉澈弯眸无害地笑道："姑父怎么也来了？"

门口站了一个看起来不过三十出头，气质却极其出众的男子——他的姑父、北周皇帝陛下、曾经的北周第一美男子姬恪。

姬恪朝苏沉澈回笑道："要带你回去，你姑姑一个人怎么够？院子外面已经围满了禁卫军，你大可以冲出去试试看。"

苏沉澈："多少人？"

姬恪道："不多，一万二。"

苏沉澈："为什么比上次多了一倍？"

姬恪笑道："难得带你姑姑出来玩，安全最重要。只多了一倍而已，去吧，姑父看好你！"

苏沉澈反手握剑，闭眼往外冲去。

苏婉之走出门担心地道："会不会有事啊？"

姬恪揽住自家妻子的腰，在她的发上轻吻了一下："不用担心，最多躺半个月而已，正好我们可以到处逛一逛。"

苏婉之靠着他的肩膀，幸福地嗯了一声。

第十一章
南疆很危险

就算没有苏沉澈，沈知离的日子还是要继续过，马车也还是要继续行驶。

沈知离默默地想，苏沉澈对她而言不过是个过客。可是再也没有人在她面前撒娇、耍赖、无耻卖萌、吃她豆腐，沈知离默默地透过残破的窗户望向马车外，为什么她觉得有点儿寂寞呢？才不过几天而已啊！一定是习惯作祟，嗯，她改掉就好！

可是不想苏沉澈，她好像也没什么可想的。看管她的人压根不会汉话，鸡同鸭讲无法交流，却又把她守得死紧，半句话不让她和别人说，什么都不让她触碰，弄得她连本医书都弄不到。她整天只能吃了睡、睡了吃。

她不想苏沉澈，难道去想花久夜？要不，她还是想师父好了？沈知离反复纠结，坐在马车里默默地回忆，那点儿破事半天不到就回忆完毕，她第一次开始为自己狭隘的交际圈感到羞愧。

终于，在沈知离已经无聊到数手指的时候，南疆到了。

虽然是被迫的，这却是沈知离第一次出这么远的门，只可惜坐在马车里的她还没欣赏够南疆的风光，就被歌吹一声令下塞进了蛊王殿里。

蛊王殿很大，随便一间房住下沈知离都绰绰有余，但是蛊王殿里仍旧没人。歌吹暂时没有虐待她的迹象，可也没有带她出去的打算，简而言之，她被彻底软禁了。

沈知离挠墙，虽然衣食无忧，但是她真的好无聊。而且她很清楚，歌吹留着她是为了引花久夜过来，无论如何，她不想连累花久夜——她亏欠他太多，总归需要还。

沈知离默默记下监视她的人的换班时间、顺序，又装病骗了几种药汁，收集药渣整理后配了药。等了几日，万事俱备，沈知离用药弄翻了给她送药的小丫头，换上小丫头的衣服，打扮成小丫头的样子偷偷摸了出去。

已经过去多日，沈知离毕竟不算重犯，蛊王殿的守备也渐渐松懈。沈知离的逃跑计划意料之外地顺利。她低垂着头，轻手轻脚地走到殿外，大口呼吸，觉得似乎连空气都清新了许多。她穿过人群悠然地朝外走着，却没留意到身边一个穿着黑袍、行色匆匆的男子。

裹着黑袍的男子手抱木盒，大半容貌被黑袍遮掩，只露出不自觉紧抿的薄唇。望着不远处的蛊王殿，男子危险地眯起了眼眸，单是他嘴角的一个弧度，便显得妖冶非常。

往事兮，不可追。花久夜还记得上一次从南疆回去的狼狈，那是用惨烈都不足以形容的。在紧接着的五个月逃亡时间里，他几乎不敢入眠，生怕一旦睡着就再也醒不过来。每天都有新伤，他每天都提心吊胆，害怕被抓到，也害怕身体里的蛊毒反噬。他一闭上眼睛，那些残忍而血腥的景象就会再度浮现，眼眶里仿佛也弥漫上一片阴郁的残红。

花久夜深吸一口气，转身进了客栈。蛊王殿太大，他不怕进去和歌吹硬碰硬，怕的是万一找不到沈知离，那就难办了。

客栈里人来人往，花久夜压低帽檐，进了房间才将木盒放下。从木盒里抱出巨蟒，花久夜的指尖触到剩下的东西时颤了颤，她才一一将它们拿出来——沈知离的簪子、外衫、里衣……

最后是一张质地特殊的信笺，上面只有三个古怪的汉文“来南疆”。

花久夜的手指紧握得几乎变形，然后他颓然地松开手，信笺已经被捏碎，纷纷扬扬地落下。

“歌吹。”他轻念着这个名字——果然他必须杀掉歌吹。

同一时间，沈知离看着街面上琳琅满目、各具特色的南疆小玩意儿，眼睛不由得瞪大。这儿看看那儿看看，她对什么都爱不释手。

这也怪不得她，沈知离身子不好，自小师父就很少让她出谷。后来她接手回

春谷，更是忙得没有半分精力，能得空在回春谷附近的镇子上逛逛就算不错了，哪里有机会这样逛街？

她看得眼花，一摸口袋，这才忆起自己如今是身无分文的状态。好死不死，她的肚子又不识相地叫了起来。

无论什么时候，温饱都是第一考虑的问题，沈知离深思了一下，决定还是重操旧业。站在南疆最大的医馆前，沈知离整了整身上偷换的侍女服饰，又调整了一下面部表情，才大步迈了进去。

一进去沈知离就被长龙一样的队伍镇住了，她不坐堂，倒不知外头的医馆会是这个模样。

她刚想往前走，就被人拦住："喂喂，小丫头你是想插队吗？到后头排队去！"

沈知离挤出笑容道："我不是来看诊的，是来应征的。"

这时另一个声音插了进来："应征？应征大夫？"

沈知离回头，见一个打扮古怪的老头正看着她，前头那人忙道："赵大夫好！"那人的口气很是恭敬。

知道他是同行，沈知离不由得生出几分亲切感，应道："我是来应征大夫的。"

赵大夫刚收了一家大户公子的礼金，心情颇好，好心地问："那你都会些什么？"

沈知离："望闻问切，看诊、开方、针灸……"考虑到在别人的地盘上，还是收敛点儿好，她顿了顿才道，"都会一点点。"

都会就是什么都不会。他看这姑娘傻呆呆的样子，约莫是没见过什么世面，医馆里像她这个年纪的人还都在认草药。看诊？开玩笑吧？不过她要是真肯学，他收着做个学徒倒不是不行。

赵大夫："那这样，你要是愿意，就先留下来打扫后院。"

打扫后院？沈知离愣了愣道："我是来应征大夫的。"

赵大夫循循善诱道："我知道，但是……"

沈知离直接道："老先生，给我张桌子和板凳，我现在立刻就可以看诊。诊费的话，嗯，十两银子一次？"

赵大夫："你说多少？"

沈知离："十两……怎么了？"

赵大夫瞪圆眼睛，胡子都吹起来了："我看明白了，小姑娘，你是来找碴儿的吧？来人，把这小丫头给我丢出去！"

沈知离还是头一回被人从医馆里丢出来，往日回春谷名下的医馆三请四邀，沈知离都一一婉拒，一则她走不开，二则她懒得去。可她没想到有一日，堂堂回春谷神医会被人从医馆里丢出来！简直，简直……

"简直是没有人性！"沈知离还没说出口，倒有人先说了话。她侧目，却见地上倒着两人，女子护着紧闭双眼、满目痛苦的女孩，怒斥道：“你们怎么能打孩子？我都说了，我会努力赚钱补上诊费的。”

医馆中走出一人，语调冷冷地道：“不是我们心狠，你都拖欠诊费多久了？而且你孩子的病治不好了，与其这么耗着，不如早些准备后事。快走……快走，别在门口惹晦气。”

女子抱着女孩，泪水不自觉地落了下来。周围人指指点点，议论纷纷，却没一个人上前帮忙。

沈知离顿住脚步，那一瞬间，眼前的场景熟悉得让她不自觉地红了眼眶。那时候，她艰难地抱着病弱不堪的养母，跪在医馆门前，希望能得到哪怕一点儿施舍，可是……那么多的达官贵人，没有人肯施舍她一个铜板。她为什么要这么努力地学医，又为什么要敛财？说到底，她只是不希望再看到这样的场景。

“等等。”

医馆的人扫了沈知离一眼，冷淡地道：“有什么事？”

沈知离：“她的诊费我帮她付行吗？”

医馆的人问道：“你有银子吗？”

沈知离：“没有。”

医馆的人怒道：“那你说什么？”

沈知离义正词严地道：“但是我有知识！”

蛊王殿。

黑袍人恭敬地垂着头：“那女子出了殿。”

歌吹仍旧盯着新制的蛊虫，道：“哦。”

黑袍人：“是否需要人跟着？”

歌吹面瘫地道：“为什么要跟？她身上有我的蛊，又跑不掉。”

城中某处。

“这方子真的管用？”

沈知离微微抬起下巴，语气很平和，但是莫名地令人信服：“不管用的话，你再来找我，下一个。”

长队蠕动了一下，沈知离扭了扭酸痛的腰。天边夕阳已经只剩余晖，看了一眼手边逐渐堆叠的银子，沈知离油然生出一种满足感——所谓知识就是金钱，实在是至理名言啊！

沈知离用腰间佩的铃铛做抵押，找邻近的小摊儿借了破木桌凳，就在医馆对面摆了个摊儿。她痛定思痛，写下一行字：看诊，一次一两。

来围观的人多，求诊的却一个没有。沈知离老脸皮厚，泰然自若地坐着，倒是那个抱着女孩的女子显得有些局促。

喧闹之下，还有人劝道："小姑娘，你还是换个地方摆吧，摆在这里没人会来的。"

沈知离表情淡定，固执地道："多谢了，不过我就想摆在这儿。医馆里能看的病我都能看，看不了的我也能。"

那人用一种看傻子的目光看着沈知离，长叹一声摇头走了。

过了许久，沈知离才迎来第一个病人。那病人歪着脖子，一只手还抖着，极其凄惨的模样。一见沈知离，病人就鼻涕一把泪一把地哭诉起来，沈知离简单地用手推了推他的手腕，又检查了一下他的脖子，最后她手指连点，刺激了病人身上几个大穴后，双手错骨分筋一般，将病人的脖子一拧、手腕一推，咯吱一声，那人脖子也不歪了，手也不再抖了。

那人活动了几下手脚，仰天大笑，接着猛然跪地，抱住沈知离的腿，口气恭敬崇拜，仿佛看见了观世音下凡："大夫，你真是我的大恩人哪！我这病缠了我好几个月了，不知吃了多少药都没好，如今真是……对了，诊费、诊费……"

沈知离将他扶起，用一种高深莫测的口气道："举手之劳，你是我的第一个病人，诊费就算了吧。"

众人将这一幕看在眼里，有人不屑，却也有人蠢蠢欲动。

第二个病人处理起来更快，沈知离几乎只是看了看就迅速写好方子，当场让病人去抓药并服下，效果立竿见影，于是立即便有了第三个、第四个病人……

沈知离的诊费较医馆还是低上一些的，再加上她看诊速度奇快，开方干脆而且大多是价格低廉的药材，无论怎样的病症，到她手里似乎都只是小病，她的那份气度委实让人信服，病人也越来越多。

眼见天黑，沈知离接连开了几张方子后，将那行字一抹道："今日看诊就到这儿了。"

众人遗憾地散去，沈知离归还桌椅后，数了数银子，忍着巨大的肉痛，取了一半放进刚才抱着女孩的女子手中，又塞给她一张药方，强笑道："去买药吧。"

女子握着银子，双眼含泪，带着孩子就准备给沈知离跪下："大恩大德，小女子柳瑟感激不尽！"

沈知离扶住她，刚想说话，肩膀被人拍住："那个，姑娘，银子……"

沈知离面无表情地转过身，将数好的银子塞给了来人。

那人迅速将银子揣进怀里，小心地看看左右，伸手道："姑娘，我刚才表演得那么卖力，你又赚了这么多银子，就不多给点儿？"

沈知离果断地道："没有了。"

那人还是不依不饶，哭丧着脸道："我上有老下有小，家里还有十几口人，你就多给点儿当积德嘛！”

待那人骂骂咧咧地走了，柳瑟才惊叫出声：“他不是方才那个、那个歪脖子抖手的……”她捂住嘴，看向沈知离。

沈知离点头道：“嗯，他是我找的。”

柳瑟：“你这不是……不是诓人吗？”

沈知离奇怪地道：“干吗这么惊讶？不然怎么会有人上门看病？我的医术真的不差啊！这不过是些……呃，招徕病人的小方法嘛！”

说起这种坑蒙拐骗的本事还是师兄教她的，某年师兄拐她出谷玩，两人在路上丢了银两，又不甘心就这么回去，干脆在镇口摆了个小摊儿看诊。

她当时一脸怀疑，因为两人那时那个年纪看起来实在没有半分信服感，师兄一挑小下巴，淡定地冲她邪魅一笑……当然，事后除了被怂恿的人，还有一堆冲着师兄的美貌而来的大媳妇、小寡妇，师兄那张邪气的脸啊，真是比什么都好用。

明月当空，夜雾缭绕。人潮散去，南疆的夜晚同中原并无太大的分别，会有摊贩叫卖，也会有行人如织的场景，就连月也一样皎洁明亮。

沈知离揣着银子，心里有底气多了，在小摊儿上点了两碗垂涎已久的河粉，豪气万千地道：“我请你。”

柳瑟：“多谢。”

她怀里已经不疼的小女孩看了一眼沈知离，撇撇嘴道：“小气鬼！”

不等沈知离说话，柳瑟便拉着女孩怒道：“说什么呢？快跟恩公道歉。”她又歉疚地道，“都是我以前把她娇宠坏了，所以她难免……恩公不要放在心上。”

柳瑟谈吐斯文、气质颇佳，并不像山野村姑，沈知离料想她应是家道中落，客气地道：“无妨，夫人独自养女已不容易，千金仍能如此天真无邪，贵夫君泉下有知，定也会觉得欣慰。”

柳瑟咳嗽一声道：“我夫君他没死。”

沈知离一愣，随即猛地拍桌，怒道：“这浑蛋没死，居然让娘子、闺女被这样欺负，这算什么男人？”

小二将河粉端上来，瞟了沈知离一眼，警告道：‘别乱拍桌子啊，拍坏了要赔的！”

柳瑟捧着大口海碗，垂下长睫遮盖住眼眸，看不清她是羞怯、苦涩还是愤怒，最终她叹道：“我已好久没见过夫君了，夫君他、他……失忆了。”

原来是失忆吗？失忆！沈知离脑中第一个蹦出的，就是苏沉澈那张既欠扁又无辜的清俊脸庞。

不对，沈知离强迫自己冷静下来。按正常思考，就算那家伙再怎么能惹风流债，

也不至于搞到南疆来吧？不要一碰到失忆和女人就往他身上想啊，虽然这家伙好像的确没什么节操……

“啊……”柳瑟突然起身，吐了一个音节，又颓然坐下。

沈知离诧异地顺着柳瑟的视线看去，一看之下，猛然起身，口中不确定地低声道：“师兄……”

灯火阑珊处，一抹黑影迅速消失，仿佛从未出现。虽然这人的身影和花久夜相像，但到底只是她匆匆一瞥看到的侧影。

沈知离正怅然若失间，听见柳瑟低头叹息道：“方才那人好像是我夫君……”

“啊哈？”沈知离张大嘴，觉得自己的下巴要掉了。

什么？一定是她听话的方式不对，一定是！她一定要冷静下来，师兄不是这种人啊，可是失忆什么的……

她颤颤巍巍地问道：“敢问夫人，夫君贵姓？”

柳瑟没发现沈知离的异样，依旧沉浸在惆怅满怀的思绪中：“花，我夫君姓花。”她抱着怀中女孩的手紧了紧，“小女名叫花骨朵。”

来不及去思考花骨朵这个恶趣味的名字，沈知离只觉一朵一朵烟花在她的脑中炸开，无数头驴子在她内心的荒原上撒蹄奔跑。她一方面为眼前的女子觉得愤怒，一方面又……

那浑蛋一和她见面就要上床，还说什么不知道自己能活多久，要赶快生个继承人……他装得如此楚楚可怜，都是假的啊？

此时她再看柳瑟怀中那个小女孩——细长的眼尾、微翘的眉头、薄唇尖下巴，虽未长开却已初露端倪的妖孽模样，她真是怎么看怎么像花久夜。

这女孩不过两三岁的模样，两三年前正好是花久夜离开回春谷之后的时间，完全对得上啊！一样事情能对上是巧合，但是每一样都对得上，哪里有这么多巧合？

沈知离原本只打算给这对母女一些银子了事，根本没想插手这档子事。可如今连孩子都有了，他居然不负责！

沈知离握住柳瑟的手，郑重地道：“你放心，我一定帮你找到那个负心汉！”

柳瑟：“这怎么……”

沈知离：“就算失忆也不能掩盖他负心的事实！”

柳瑟垂眸道：“其实我不怪他，是我配不上他，他那样的人，本就应该配更优秀的女子。”

沈知离：“他那样的人怎么了？大家都是两条腿一个脑袋，谁也没比谁更高贵，我这就……”

街上突然吵嚷起来，不知是谁大叫道：“蛊王殿好像塌方了啊！”

“怎么可能？”有人道，“蛊王殿有蛊王大人……”

仿佛为了迎合他的话，话音未落，又一阵更剧烈的坍塌声传来。

蛊王殿？沈知离心思急转，她在蛊王殿待了好些日子都没有发生什么事情，怎么会突然……脑中蓦然闪过方才极似花久夜的那个人影，她心中一凛，他去的那个方向的确是蛊王殿。不会这么巧吧？不对，应该是花久夜不会这么笨吧？单枪匹马杀进蛊王殿……他也太凶猛了吧？

沈知离心里这么想着，脚下却控制不住地朝蛊王殿那边跑去。沈知离紧紧抿着唇，无论如何，她不想看到花久夜出事。

蛊王殿内。

歌吹淡定地握住虫笛，站在一片已然坍塌的废墟中，衣袂飘飞。花久夜身边围满了神色紧张的黑袍人，巨蟒环绕在他脚边，吞吐着艳红的蛇芯。两人对望，久久无言。

终于,歌吹打破沉默,冰冷的语调里似乎掺杂了一些别的情绪,他说:“你来了。”

花久夜用鼻子发出嗯的一声，轻蔑地看着他，手中红光一闪，一样东西飞速朝歌吹袭了过去。

黑袍人一时大惊，但那东西速度太快，他根本来不及阻拦。

“小心……”

“歌吹大人……”

那东西已然罩上了歌吹的脸，但并没有发生他们猜测的鲜血四溅的场景，那东西反而轻飘飘的。歌吹面瘫地从头上把那红色物什扒拉下来，将其紧握在手中，瞬间陷入了迷惑中——这是什么？

黑袍人中有人认出了那东西，不堪地别开了脸——大人，那个东西……应该叫作……兜肚。

花久夜双手环胸，冷冷地道：“闻闻。”

歌吹皱着眉嗅了嗅，有淡淡的脂粉气，除此以外无其他味道。

花久夜活动了一下手脚，咧开嘴角，语气危险而阴森地道：“你的嗅觉不是很好吗？那告诉我，人呢？”

歌吹抬起充满求知欲的眼睛。

黑袍人齐齐抚额，欲言又止——大人，这逆贼在骂你是狗啊！

第十二章

陪师兄入狱

花久夜对歌吹的感情很复杂。尽管歌吹在他身上下了十几种致命的蛊毒，并且绑架沈知离，把她全身的衣物包括兜肚扒下送给他以逼迫他回到南疆，但事实上，歌吹对他没有半点儿敌意，也没有对他做过真正有害之事。

这听起来很矛盾，但又确实如此。实际上当年如果不是歌吹意外地对他身体里的蛊皇感兴趣，他可能根本活不到现在。从某种角度来说，歌吹甚至可以算作他的恩人。

不过感激倒也谈不上，花久夜在心里哂笑一声，眼神越发冰冷。歌吹是什么样的人，在他身边待上三天的人就能清楚地知道。他不贪财、不恋权、不好女色，对一切兴致淡淡，唯一的兴趣便是研究蛊。

或许歌吹只是想研究蛊，但并不妨碍那些蛊给花久夜带来的痛不欲生的体验，蛊毒发作时他痛得涕泗横流、满地打滚，恨不得立时死去。花久夜无声地闭了一下细长的眼眸，尽管尊严早就在沦为阶下囚时被践踏殆尽，他还是觉得耻辱。

那时的他没有任何能力反抗，而如今他的人绝不许任何人碰触。就算再火烧一次南疆，他也在所不惜！

歌吹似乎才明白花久夜的意思，平淡地道："人走了。"

花久夜冷笑道："你说走就走了？她到底在哪儿？"

歌吹沉吟了一下，细细看过花久夜的面色，问道："你现在蛊毒多久发作一次？"

下一瞬，一只冰冷的手已经死死掐在了歌吹的脖子上。花久夜骤然发力，身体前倾，推着反应不及的歌吹直直地撞上了墙。手中的虫笛哐当一声掉在地上，背部狠狠撞上墙壁，歌吹连眉也没皱一下。花久夜的声音在他的耳边响起，带着冷厉之意："回答我的问题，不然我用一根手指就能杀了你。"

不少黑袍人已经紧张地叫出声来，却又不敢上前。

歌吹的话从喉咙中挤出，显得很艰难，他却没有多少痛苦的样子："不知道。"

花久夜将手收紧，歌吹的一根喉骨在他的手中断裂开。花久夜一把推倒歌吹，踩在歌吹的脖子上，眼睛里有嗜血的光："不知道，就用你来做第一个祭品好了。"

然而歌吹眼中依然是一片叫人痛恨的死寂。他没有求饶，没有崩溃，甚至没有觉得疼痛，歌吹就这么静静地看着花久夜，像看一件物什，或者说研究品。是的，歌吹从来没有把他当人看过。

事到如今，所有亲近他的人都已经死光了，还有谁会真正在乎他？

杀意在一念之间膨胀开来，带着绝望的色泽，无法抑制地扭曲着在花久夜心中蔓延开来。杀吧，杀光这个世界的人，毁掉这个冰冷而残酷的世界，毁了这一切！这个世界毁了他，留着又有什么用？

黑袍人不住地出声劝阻。

"住手，你要什么都可以，就是别对歌吹大人动手！"

"你若敢杀歌吹大人，天涯海角我们也定会让你粉身碎骨！"

花久夜从喉咙中溢出一声冷笑，语气森冷逼人："你们很在乎他？"

花久夜用脚尖抵住歌吹的脖子，只要他稍一用力，歌吹那脆弱的脖子顷刻就会断开。

"那我就……"花久夜的嘴角勾起残忍的弧度，衬着他脸上斜开的伤口，显得分外妖娆。

"花久夜，你要干什么？"

在这千钧一发之际，一道犹显喘息的女声高叫道，微微带着沙哑的声音响彻夜空，隐约间似乎还有回音。

黑袍人愣然地看去，就见一个丫鬟打扮的女子提着裙裾急速奔来，接着女子

一掌推开杀气腾腾、宛若杀神让人不敢近身的花久夜。

黑袍人不忍心地别过脸去，接下来只怕是要血溅当场了。谁想处于狂暴状态的花久夜在那女子的温柔一推之下，竟然真的退开了。这是怎么回事？为什么小白兔推大灰狼，大灰狼会一推就倒啊？

不等众人反应，女子弯腰，单膝跪地，手在歌吹已经渗血的脖子上摸索了两下，小声对歌吹道："你先别说话，有一根断骨快插进气管了。"接着她对黑衣人道，"去准备一把薄刀、炭火、水、纱布还有……"

她有条不紊地交代着，让人不由得信服："好，好，马上就去。"

沈知离交代完，又小心地撕开歌吹的领口，露出大片肌肤。他身上的肌肤比脸上的更显病态苍白，沈知离不自觉地皱起眉，这实在不是什么健康的特征。

乍见沈知离的喜悦已经被她的蛮不讲理冲淡，花久夜猝不及防地踉跄了一步，看向沈知离的目光已经近乎阴沉——某个不识相的女人还在小心翼翼地照顾他想要杀掉的对象。这家伙到底有没有搞清楚状况啊？他到底是脑子里哪根筋不对劲，来救这个胳膊肘往外拐的女人？但花久夜没有发现，在这一瞬间，他的杀意也不知不觉地收敛了。

发现歌吹身上除了这一处并没有其他伤口，沈知离松了口气，转过头，仿佛这时候才留意到花久夜般道："抱歉，他没做过任何伤害我的事情，所以我没法眼睁睁地看着你杀掉他。"

花久夜没好气地扣住沈知离的下颌，冷哼道："谁说我是为了你杀他的？"

沈知离呆了一下："啊哈？"她方才的气势汹汹瞬间荡然无存。

花久夜看着她傻气腾腾的样子，下意识地伸手拽住沈知离有点儿婴儿肥的脸颊，搓扁揉圆地拖拽，怎么爽怎么蹂躏，声音慵懒而讥诮地道："什么都不知道就插手别人的事情，你胆子大得很啊！我跟他的事情你根本什么都不知道。"

沈知离极力挣脱，奈何力气不如人，半晌才脱身。细细回想花久夜的话，她震惊地道："你们之间还真的有事啊？不对啊，歌吹明明说他不喜欢男人的。"

花久夜一个巴掌拍上沈知离的脑袋，恨铁不成钢地道："你那个蠢货脑袋里到底都在想些什么？"

沈知离抱着头嘶叫一声，不满地道："明明是你自己的表述有问题！"

旁边手里捧着一堆东西的黑袍人都快哭了："姑娘，你能不能先救歌吹大人啊？"你们打情骂俏什么时候都可以，我感觉我家歌吹大人好像快要咽气了！

沈知离咳嗽一声，推开花久夜，站直身子接过东西，同时神色一凛，已经再找不到刚才调笑的神情。她是个大夫，无论发生什么，都要对手下的病人负责，病人应不应该救，那是等人救活了之后才该思考的事情。

她轻嘘了一声，蛊王殿里霎时安静下来，只能听见炭火盆里火焰燃烧的噼啪声。

仔细检查过歌吹的伤口后，沈知离把刀在火上烤了烤，就准备下刀。

当中一个黑袍人还有些不安，语气怀疑地道："你这真的是在救歌吹大人？一定要动刀吗？"虽然沈知离推开了花久夜，气势也像那么回事，但终究有些不可信。

沈知离蓦然转头，目光锐利："想让他死，就多打断我几次好了！"

明明只是个手无缚鸡之力的女子，但沈知离那一眼，莫名让人生出一种无法反抗的压迫感，冷静而犀利，毫不掩饰的锋芒尽显。如此，再无人敢打断她。

半个时辰后，沈知离收拾好东西，在水中洗净了手，站起身时脑袋一阵眩晕，差点儿摔倒，所幸一只手适时地扶住了她的腰。

花久夜抱着沈知离，舔唇看向歌吹："救好了？"

沈知离点头，众人都松了一口气。

花久夜微笑道："那我可以继续杀他了吧？"

众人："……"

沈知离腿一软，差点儿又没站住，不禁怒道："我好不容易救好的，你……"

花久夜想了想，道："嗯，其实刚才我是为了你杀他的。"

沈知离拽住花久夜的领口："他真的什么都没对我做啊，你不用……"

花久夜反握住沈知离的手，笑得要多温柔有多温柔："我知道，你原谅他了嘛，所以我让你救他，不过……"他露出一口白牙，说道，"我可没说我原谅他了。"他摸着沈知离的脑袋，柔声道，"南疆伤害过师兄的人，师兄要一个个杀回去呢。"

沈知离："你能别摸我了吗？我的鸡皮疙瘩都掉一地了。"

花久夜的话掷地有声，让一旁的黑袍人顿时警觉起来，用戒备的眼神看着两人。

花久夜慵懒而阴沉的目光一一扫过在场的每一个人，仿佛一阵阴风刮过，所有人都不自觉地打了一个哆嗦。花久夜无骨般靠在沈知离的肩上，神情突然变得很怪异。

沈知离感受到肩膀上的重量，推着他道："好重，别靠过来了。"

花久夜在她耳边闷声道："我也不想……"他用力咽下口中的腥甜，实在忍不住爆了粗口，"蛊毒发作了，快带我走，被发现的话，我们俩都死定了。"

沈知离："……"关键时候你怎么能掉链子啊？

事实证明，狐假虎威这种事情，不是什么人都能做好的，至少沈知离是玩不

转的。

一个时辰后，两个人都蹲在蛊王殿的地牢里，巨蟒小花被单独关押。

沈知离无限沮丧地想，她今年到底是造什么孽了，流年不利。要知道，如果当时不是歌吹示意不要杀花久夜，估计他们俩此时已经身首异处了。

花久夜将一只手搭上了沈知离的肩膀，一直滑到她的锁骨处，轻轻抚摸着。他沙哑而充满磁性的诱人嗓音带着无限饥渴地说道：“给我……”

沈知离在心中默默道：给你……给你妹啊！

蛊毒已经发作了不知道多少次，花久夜早已习惯疼痛。只是蛊皇反噬，那种连心灵都在震颤的渴求，让他整个人仿佛被掏空了，只觉得空虚。

失去了巨蟒血液的压制，那种从身体的每一处散发出的渴求，叫嚣着几乎要撕裂花久夜的神志。如果未曾尝试也罢，骤然失去血液的压制，对早已成瘾的花久夜来说实在是一种灾难。他背靠墙壁紧紧蜷缩着身体，死咬着唇，血顺着嘴角滴落，他却浑然未觉。他想要，很想要，克制不住地想……

地牢、密室、光线昏暗、一男一女，对手无缚鸡之力的沈知离而言，这实在不是什么好状况。花久夜的那只手仍在她的锁骨处流连，仿佛那上面附着了什么诱人的东西。

沈知离按住花久夜的手，手指反扣住他的脉门，抬头看向花久夜：“你想要什么？”

花久夜的眼眸泛起血丝，他声音含混地道：“血……”但已足够她辨别出他的意思。

沈知离的心沉了沉，对她的体质，流血意味着什么她再清楚不过……但她终究还是叹了口气，将领口微微扯开，露出纤细的脖子，双膝跪地，半俯下身，将肌肤凑到花久夜的唇边，抿唇道：“要血就喝吧，喂，别喝太多啊，我会死的。”

花久夜尖锐的牙齿刺进沈知离的肌肤，旋即拔出，他伏在沈知离的肩膀上低低喘息着，手指按住沈知离脖子上微小的伤口：“别动。”顿了顿，他才艰难地道，“师兄再不济，也不会沦落到靠你的血……”

沈知离：“这时候你还逞什么强？反正都已经戳出口子了，不要浪费……”

花久夜不耐烦地捂住她的嘴：“叫你别动。”

血液的腥甜气息散发在空气中，尤其是沈知离的鲜血带着一种说不出的芬芳，让他忍不住变得口干舌燥。

地牢里一时安静下来，只剩下花久夜略显粗重的喘息。他的呼吸是冰冷的，而沈知离的呼吸带着暖意。

像是过了一瞬，又像是过了冗长的时光，花久夜缓缓松开她，独自退到一侧。地牢里光线昏暗，花久夜整个人隐没在一片漆黑中，表情让人看不分明。他不说话，沈知离也不知道应该说什么。

良久，沈知离戳了一下花久夜："喂，师兄，你没事吧？"

花久夜冷着脸转头道："你很希望我有事？"

沈知离举起双手做投降状道："没有！才没有！'

朦胧的橘色灯光照亮了沈知离一侧的脸颊，不是令人惊艳的样貌，却在灯光下显得越发柔和，轮廓柔和，五官柔和，就连嘴角的弧度也显得柔和，好像她从来不会发怒。无论被怎样对待，她似乎永远都这么明媚温和，宛如一道阳光。所以就连他对她的迁怒、愤恨，都像冰雪消融，不那么清晰。

"过来。"花久夜冲沈知离招手。

沈知离犹豫了一下，花久夜已经不耐烦地把她揽入怀中。

温香软玉在怀，花久夜却怎么也生不出半点儿旖旎心思。从沈知离身上传来的那份暖意似乎顺着身体涌入他的心口，他仿佛回到了多年前在回春谷无忧无虑的日子，就连刚才拼尽全力压制的蛊毒反噬也变得无足轻重。

她不用知道他用了多大力气去克制自己想要毁了她的欲望，也不用知道他在南疆遭遇了什么，因为即使他再痛恨她，也不曾有一刻真的想要杀掉她。

可是为什么？为什么当年她选择站在沈天行那边？明明……花久夜的眼神沉了下来，他略微退开，问道："沈知离，当年你……"

他的话音未落，地牢门口传来脚步声。像被猝然惊醒，花久夜猛地推开沈知离，目光锐利地看向来人。

来传令的黑袍人忍不住哆嗦了一下，才道："花久夜，大人传召你。"

两条指粗的锁链将花久夜紧紧缚住，蛊毒刚刚发作，尚且虚弱的花久夜根本无力反抗，脚步踉跄地被带走了。

沈知离扒着牢门不由得担忧起来，就算她后来救了歌吹，也难保歌吹不会生气，然后将怒气发泄到花久夜身上。所幸歌吹应该不会要花久夜的性命，只是……沈知离不由自主地想起之前替花久夜上药时看见他身上的那些纵横交错的伤疤。她摇着牢门，十分沮丧，如果不是她大意被歌吹抓住，又怎么会牵连花久夜？

她耳畔突然传来一声冷笑。

沈知离怒目而视道："你笑什么？"

那是个声音极其沙哑的男人，因为整个身体被牢笼阻隔，沈知离看不清他的样貌："自然是笑有人要倒霉了，我最喜欢看人倒霉了。"

沈知离："你信不信隔着牢笼我也能让你倒霉？"

对方咳嗽了一下，道："小姑娘，你知道传召他的是哪位大人吗？"

沈知离呆了一下，反问道："不是歌吹？"

对方呵呵一笑道："要是歌吹倒好了，你认不出绑人那两个人的服饰吗，他们分明是长老殿的人。"他又笑了一声，嘶哑的笑声在地牢里显得异常阴森，"长老殿的手段最是阴毒，你真该为你的情郎祈祷。"

沈知离："他不是我的……"她的语气越发急切，"等等，什么叫阴毒？他们要带他去做什么？"

中原。

长剑如练，在他手下乖顺至极，几个腾挪，行云流水之间，剑身已经连撞数人。他腾身而起，身姿翩若惊鸿，当当几声，周围的人瞬间呈辐射状被震开，倒地哀号再无战斗力。

那人收剑，将带着剑鞘的剑身向后平送，偷袭者惨叫一声倒了下去，连带着他身后的人犹如骨牌倒下般一个接着一个地摔倒。再看那人，脸上犹带着几分笑容，让人心寒。

苏婉之惴惴不安地嗑着瓜子："这样真的不会出事吗？"

一侧的姬恪喂给她一块西瓜，在炎热夏日极其清凉解暑。见苏婉之乖乖吃掉，姬恪笑道："不用担心，虽然不让他的剑开刃伤人是有点儿难度，但那些禁卫军同样投鼠忌器，不敢对他痛下杀手，总的来说还是公平的。"

苏婉之："不是说这个啦！"

姬恪顿了顿道："那你是……"

苏婉之扭头，用一种很怀疑的口气道："我是觉得他这么打下去，会不会真的从万人中脱身啊？他这几天进步得太可怕了，万一被我们调教成什么天下第一，好可怕啊！"

姬恪摸着下巴沉思道："这倒是个问题。嗯，我让人到相邻州府再借个一万人过来吧。"

苏婉之抖了抖瓜子壳："会不会太多了？"苏沉澈毕竟是自己家的孩子，下重手她还是有点儿于心不忍的。

姬恪笑道："玉不琢不成器，你就不用操心太多了。"他一把揽过苏婉之的腰，说道，"别看了，我们回去吧。"

苏婉之不解地问道："回去？回去干吗？"

姬恪望了望天道："小定栾说想要个妹妹，我们去努力吧……"

苏婉之："……"

另一侧，青荇扒着墙壁，不无担忧地看着苏沉澈酣战正浓的身影："主上打了十天了，每天一身伤地回去，第二天再来，这样会不会太……"

翟凤一边擦着手里的皮鞭，一边漫不经心地道："皇帝不急太监急，人家姑姑、姑父都不着急，你一个外人急什么？再说……"她抬头，抑制不住地握住青荇的肩膀兴奋地道，"你知道我等他被揍等了多久吗？这家伙的恢复力太变态了，寻常伤势养两天就好得差不多了，难得可以看见他持续稳定地被揍，你难道不觉得通体舒畅、浑身清爽吗？"

青荇："你别这样，他还是我们的主上。"

翟凤收回手，无限怅然地望着远方："你们雨部常年在外不懂这家伙有多可恨，简直让人恨得牙痒痒，恨不能剥其皮、食其肉。"

"翟堂主，你在说什么？"一道公事公办的声音让两人陷入了沉默。

许久，翟凤才讪笑道："雷统领，刚才我都是说着玩的，不要当真，不要当真……"

十二夜暗部统领雷影双手抱臂，自一片阴影中走了出来。高束的长马尾直垂到腰，黑色紧身衣将他整个人衬得格外高挑挺拔，却也格外让人心头发怵。

他是苏沉澈的竹马，自幼陪着苏沉澈习武，还做了几年苏沉澈的暗卫，后来调到十二夜掌管监督刑罚，为人油盐不进，极其公私分明。而且因为他和苏沉澈的特殊关系，就连苏沉澈都对他有三分忌惮，其他人更不用说……

雷影那双没有波澜的眼眸看向翟凤："你怎么能有杀了主上的念头？"

翟凤心头一颤，恭谦地垂头道："雷统领，都是小女子一时失言，其实我并没有……"

雷影的眼睛里闪过一丝光芒："这种人就应该绑起来倒吊着抽，用双排荆棘倒钩鞭，辣椒水混合盐水，一抽晕就往上淋……"他越形容越兴奋，像是克制不住想要上前试试。

翟凤："……"这算是她听雷影说过的最长的话了吧。

青荇："……"原来雷统领是这么热血的人吗？

表达爽了，雷影收敛表情，一脸正色地道："他到底是为了什么这么拼命想要出去？"

翟凤踹青荇。

青荇委委屈屈地站出来道："是为了一个女子。"

雷影皱眉道："女子？叶……"

青荇忙道："不是叶浅浅。"

雷影："我知道，前段时间叶浅浅都跟我在一起。"

青荇："……"

你在挖主上的墙脚？这种事情我其实一点儿都不想知道啊！

雷影："到底是什么女子？"

青荇："回春谷谷主沈知离，就是我们求医的那个回春谷神医。"

雷影："她很美？"

青荇斟酌着道："呃，很有气质。"

雷影："那他有多喜欢她？你确定是喜欢，不是因为人家治病的时候弄疼了他，他去报复？又或者她不经意之间哪里得罪他了？"

青荇挠头道："不是吧？主上看起来还挺真心的，装傻充愣、装可爱，光银子就花了好几十万两呢。"

"这样吗？"雷影转身思索着，一手握拳捶在另一手上，"应该不会是那个原因吧？"

沙哑的笑声回荡在空旷的地牢里，沈知离缩了一下，厉声问道："你到底是谁？"

对方似乎动了动，透过隐约的光亮，她可以看见一个男子的身形，只是对方实在瘦得过分，甚至到了瘦骨嶙峋的地步。视线再移到那人脸上，沈知离赫然一惊，不自觉地头皮发麻。男子那张脸已经被毁得七七八八，狰狞得完全分辨不出原样。

笑容戛然而止，他道："我嘛，也是个倒霉蛋。"他顿了顿，又道，"你的情郎姓花？真是个令人怀念的姓氏。嗯，花久夜……这个名字好熟悉，时间实在太久，记不清了。"

虽然他那张脸很可怕，但冲击力过了，沈知离也冷静下来，问："你知道很多事情？"

那人道："这么说也不错，南疆王室的秘闻我多少知道一点儿。"

沈知离握住牢门："那你能不能告诉我？"

那人嗤笑道："我为什么要告诉你？"

沈知离转念道："如果我可以治好你身上所有的伤呢？"

那人一愣，随即扬起手道："出不去，能治又怎样？"

一阵锁链撞击的声音响起，沈知离这才发现他身上竟然被穿了数条铁链，全都是从血肉中穿过。

见沈知离直直地盯着他手上的锁链，那人又道："玄铁的，根本脱不开。"

沈知离无声地叹了口气，道："那这样，你告诉我，倘若我有机会出去，帮你向你的家人、朋友传递消息如何？"

那人顿了顿，才垂头道："不知道。"

沈知离："什么？"

那人低声道："我能记得别人的事情，却唯独记不得自己是谁。"

沈知离一时无言，在身上摸索了一下，找出一个小瓶，这是她在医馆对面看诊的时候顺手买的。她自己留下了几枚药丸，余下的隔空丢给了那人："这是一些镇痛的药，嚼碎了敷在伤口上可以充当金创药。呃，饿了的时候还可以充饥。"

那人握住瓶子，良久失笑道："小姑娘，你这是同情我吗？我早就不觉得疼了，你倒不如为你那情郎多留几枚。"

沈知离："不是同情，只是予人后路予己后路，若有一日我在乎的人沦落到和你一样的境地，我希望也会有人这么做。"

"哦，那我就收下了。"那人说道，"你的话让我突然对你有些肃然起敬。小姑娘，算我承你一个人情，你想知道什么尽管问，我尽量回答你。"

沈知离坐了回去："算了。"

那人惊讶地问道："为什么？"

沈知离："一个连自己是谁都记不住的人，记住的事情实在让人很不放心。"

那人："我明明……"

沈知离打断他道："我困了，先去睡一会儿。"

那人："……"

沈知离不再说话，那人反倒开始找话说："小姑娘，别睡了，这么好的天色睡什么？来……来，告诉我，你叫什么？为什么被关到这里？

"小姑娘，外面现在怎么样啊？形容形容嘛！

"你的情郎看起来倒是长得不错，就刚才看那一眼，依稀有些熟悉，我觉得我若没有毁容，长得定然不比他差。

"喂喂，小姑娘，大叔跟你说了这么多，你哼一声也好嘛！"

沈知离："哼。"

那人："……"

倒不是沈知离不想理他，而是这一天发生了太多事情，她又是出逃又是看诊了一天，最后还遇到花久夜被关进地牢。方才花久夜让她担忧得神经紧绷，如今松懈下来，她实在撑不下去了。

梦里她恍惚又回到了回春谷，样貌纯良、眼神真诚清澈的公子手捧一盘子糯

米糕递给她，笑容腼腆羞涩地道："知离，尝尝好吃吗？我亲手做的哦。"

她怀疑地拿起一个咬了一口，糯米糕滋味绝妙入口即化，让她忍不住三两下吃掉一整盘。

公子期盼地看着她："好吃吗？"

沈知离："还有吗？好饿。"

只见公子一个转身，手上顿时多了三四个盘子，上面摆着七八种色香味俱全的糕点。沈知离的眼睛都直了，他上去双手各抓一个糯米糕大口咽下，不到一炷香的工夫，盘子里的糕点都已经进了沈知离的肚子。

公子："好吃吗，知离？"

沈知离摸着肚皮，露出满足的笑容："好吃。"

公子龇牙一笑："你吃饱了，那轮到我吃你了。"

沈知离："……"

公子一把扯开衣襟，朝着沈知离一个饿狼扑食……

沈知离猛然起身，醒了，眼神瞬间从茫然到恐惧。她靠着墙壁手撑额头，边抽嘴角边猛拍自己的额头。她怎么会做这种可怕的梦啊？她到底是太饿了还是因为……不对，她一定是太饿了，和苏沉澈一点儿关系也没有！可是……呜呜呜，那些糕点要是真的，该有多好啊？她真的好饿啊！早知道这样，她之前就在街上多买点儿吃的再过来了。

沈知离想着想着，手肘突然碰到了一个东西。她转眸看去，只见花久夜正倒在她的身侧，双眸紧闭，不知是睡着还是昏迷了。

沈知离神色一凛，几乎是扑上前把住花久夜的脉，确定他性命无碍之后，接着上前检查他身上的伤口。一撕一扯之下，花久夜的胸膛再次暴露在沈知离眼前。沈知离一顿，手腕忽然被人握住，她抬头正对上花久夜细长的眼眸，他眼角上挑，妖冶的容貌像夜里绽开的昙花，散发着淡淡的诱人气息。

花久夜启唇，调笑道："师妹好性急啊，这么迫不及待。"

他还会调戏她就是没事，可是……

沈知离："你不是被长老殿的人带走了？他们没对你……"

花久夜的神情变了变："你怎么知道长老殿？"

沈知离："是……"

那边探过来一个头："是我说的。"

花久夜把沈知离往身后推了推，声音阴冷地道："你是谁？"

那人道："少年人，在心上人面前保持形象的心情我可以理解，不过，逞强硬撑着真的好吗？”

嗖的一声，一样东西急速飞至花久夜面前。花久夜被击中，背脊一弓，吐出了一口瘀血，他的脸色也变得越发苍白。

那人道：“看这样子，你应该是被……”

花久夜骤然抬头，声音暴戾地道：“闭嘴！”

那人击中花久夜的正是沈知离送给他的药丸，沈知离默默地捡起药丸，一把按倒花久夜：“你也闭嘴！”

花久夜显然已经是强弩之末，沈知离用手轻轻一推他就倒下了。见沈知离上药的意志坚决，他自暴自弃地闭上了眼睛。

沈知离一边默默扒他的衣服一边上药，这才发现刚才那一挣动，花久夜身上的伤又开始渗血了。对方明显是不想杀了花久夜，所有的伤口深却又不致命，有些特别严重的甚至还被处理过，只是处理的方法……沈知离不禁咬唇，用手指抹去伤口边缘没有化开的盐巴。这么简单粗暴的方法，花久夜该会有多痛？沈知离心里一时五味杂陈。

大概知道自己翻不起身来，被沈知离压倒的花久夜明显乖了很多，他把头扭到一侧，紧抿着嘴唇，任由沈知离细致地处理他身上的一道道伤口。

旁边那人道：“小姑娘，你还真的会医术啊？喀喀，刚才我可不是打你的情郎，是帮他逼出瘀血。”

沈知离小心地挑出花久夜伤口里的木刺：“我知道。”

从语气里就能判断出她的心情极差，那人见状也缩回去不再说话了。地牢里安静下来，只剩下沈知离不断动作的声音。

处理好最后一处伤口，沈知离擦了擦额头上的汗，从花久夜身边退开。花久夜却还保持着那个姿势不动，睫毛轻微颤动，如同两片颤动的蝶翼，脆弱而美丽。

又是一阵沉默后，沈知离道：“师兄，你一个人的话能逃出去吗？”

花久夜这才缓缓拢好衣襟，起身支起一条腿，仿佛复苏般转头问道：“什么叫我一个人？”

沈知离咽了口口水：“就是……你……”

花久夜：“你想让我一个人先走？”

沈知离连忙点头道：“对，就是这个意思！反正他们的目标是你，只要……”

花久夜：“只要我不在，他们就不会杀你？”

沈知离连连点头。

花久夜：“你脑子里装的是什么？你是猪脑子吗？还是脑子里全是糨糊？”

他狠狠地敲了沈知离的脑袋一下，牵动伤口倒吸了一口气，才又讥诮道，“如果我一直不来，你觉得现在的你还是完整的吗？歌吹是不会如何，可是长老殿或者……而且，一旦他们知道无法用你威胁到我，你觉得你还能再活几天？”

沈知离不言。所以花久夜会来，会忍受这些痛苦，都是为了她？她第一次从心里开始痛恨自己的身体。她为什么不能和其他人一样健康，为什么不能学会武功？如果……

沈知离在想什么，从她的脸上就可以清清楚楚地看出来。

花久夜咳了一声，靠上墙，语气慵懒而戏谑地道：“你没那么重要，救你不过是顺便而已，迟早我也会回南疆来。我说过，伤害我的人我会一个个杀回去，这句话并不是个玩笑。”

沈知离抓住花久夜的手：“告诉我好不好，到底发生了什么？”

花久夜斩钉截铁地道：“不好。”

沈知离不解地问道：“为什么？”

花久夜：“跟你没关系，你也不需要知道。”

沈知离：“师兄！你能不能不要闹别扭？”

花久夜：“我累了，要么陪我睡觉要么滚。”

沈知离：“……”

那边有人插嘴道：“年轻人真是有活力啊，如果你们要睡觉的话，我其实一点儿也不介意的。”

觉她是一定要睡的，陪师兄睡觉则是不可能的。地牢里没有床铺被褥，沈知离只得躺在冷硬的地面上将就一晚。

沈知离一早起来，伸懒腰时便看见地上摆了一个破箩筐，里头放着饭食——两碗稀饭和四个冷馒头。

沈知离将馒头捡了过来，咬了一下，然后捂住嘴，倒吸一口气——牙被硌得好痛！

在尚有余温的稀饭里泡了泡，馒头稍微软了点儿，她吃了一个，转身问花久夜：“师兄，你……”

花久夜：“没胃口。”

沈知离抱着碗挪过来道：“不要任性啊！”

花久夜显然睡得也不好，眼眶微青，脾气很差。他睨了她一眼，不屑地道：“要吃你自己吃，穷酸样。”

和从小吃苦长大，只要能填饱肚子什么都行的沈知离不同，花久夜对吃穿向来挑剔，但这个时候……

沈知离握着馒头，眼神凶狠地问道："你吃不吃？"

花久夜："我……"

沈知离一边重复问题，一边握拳，作势要用强硬手段。

花久夜接过馒头，嫌弃地看了一眼，叹道："虎落平阳……"

补充完体力，透过微弱的光线，沈知离观察了一下四周，看看有没有办法逃出去。

花久夜懒散地一笑道："这地方我过去来过，别白费力气了，整座牢笼都是巨石雕琢，栏杆用的全是玄铁。"

另一侧那人附和道："而且听脚步声，外面至少有二十来个人看管，你情郎这个样子，根本闯不出去的。"

花久夜皱眉道："你到底是什么人？"

那人："呃，路人。"

花久夜冷哼了一声。

顿了顿，那人挠了挠头，又道："少年人，你瞧着有些面善，不知道认不认得我啊？"

只见那人探出半个头，露出昨日那张惨不忍睹的脸。花久夜神色一惊，随即冷声道："你都变成这样了，还让人怎么认你？"

那人似乎犹豫了一下，铁链锁着的手从怀里掏出了一样东西："这个……你认得吗？"

那东西逆着光，被薄薄一层光晕笼罩，是一块玉佩的模样，看起来很是温润。

花久夜："看不清，拿近点儿。"

那人："不行，万一你抢走怎么办？"

花久夜无所谓地道："那就算了。"

那人似乎又经过了更加激烈的内心挣扎，才稍稍将玉佩拿近了一点儿。

花久夜嘴角勾笑，猛然将玉佩夺了过来，那人立即道："还给我！"同时那人全身挣动，锁链咣啷作响。

沈知离知道这是花久夜在玩心计，叹气道："师兄，别逗人家了，还给他吧。"

漫不经心地打量着手里的玉佩，花久夜讥诮道："我还以为是什么好东西，不就是一块……"话音戛然而止，他神色猛然一变，将玉佩放在手心里，一边细细摩挲，一边仔细翻看。

片刻后花久夜抬头，闪身到牢门边，深深地盯着那人，语气里带着抑制不住

的翻滚情绪："你是……"

那人一下夺回玉佩，刚想问话，脚步声突然响起。

"花久夜，大人又传召你。"

花久夜厉声道："等等……"

这次来的黑袍人见花久夜一身伤，知道他色厉内荏，显然也不再客气："等什么等？快跟我们走。"说着黑袍人上前拉住花久夜就走。

沈知离默默地握紧拳头，待花久夜走到尽头，沈知离才狠狠地用拳头捶了一下墙壁——这种什么也做不了的感觉太差了。

带头的黑袍人突然转身道："对了，大人还吩咐，把那个女人也带上。"

沈知离站直身子，神情竟有几分雀跃。比起一个人待在地牢内心忐忑地等着花久夜的消息，她更想亲眼看到到底会发生什么事情，就算吃苦也总是好的。

旁边那人低声道："小姑娘，你这一去不知道还能不能回来，就当感谢你陪我这一日，我告诉你一件事。南疆的王室其实姓花，你那位情郎想必跟王室有些关系，脱身恐怕不易啊！"

南疆王室？如果花久夜是南疆王室的人，为什么他们还会这样对他？花久夜他……到底经历了什么？

第十三章
师兄的过去

容不得沈知离多想，她已经被带离地牢。外头的阳光让沈知离有些不适应，手上被套着锁链，她只能亦步亦趋地跟在黑袍人身后。

殿宇很大，很空旷，显得很冷清，他们走了不短的时间才停下来。停下时，沈知离抬头，看见银钩铁画的“刑殿”二字，心下沉了沉。

黑袍人站定，沈知离也只得跟着站在殿外。殿内不时传出惨叫声，凄厉非常，整个殿宇散发着一股阴冷的气息。

大夫的直觉让沈知离心中莫名生出一股寒意，似乎这座殿宇里藏着极深的怨念。她闭上眼睛，让自己忽略那些声音……

门霍然被推开，从沈知离的位置她正好看见一个人肢体扭曲地躺在地上，那人痛苦得五官扭曲、额头青筋暴起，不停用手击打自己的头，恨不得立即死去的样子。

沈知离看清了那人的脸，不是花久夜，幸好……

出来的黑袍人看了一眼沈知离，冷冷地道：“带她进去。”

穿过无数正在受刑的人，沈知离一边心惊肉跳地庆幸他们不是花久夜，一边又矛盾与害怕看见更恐怖的刑罚。

一直到刑堂最深处，沈知离的瞳孔蓦然一缩。乌黑的长发披散在肩上，花久夜单膝跪地，一手握住肩膀，微微喘息着，脖子却挺得极直。他高高地抬起下巴，神色中带着不加掩饰的轻蔑之意："真的想知道，不如杀了我。"

围着他站了两个衣着繁复华丽的老者，其中一个闻言，粗着声音恨恨地道："你还真是不见棺材不落泪，不要以为你身上有蛊皇，我们就奈何不了你。那东西本就是南疆的，你如今不过是一个被放逐者，有什么资格收着？"

花久夜昂起脖子，语气森冷，一字一顿地道："你们杀不了我，迟早我会杀了你们。"

"大胆！"那老者眯起眼睛道，"你就不怕我们对你……"

花久夜只是冷笑。

老者眼中精光一闪道："知道你不怕疼，但如果是其他折辱呢？虽说你是男子，这张脸倒也不是不能忍受……"说话间，老者那只干枯的手朝着花久夜的脸上摸去。

花久夜不为所动："我身上有几十种蛊毒，一起催动的话……"他冷笑道，"会是谁死得比较快？"

他的语调阴冷黏腻，如蛇芯一般森寒，老者的手顿时僵住。

这时，另一个老者阴阴一笑道："你这样是不行的，昨天他可什么都没招，不如换我试试。"他转头对花久夜道，"你有蛊皇我们奈何不了你，可是你妹妹呢，还记得你妹妹吗？"

花久夜的眼神骤然间变得极为可怕，他说的每一个字都像是从齿缝里挤出来的："我怎么会忘掉，她被你们杀了。"

他当然记得，即使刻意遗忘，也会在午夜梦回时惊醒过来。他的妹妹，他那个总是温柔笑着、笑容如同春光般明媚的妹妹，那个会跟在他身后连声叫着"哥哥、哥哥"的妹妹，那个被欺负了会嘟着嘴、鼓起腮帮的妹妹，那个……他曾经想用性命保护的妹妹。可最终他……剜心的痛瞬间淹没了花久夜。

老者道："你可知她是怎么死的？"

花久夜涩声道："我不想知道！"

老者像是没听到花久夜的话，故意刺激他一般，慢条斯理地道："她被绑住手脚，就在这个地方，十多个强壮的男人……"

花久夜暴怒道："我不想知道！"

老者却还在说："她那时还只有十四五岁吧？哭得可真可怜，几乎要把老朽的心都哭碎了。处子的血染了一地，那时她嘴里还叫着‘哥哥、哥哥’，可是她的哥哥已经逃走了，再也救不了她。然后她被一个个……”

花久夜：“够了，畜生，闭嘴！”他的声音里带着极其浓重的暴戾之气，让人仿佛能嗅到血腥的味道，他的眼眸中也仿佛翻涌起血雾，“血债血偿，你们每一个人我都不会放过。”

花久夜整个人连带着他身边的一切，仿佛都陷入了无形的黑色气场中，悔恨、痛楚、绝望、凄惨，所有负面情绪在这一刻汹涌袭来……

他没能救回她，他的妹妹是那样相信他，他却只能任由她死在他看不见的地方。那是他心底最深的一块痛处，一旦触及便鲜血淋漓、溃烂腐坏、痛不欲生。

沈知离无法再安然站着，快步上前，扳过花久夜的肩膀道：“师兄，冷静一点儿……冷静一点儿。”

花久夜赤红着眼睛看向沈知离，接着一把推开了她。

沈知离防备不及被推倒在地，触到花久夜的眼睛，被当中的杀意骇到。她垂下头，在心底一阵叹息。

花久夜有个妹妹的事情沈知离也知道，熟悉了之后，她常能听见花久夜无意识地提到自己的妹妹，语气满是宠溺。虽然他嘴上偶尔表示不屑，但那确实是她见过的花久夜最温柔的时候。只是没想到……

老者呵呵一笑道：“怎么够？如果你不说那东西在哪儿的话，我今天可以把这一幕重演一遍。”

重演？沈知离抬头，却见众人的视线都聚集到了她身上，不祥的预感在沈知离心头盘旋，她愣了愣道：“那个，你们开玩笑的吧？”

中原。

青荇急切地道：“雷统领，到底是什么原因？”

雷影平静地看着他道：“青堂主确定想要知道？”

被雷影那双无波无澜的眼睛看着，青荇只觉压力陡增：“呃……还是算了吧。”

雷影叹气道：“找人去联系叶浅浅，她现在应当在回魔教的路上，把她拦回来。”

他这一声叹息实在吓人，青荇下意识地道：“是！”

翟凤忍不住道：“雷统领，你能不能不要在这个时候卖关子了？主上看上沈知离的事情，又和叶浅浅有什么关系？照主上这个速度，不超过半个月，应该就能冲破桎梏去往南疆了，到时候……”

雷影像是突然想起什么，道：“那位沈姑娘对主上……”

青荇思考了一下说道："她很讨厌主上，嗯，很讨厌。"

雷影："我就知道。"

翟风好奇得抓心挠肺："雷统领大人，你就告诉我吧！"

雷影皱眉道："你真的很想知道？"

翟风连连点头。

雷影："自己猜吧。"

翟风："……"

这家伙是被主上传染了吧？为什么我这么想揍他啊？

真的被人攥住手腕的时候，沈知离才意识到这并不是玩笑，而是现实。

力气上的劣势在这一刻暴露无遗，沈知离几乎是踉跄着被拖到了殿堂正中，有人解开了她手腕上的锁链，接着便要就势把她推倒。

沈知离只觉头皮发麻，舌尖抵到齿间，刺痛让她比任何时候都清醒。如果她真的被那样凌辱，倒不如死了算了。可是她还有没做完的事情，现在怎么能死？

一双手上来就撕扯她的衣襟，沈知离袖口一动，一枚药丸滑进她的手中。她没有力气，可她清楚人的每一个穴道，知道哪里是死穴、哪里会让人无法反抗。眼下这种情况，她只有一次机会，出手偷袭，然后拉着花久夜往外逃。哪怕是再微乎其微的机会，她也不想放弃。

然而就在她飞快思索的时候，一股温热的液体喷射到了她的身上。沈知离仰头，就看见一支笛子从她身前的黑袍人的胸口中探出。笛子被抽出，血液放射状喷溅，那男子一脸难以置信的神情，他努力伸手试图捂住胸口不住流血的伤口，可惜于事无补。

画面像是一下放缓，沈知离看着那人瞪大了眼睛，接着身体笔直地倒在了她身边。在那人身后，是满身狼狈的花久夜，他手里握着一支染血的铁笛，神情森冷，眼眸里一片猩红，嗜血的气息浓重到让人不寒而栗。

花久夜舔了一下溅到嘴角的血液，冰冷的细长眸子扫过沈知离面前的人，道："愚蠢。把她带到我身边，我还会再有顾忌吗？我可是见神杀神、见鬼杀鬼的毒妖花久夜。"

花久夜的声音仿佛千年寒冰，携着冷冽到极点的寒风，奇冷无比。一瞬间，所有人都不由自主地颤了颤。

沈知离利用这短暂的一瞬爬起来，绕到了花久夜身后。有人反应过来想要去拉住沈知离，那支夺命的笛子已经轻而易举地贯穿他的胸膛，一股血花在花久夜的手中绽开。

刚喘了一口气，沈知离就看到了她这一生中见过的最血腥、最骇人的场面。

花久夜举起笛子，嘴角带着残忍的笑容，身形一晃，已经绕到一个人面前，那支笛子飞快地插入、拔出，下一刻，对方的胸口便只剩下一个漆黑的血洞，接着是下一个人……

花久夜的脚步快得像是只有残影，手上的动作简单直接，行云流水般顺畅，他似乎只会这两个动作，却又让人避无可避。他身上的血依然在流淌，甚至他的身子都在微微摇晃，可是他手上的动作像是已经演练过千百遍。他这是杀戮，纯然的杀戮，不过眨眼间，已经尸横遍野。

浓重的血腥味儿一股股冲上沈知离的鼻端，她竭力忍住心中那种翻涌作呕的欲望，深吸一口气，抬起头，却看见花久夜颓然地单膝跪地，低低的喘息声在空旷的大殿中被无限放大。

沈知离的心猛然沉了下来——他在硬撑。虽然刚才的杀戮势不可当，可他依然在硬撑。

她想起了有关花久夜的传闻——单枪匹马烧了南疆圣殿，被南疆四大蛊师追杀了整整五个月，结果他非但逃脱了，还致使四大蛊师两死两伤……

他到底是怎么做到的？沈知离忽然不忍心再想下去。

两个老者已经坐不住了，张口就要大叫。虽然这里的人几乎死光了，可外面还不知有多少人手。

沈知离急急地起身，就看见花久夜手中的笛子已经打着旋划过两人的喉管，叫声戛然而止。他撑着地面站起身，毫不留情地从一人喉中拔出笛子，顿时鲜血四溢。

一个老者捂住剧痛的喉咙："不是我，不是我，你妹妹真的不是我下的命令，是他……是他……"他用手指着另外一侧的同伴，"对你妹妹……的人有的还在外头，你……"

花久夜提起地上的刀，迅疾地切割下另外一个老者的四肢。

仍活着的老者讨好地看着花久夜："花公子，其实这些都是王上下的命令，我们不过是奉命行事。"

花久夜咧嘴一笑，毫不犹豫地举刀对他重复了刚才的动作，在挣扎中将笛子戳进了老者的喉咙里。他唇畔的笑容妖冶到近乎狰狞："你也一样。"血气在他的眼眸中翻涌，"伤害过她的人，我一个也不会放过。"

沈知离拉住花久夜的衣袖，终于道："师兄，够了！"

花久夜蓦然转头，声音阴狠地道："不够，还不够！他们能还我妹妹的性命吗？不能！那就永远不够！"

沈知离："再不走，我们都会死的！"

她这话实际上已经迟了。沈知离拉着花久夜，披上黑袍出去不到半刻，就有人上前拦住了他们。花久夜身上的血腥味浓重到根本掩盖不住，更何况他也没有半分想要掩饰的意思。滔天的杀意一波一波汹涌地袭来，他握着刀挥砍劈刺，甚至毫不在意落在身上的刀剑，显然已经杀红了眼睛。

花久夜的状态很不正常，可沈知离根本阻止不了。

踏着尸体一路跑到了门口，花久夜突然停下手，猛地转身往回走，道："你先出去。"

沈知离连忙拽住花久夜："你发什么神经？"

花久夜只吐出了三个字："我的蛇。"他的小花还被关在里面。

隐约有人声传来。

"死人了！有人潜进来了！"

"不对，是有人从刑殿逃出来了！"

沈知离急切地道："这个时候还管什么蛇？"

花久夜："我不能丢下它。"

从那天起他就发誓不会丢下任何他想要珍惜的东西，再也不会。

然而走了不到一步，花久夜只觉后脑钝痛，瞬间神志不清。沈知离丢下手中的石头，半搀扶着花久夜走了出去。

外头烈日炎炎，仍是白天，明亮的光线射入沈知离的眼中，让她一时觉得眼眸酸涩，极其刺目。

沈知离裹紧黑袍，突然有一只手拉过她的衣袖，用力将她拖向小巷。沈知离一愣，随即就看见了一个眼熟的布衣女子，不由得脱口道："柳瑟？"拉住她的竟然是她那日救下的柳瑟。

柳瑟点头，一边拽沈知离一边低声急切地道："恩人，快跟我走！我知道一条小路可以出去！"

半个时辰后，一间破宅内。

柳瑟不好意思地搓着手："那个，恩人，我知道这里有些简陋。"

何止是有些，这简直就是用茅草随便搭起的房子，而且家徒四壁，连块干净布巾也寻不到。

沈知离勉强地笑道："能有地方落脚就不错了，多谢你了。"

说话间，她探了探花久夜的脉，脸色更沉。沈知离对南疆蛊毒完全不了解，但能感觉到花久夜那从五脏六腑里透出来的虚弱气息。她掀开被褥，只见花久夜的脸上和手上的肌肤同时浮现出一层诡异的图腾，眼角微微渗血。

柳瑟定睛一看，突然啊了一声。

沈知离奇怪地道："你怎么了？"

柳瑟颤声道："这位公子身上的，难道是蛊皇？"

见沈知离迟疑着点头，柳瑟定了定神，又道："公子这症状，恐怕是使用蛊皇过度遭到了反噬。"

沈知离："很严重？"

柳瑟停顿了一下，才道："蛊皇乃最尊贵的存在，一旦种成功便与宿主的寿命相连，可克制百蛊，但倘若过度使用，则会遭到反噬，寿命也会……"

沈知离："会短命？"

柳瑟沉重地点了一下头。

沈知离忽然不知道该说什么，心中一时五味杂陈，难以言喻。

床板上的花久夜突然惊醒，一把攥住沈知离的手腕。沈知离被攥得生疼，刚想甩脱出来，却听见花久夜无意识地呢喃着："哥哥对不起你，小雅……小雅……"

显然花久夜还没醒，神色显得极其痛苦与煎熬，手也攥得极紧。他恐怕是把沈知离当成了他的妹妹花久雅，沈知离的心一下软了。

柳瑟上街买了饭食，回来时神色更加小心翼翼，对沈知离道："外面贴满了姑娘和公子的通缉画像，姑娘切勿随便出去。"

沈知离刚想答话，柳瑟身后突然闪出一个娇小的身影。她一见床上的花久夜，立刻推开沈知离扑了上去："爹、爹……"接着，她一脸鼻涕眼泪地往花久夜身上蹭。

沈知离："……"

柳瑟："……"

良久，沈知离叹气道："原来那个负心人真的是师兄吗？"

话音未落，柳瑟已经拉过花骨朵，急切地道："快回来，瞎说什么？"她转头又对沈知离解释，"姑娘不要误会！虽然这位公子的确和我夫君有些相像，但他并不是我夫君。夫君……也不会这么狼狈地出现在我面前。"

沈知离松了口气，刚说一句"没关……"便被打断。

花骨朵委屈地撇嘴："娘亲，我好想要爹……"

柳瑟心疼地搂着花骨朵："骨朵乖，爹他会来找我们的。"

花骨朵的眼眶红了起来，她大叫道："娘亲，你骗人！你跟我说了这么多次，可是爹……他明明就是爹！骗人……骗人，他就是的……"说着花骨朵一把挣脱柳瑟的怀抱，两步冲过去拉住花久夜的另外一只手，两腮鼓起，对着沈知离恶狠狠地道，"你这个狐狸精，快放开我爹的手！"

沈知离难以置信地道："你……你说什么？"

花骨朵大着胆子高声重复着：“狐狸精……狐狸精……狐狸精……”

沈知离莫名地竟觉得有点儿安慰，原来她这辈子还有被人叫作狐狸精的机会。

正在这时，床上的人猛然坐起，满脸惊惶地道：“不要……”

花骨朵大力推开沈知离，上前抱住花久夜的腰，小脸熟练地往他怀里一埋：“呜呜……爹爹，你不要朵朵了吗？”

花久夜的眼睛从茫然的血色恢复到平静的漆黑，接着他拎起眼前的小东西，皱眉道：“你是什么东西？”

花骨朵挣扎着四肢，嘟起小嘴道：“爹爹，我是你女儿啊！”

沉默了一刻，花久夜面色阴沉地道：“我可以杀了你吗？”

花久夜很可怕，这点完全不用怀疑，此时他身上还沾染着血迹，脸上的表情冷漠而阴郁，浑身上下散发着一股生人勿近的气息。但偏偏就有生物锲而不舍地想要接近花久夜，甚至还完全不许别人靠近他。

柳瑟怎么也劝说不住自己的女儿，只得一脸尴尬地看着沈知离。

沈知离更尴尬地回看柳瑟，道：“我没什么，倒是令千金……”

花久夜明显很不待见花骨朵，只要她靠近他身边，花久夜就毫不犹豫地把她丢出去，只是碍于身体不佳，他才没有做出其他更激烈的举动。

柳瑟叹气道：“她喜欢他我也拦不住，而且……我觉得你们是好人。”

沈知离颔首道：“我是没错，但是师兄……”

柳瑟真诚道：“令师兄虽然脾气差了些，但我觉得他定然不是凶恶之辈！”

沈知离回想起那日的杀戮场面，顿时无言——无知真是幸福。

不远处，花骨朵又一次抱住花久夜的大腿，一脸深情地叫着“爹”。花久夜臭着脸一脚踩中花骨朵的妖孽小脸，硬生生地把她踹了下去。

沈知离感慨道：“我师兄真的这么像你夫君吗？”

柳瑟看了看，点头道：“是很像，但……”她犹豫了一下，才继续说道，“夫君的性格更温柔和善，神情也柔和一些。”

你可以直接说花久夜看起来凶神恶煞的。

沈知离拍了下柳瑟的肩：“等师兄的伤好一些，我们便要回中原了，也希望你能早日遇到你的夫君。”

“这么快？”柳瑟一愣，抿了抿唇又道，“其实我知道我夫君在哪儿的。”

沈知离略微一顿，却只是点了点头。如今她也是泥菩萨过河，这种事情最好不要牵扯太深。

长老殿的血案并没有公布出来，但通缉令已贴满了所有能让人看见的地方。这座破宅暂时没有被人发现，但沈知离想出门还是不得不乔装，也幸亏她不是那种绝色容貌，稍稍调制了姜黄药汁涂抹在脸上，就再认不出她原本的容貌。

看诊的银子还剩下一些，沈知离买了些药材、干粮以及换洗衣物，便朝着破宅走去。走在路上就看见有官兵挨家挨户地搜查，沈知离立刻加快脚步往回跑，却在快跑到门口时被人拦住。

沈么离一抬头，只觉血液都要凝固了：“歌……歌吹……”

歌吹转过脸，依旧是衰败的脸色、淡漠的眼神，身后跟了数个黑袍人。

沈知离头皮发麻地干笑道：“那个……好巧啊！”

“我顺着你身上的蛊找来的。”歌吹做面瘫状，声音沙哑地道，“花久夜在哪里？”

沈知离：“我也不知道。”

歌吹：“你的心跳变快了，你在撒谎！”

沈知离傻笑道：“呵呵呵……”

歌吹重复：“花久夜在哪儿？”

沈知离在心里痛骂了无数次那个要命的媚蛊，才讪讪地笑道：“花久夜啊……我带你去找他好了。”

歌吹跟在沈知离身后，沈知离数着步数，朝巡城河边走去。

沈知离：“就在这里。”

歌吹：“这里？”

沈知离双手撑住栏杆，以迅雷不及掩耳之势，一个猛子扎进了水中。随着几声扑通声响起，沈知离屏住呼吸，反握住新买的银针，用力地扎下几针，才放开手脚朝更远处游去。

歌吹的脖子上还缠绕着纱布，花久夜对他造成的重伤显然还没好，这个时候把歌吹带到花久夜面前简直是自寻死路，她又不是笨蛋。

在温泉里待久了，沈知离的水性越来越好，虽然刺骨的河水让她牙关打战、浑身瑟瑟发抖，但想要逃命的信念也越发强烈。

游了不知多久，沈知离突然右脚抽筋。她连翻带滚地冲到岸边，急切之下嘴里猛灌了好几口河水，一上岸两眼一翻，就要晕倒。这时候她晕了的话，会死人的啊！她强撑着拽住眼前人的裤脚，用尽全力道：“救我，我以身相许！”

第十四章
失散的兄弟

若干时辰后。

沈知离一边喝着侍女端来的姜汤，一边惊魂未定、戒备地四处打量着。

喝完一碗姜汤，沈知离的手脚都暖了，她低声道："谢谢，请问这里是……"

侍女客气地冲她笑笑，接过空碗，并未答话。

一个温和好听的声音突兀地响起："姑娘，你醒了？"

沈知离默默道，汤都喝了，难道她还能是睡着的？

她抬眸望去，却见一袭曳地月白长袍映入眼帘，那长袍极其华丽繁复，映着薄光，显然价值不菲。来人腰间束着一条云锦腰带，数颗琉璃铃铛镶嵌其中，随风飘荡，丁零作响。她再往上看，看见了细长的眼眸、薄薄的唇、削尖的下巴和妖孽的五官。

沈知离大惊失色："师、师兄？"

那男子似乎有些困惑地道："姑娘……我并无师妹，你是否认错人了？"

这种口吻……沈知离瞬间清醒："抱歉，是我认错了。"

姑且不论他脸上没有伤疤，要知道花久夜是打死也不可能用这种口气跟她说话的。不过，看着那张虽然五官肖似花久夜但明显柔和很多的脸庞，沈知离默默地泪流。她为什么有种受宠若惊的感觉？

男子微微一笑，宛如春风拂面，眼神温柔如一汪春水。他开口道：“无妨，姑娘落水受了风寒，还望多休息。”

你真的要用师兄的脸，说这种诡异的话吗？

沈知离转开头道：“多谢公子相救，只是不知这是哪里？”

男子：“姑娘不必担心，这是我的居所，很安静，适合休养，待姑娘的身体好些，我便叫人送你回家。只是不知姑娘家住……我也好上门向令尊、令堂报信。”

太久没有面对这种正常人，沈知离一时竟然不知道说什么。果然是遇到太多变态了吗？

沈知离叹了口气，良久才低声道：“多谢公子好意，只是我父母早已亡故，孤身一人无信可报。”

她是肯定不敢把花久夜说出来的，可是又忍不住担心，也不知后来歌吹到底有没有找到花久夜？

她正盘算着如何套话，就发现那男子温柔地用手抚过她的发，沈知离顿时惊悚地抬头。

男子：“对不起，姑娘，一定是让你想起伤心事了。”

沈知离：“没有……没有。”

男子用无比怜惜的口吻道：“姑娘，不用解释，我都知道。”他看着沈知离的眼神里分明掺杂着同情，仿佛看着一个身世悲惨的可怜少女。

你知道什么啊？

男子目光柔柔地继续道：“姑娘若不嫌弃，就留在这里吧。”

接着他又关照了她好些事情，说话时还特地绕过不问沈知离的家境，好似生怕提到会伤害她。

毕竟他是好意，沈知离默默忍下了那些无休止的絮叨。终于等到有人来叫他，男子依依不舍地又吩咐了几句才走。

沈知离松了一口气，正想站起身，却发现之前给她送汤的侍女还在。侍女递给沈知离一套质地上乘的新衣，仿佛无意地道：“姑娘的样貌不算出挑，但胜在身世可怜，宵云殿下最是喜欢楚楚可怜、身世凄惨的女子……不过，也仅此而已。”

“殿下？”沈知离蓦然抓住侍女的手问，“他到底是？”

侍女从沈知离手中挣脱开，语气也有些淡了：“姑娘，你辛辛苦苦到了殿下身边还装什么无知？全南疆只有殿下一人可称殿下。”

沈知离："他是……南疆王的儿子？"

侍女补充道："唯一的。"

沈知离在心中道：那他不就是花久夜最大仇人的儿子了吗？

沈知离虽有一颗不畏病痛的心，奈何身子太娇弱，没过多久她就开始发热，咳嗽、喷嚏不断，只得在床上又躺了多日。

那位温柔的王子每日都会踏着夕阳前来看她，给她带些解闷的玩意儿或陪她聊天，眼神无比疼惜，仿佛对待一朵羸弱不堪的娇花。如果不是每天被照顾她的侍女泼各种凉水，沈知离几乎以为王子殿下爱上她了。

和苏沉澈那种即使失忆也黑到骨子里的人不同，这位王子明显要白痴得多。在聊天过程中，沈知离不动声色地将王子的家世背景、成长经历、兴趣爱好全数套了出来，得出结论，这就是朵温室里长出的、完全没有经历过风雨的小白花。

身份尊贵、品貌优良外加众人的称羡，让这位花宵云王子养成了一个特殊的恶趣味——喜欢照顾身世可怜、经历悲惨的女子，越悲惨越苦情他越喜欢。沈知离总结，他这就是日子过得太好，吃饱了撑的。

不过，他这个长相、姓氏，实在让沈知离不得不联想到花久夜……花久夜失散多年的兄弟。只是花久夜如果真的是南疆王室，又怎么会遇到那种事情，难道他是前代王的……

沈知离叹了口气，无论哪种假设都凄惨无比，她只希望能早点儿养好病回去找花久夜，跟他一起赶快回中原。

说起来，沈知离望了望天，为什么苏沉澈这么久都没有消息呢？难道他终于发现自己爱的其实还是叶浅浅，于是放弃自己了？不然以苏沉澈对自己死缠烂打的性子，就算被属下绑架，他也有办法追过来吧？虽然知道这才是正常的，可是，沈知离按着头，真的好不爽啊！

过了好几日，沈知离的病症总算减轻，可以自由行动。

侍女给的那套衣服与中原穿法不同，沈知离研究了半天才套上身。原想那种五颜六色、东一块布西一块布的衣服应该不会很好看，但她揽镜一照，意外地发现倒也并不差。沈知离对镜观摩良久，决定以后有机会做几套这种衣服穿着玩。

妆台上的首饰清一色是银器，晃花人眼，沈知离眼睛一亮，随即又暗淡下来，首饰再贵重也不是她的。

外头的侍女道："姑娘准备好了吗？"

匆匆取了一根雕花银簪插上，沈知离就走了出去。

侍女只看了一眼，就惊叫起来："头发……头发！"

然后，沈知离被侍女压倒编了辫子，头上还戴了一个稀奇古怪的银头饰。

沈知离来到清雅的竹园中，一簇簇的花正开着，围着竹栅栏很显雅致。南疆气候温和，花卉较中原绚烂得多，而且这些花卉都是在中原很少见的。

沈知离的手指还没触碰到花，就有人阴阳怪气地自以为低声道："哎哟，她在摸花呢。"

沈知离一顿，将手收了回来。

"她把手收回来了！"

沈知离转过头，侧目望去。

"她看过来了！"

忍了忍，沈知离对着身后的一群莺莺燕燕道："你们对我有意见吗？"

当先一个南疆姑娘掐腰道："你就是那个新人？那个仗着父母双亡，让殿下连着照顾好些日子，溺水前还抱着殿下的大腿说要以身相许的那个？"

这种事情真的要说这么大声吗？

沈知离的沉默被当作默认，对方气势更甚："你哭一个给我们看看。"

沈知离直白地道："哭不出来。"

然后……对面剽悍的姑娘一个拳头就挥了过来。沈知离猝不及防，向后躲去，手掌压到花刺，立时出现一条血痕。

"你们在做什么？"

沈知离挣扎着站起来道："她们……"

尾音未落，沈知离就抽搐着嘴角，发现刚才还气势汹汹的女子们一个个做娇羞鹌鹑状，甚至还有人拉着袖子不断擦着干涩的眼角，一副凄凄惨惨的模样——好快的变脸速度。

沈知离回头，不出所料，出声的果然是圣母王子，纤尘不染的月白长袍，嘴角挂着温润的笑容，依然是那副圣光普照的样子。

他望着沈知离柔声道："沈姑娘，你可以走动了吗？"

沈知离："嗯，多谢这些时日的关照。"

圣母王子突然皱眉道："你的手流血了！"

沈知离把手掌背到身后，轻描淡写道："没什么，我刚才不小心摔倒了而已。"

圣母王子用一种很奇异的眼光看着她。

沈知离怪道："我说错什么了吗？"

圣母王子激动地道："不、不，你一点儿也没说错！我只是……突然好感动。"

你傻了吗，王子殿下？

圣母王子温声道："被人伤害、被人欺负，居然还默默忍耐，不肯告诉别人，

宁可自己独自忍受痛苦……我突然觉得我的心跳得好快，我这是怎么了？好像有一种被人戳中的感觉。”

沈知离嘴角抽搐：“我只是不想惹事而已，哪有这么苦情啊？”

圣母王子真诚地道：“以后就让我照顾你吧，我不会再让你受委屈了！”

沈知离：“我谢谢你啊！”

圣母王子：“不用客气，这是我应该做的。”

应该什么啊，应该？

沈知离深吸一口气，像是忽然想起什么道：“宵云殿下，其实我还知道一个更加凄惨的女子。”

圣母王子感兴趣地道：“怎么凄惨了？”

沈知离：“她同人珠胎暗结以后又被人始乱终弃，只能独自凄惨地抚养孩子。因为孩子生病没钱治疗被大夫丢到门外，最后连温饱都成问题……最可怜的是，就算到了这种程度，她竟然还不是很恨那个男人！”

圣母王子露出不忍的表情，痛斥道：“怎么会有这种残忍的男人？”

沈知离：“就是！”

圣母王子握拳道：“请你一定要带我去看那个女子！”

沈知离一边点头一边默道，这人真好骗啊！

柳瑟正站在院子里焦急地东张西望，一见沈知离，连忙拉住沈知离的衣角：“沈姑娘，你师兄……”

话还没说完，柳瑟突然惊叫一声跌倒在地，双手捂住心口，一脸掩饰不住的惊惶之色。

闪亮的圣母王子显得很困惑，但他还是友好地伸出手：“姑娘，我拉你起来。”

柳瑟：“我……我不是姑娘。”

圣母王子微笑道：“那请问你是……”

柳瑟：“我……我是……”

她的话音未落，只见两条小短腿快速奔跑过来，花骨朵一个冲刺高跳扑进圣母王子的怀里：“爹！你终于回来了！”

圣母王子手足无措地低头问道：“这是什么东西？”

沈知离弯腰扶起柳瑟，忍不住问：“我师兄怎么了？”

柳瑟缓了一下神，按住心口：“你师兄醒来之后，知道你一直未归，就追了出去，结果在路上和官兵打起来了，后来听说他朝着王宫去了……我不知道该怎么办，只好在这里等你。”

王宫？沈知离霍然转身看着刚刚摆脱花骨朵的圣母王子。

圣母王子也听见了她们的话，抬头道："是沈姑娘的师兄吗？那想必是个误会，我去解释一下就好。"

沈知离拽住王子殿下的手臂就朝外走："民女多谢殿下！"

柳瑟扒着门，鼓起勇气道："殿下，你还能再来吗？"

圣母王子在倒退的动作中艰难地露出笑容，柔声道："会的，姑娘。"

沈知离："……"

为什么她觉得自己像拆散人家的反派？

南疆的王宫同中原大不相同，修得很是雅致，反少了几分森严庄重。

不过沈知离根本没心思看，只是一脸戒备地跟在圣母王子身后。对圣母王子而言，进入王宫如入无人之境。他远远走来，两边的守卫都恭敬地行礼，圣母王子微笑颔首，不断散播着爱与和平的光芒，起身的守卫一个个用仰慕崇敬的目光看向圣母王子。

圣母王子径直走向最后一个人道："侍卫长，有一个……呃……"他看向沈知离。

沈知离补充道："长得跟你很像。"

圣母王子："呃，长得跟我很像的男子被带进来了吗？"

侍卫长皱眉道："宵云殿下，你指的不会是夜蛇……他是在里面，但是这件事你最好不要干涉。"

圣母王子："他是我朋友的朋友，如果有误会的话……"

侍卫长："不会有误会的，宵云殿下还是请回吧。"

圣母王子有些无奈地看向沈知离，沈知离立刻拽住他的衣角，楚楚可怜地道："王子殿下，拜托了……我只有这一个亲人了，我不能没有他……"

圣母王子犹如打了鸡血，瞬间加重口气道："侍卫长，你至少要解释清楚为什么抓人吧？也许只是个误会，你怎么忍心让这样一位可怜的姑娘伤心呢？"

五大三粗的侍卫长一眼睨过沈知离，突然叫道："是你这个帮凶？来人！快把她抓住！"

周围看戏的侍卫见状，立即向沈知离扑来。

电光石火之间，沈知离手指一翻，尖锐的长针抵住圣母王子的脖子："让我进去。"

侍卫们一时投鼠忌器，不敢靠近。

沈知离拖拽着圣母王子，恶狠狠地道："针尖淬了毒，快告诉我，我师兄到底在哪儿？不然我杀了他。"

侍卫长犹豫了一下道："你真的想进去？"

沈知离："当然。"

侍卫长："那好，他就在里面。"他指向深处的殿宇，"你放开宵云殿下，我马上就带你去。"

不等沈知离开口，圣母王子先微笑道："我没关系的，若现在放开我，只怕她也不放心。"

侍卫长无奈，只得放沈知离先行。

走了两步，圣母王子抬了抬手，沈知离心中立刻警铃大作："你要干什么？"

圣母王子："调整一下姿势，你这样走路很累吧？"

沈知离表情复杂地道："你对谁都是这个样子吗？你到底是怎么活到现在的啊？"

圣母王子想了想道："举手之劳而已，你又不会真的杀我。"

沈知离："你怎么知道我不会杀了你？"

圣母王子笑着，语气却莫名带着几分笃定："直觉吧。"

沈知离握针的手紧了紧，被人看透她的色厉内荏，感觉真不好！

沈知离猛地用脚踹开殿门，大门被轰然打开后，只见殿内的两个人静静地对望着。沈知离一眼便看见了花久夜，忍不住大叫："师兄！"

花久夜闻声回头："你……"他只说了一个字，便转头看向沈知离身边的花宵云。

花宵云此时也看向了他，四目交接，两两对望。这一幕实在非常诡异，两张模样相似的脸，犹如镜面反射一般，脸上却是截然不同的神情。

殿内寂静得落针可闻。

良久，花久夜面无表情地冷冷道："这个人是谁？看起来好眼熟。"

花宵云："我也觉得，我们是不是在哪里见过？"

大殿正中，一个雄浑的男声打断了两人诡异的对话："宵云，你怎么来了？"

花宵云含笑行礼："儿臣见过父王。"他动作自如，好似根本不在意沈知离手中那根近在咫尺的银针。

沈知离遥遥望去，坐在大殿正中王座之上的是一个面色庄严的中年男子。他穿着南疆特有的服饰，头顶金灿灿的王冠，右手持着一根做工精致的手杖。显然是保养良好，他看起来不过四十多岁的年纪，那张脸依旧俊美非凡。岁月并没有带走他的风采，他那张和花宵云肖似的脸庞经历过风雨反而越发显出一种被时光打磨的沉稳气质，只是……无论怎么看，他身上都散发着一种阴沉而危险的气息。这是……南疆王？

南疆王沉声道："这不是你该来的地方，宵云，你先退下。"

花宵云看向花久夜，温声道："父王，这个人是这位姑娘的朋友，若只是个误会，我可以把他带走吗？"

南疆王："没有什么误会，你知道他做了什么吗？他杀了长老殿里的两位长老以及二十七名弟子。"

花宵云沉默了。

沈知离忍不住道："那些人是畜生，他们……他们对师兄的妹妹……"

她只说了一句，声音就戛然而止。不是她说不下去，而是沈知离忽然不知道究竟该说给谁听。她还记得那长老最后说的话——花公子，其实这些都是王上下的命令，我们不过奉命行事。

而她眼前的人就是南疆王，身边这个则是南疆王的儿子。花宵云或许会因为举手之劳帮她，可是一旦牵扯南疆王，他没有理由站在她一个外人这边。

花久夜的声音在空旷的大殿里回荡："别说了！老畜生，要杀便杀，不用给我找那些冠冕堂皇的罪名。"

南疆王冷冷地道："你很快就会死，但在那之前，把蛊皇交出来。"

花宵云："蛊皇？"

南疆王压着怒火，转头尽量对花宵云柔和地道："你先出去。"

自阴影中走出一人，弯腰对花宵云做了一个'请"的姿势，动作虽恭敬，态度却不容人拒绝。

就在这时，花久夜嘲讽地大笑道："是啊，蛊皇，一代只能有一个人拥有的蛊皇。我死也不会交给你。你的儿子、一个将来没有蛊皇的南疆王，你觉得一旦捅出去会有人信服吗？就像某些人，一辈子都洗刷不了篡位者的污名。"嘴角渐渐流出鲜血，他却浑然未觉。

沈知离不忍，上前搭上花久夜的脉。

花宵云被强硬地请了出去，整座大殿里只剩下了四个人。

南疆王从他的王座上信步走下，一滴血从他的指尖里冒了出来。殿门被合拢了一半，阴影投射在他的脸上，俊美的脸上阴气森森的。

"你应该知道，这世上拥有蛊皇的人不止你一个，若不能得到，孤可以吞噬你和……你的女人。"

花久夜推开沈知离："她不是我的女人。"随即，他眼中闪过了一抹痛恨之色，"你的蛊皇……"

南疆王颔首："是从你父亲手里得来的，孤当着他的面上了你的母亲，并且告诉他如果不交出蛊皇，就让地牢里所有的囚犯上遍你的母亲。"

花久夜的胸膛剧烈地起伏着，幽深的双眸里燃起了火焰，嘴唇被他咬出了鲜血，几个字从他的齿缝间挤出：“畜生，他是你哥哥。”

南疆王轻蔑地笑道：“孤知道，可那又怎么样？凭什么孤喜欢的女人要嫁给他？不过是因为他有蛊皇，不过是因为他可以继承南疆王的位置，那孤为什么不能得到？成王败寇，孤从来不觉得有什么可愧疚的，就像现在……把蛊皇交给我，孤会让你没有痛苦地去地狱见你的死鬼老子，不然孤有的是办法让你尝到地狱的滋味。”

花久夜冷笑着看着他。

南疆王：“是那个贱人的错，说什么喜欢孤，转头却嫁给了那个死鬼，孤不过是让那对狗男女罪有应得。”

南疆王反手割裂花久夜的腕，血液涌出，一滴鲜血顺着南疆王的指尖滴在花久夜的手腕上。几乎在瞬间，花久夜整个人痛得蜷缩起来。

袖风一卷，南疆王单手扣住沈知离的脖子将她顶上了墙，慢条斯理地阴冷道：“你希望我怎么对你的这个小情人呢？”

此时沈知离双脚腾空，脑子已经乱到极点，兄弟、篡位、虐杀……她已经可以勾勒出整个事情的真相。她艰难地抓着几乎要捏碎她脖子的手道：“将罪责推卸到女人身上，你根本只是为了满足自己对权力的私欲，灭绝人性，连自己的亲兄弟都不肯放过！”

南疆王：“胡说！都是因为那个贱人！”

沈知离发出一声嗤笑。

南疆王的面色阴沉得可以滴出水来，他骤然收紧手指：“让你胡说……嘶……”

南疆王骤然转头，发现花久夜竟然狠狠地咬住了他的手臂，鲜血喷涌，他们两个的血液逐渐汇聚到一起。在花久夜疼痛的同时，一股痛楚也顺着血液交汇处蔓延到南疆王身上，痛楚让南疆王瞬间清醒，用尽全力将花久夜摔了出去。

花久夜的背脊重重撞上了墙壁，一大口鲜血吐了出来，五脏六腑俱是一震，可他居然笑了起来：“我们同归于尽吧。让我身体里的蛊毒爆发，到时候沾到我的鲜血的每一个人都会死。”

沈知离从半空中摔下，抚着颈脖大口喘息着。

空旷的大殿里一片寂静，莫名有一股悲凉的气氛。

就在这时，一个略带喘息却又和大殿的气氛格格不入的温和声音插了进来：“那个，你们想去死我没意见，但是我的知离我可以带走吗？”

第十五章

苏公子驾到

几乎是在听见这个声音的同时，沈知离立刻松懈下来。尽管这个人说话不靠谱、做事不靠谱、行为举止不靠谱，从里到外散发着一种“骗你没商量”的气息，可是……她能在这个时候看见他，实在太好了。

“真的……”沈知离按着脖颈，呢喃道，“太好了。”她从来没有像此刻这样，这么感激苏沉澈那无缘无故的死缠烂打行为。

南疆王怒目而视：“你是什么人？”

白衣男子单手缓缓推开门，逆着身后耀眼的白光，自大殿的这头缓缓走来，像是将一分为二的世界合拢，带着灼眼的光明席卷了整片阴沉的黑暗。所有的阴暗潮湿、肮脏污秽在这一刻变得无处遁形，悲凉凄惨的气氛也在刹那间消失，仿佛从未出现过。

他逆着光一步一步走来，额角的汗水滴落，五官轮廓逐渐清晰，却又因为背着光让人看不分明，只能看见他嘴角勾起的弧度。

脚步声骤然停止，苏沉澈弯腰单膝跪地，雪白的衣袂拂过地面，他轻柔地捧起女子的下颌，小心摩挲着脖颈处被掐红的印记，声音极尽温柔：“知离，抱歉，让你久等了。”他的语气里是满溢的温柔缱绻、宠溺温存。

沈知离眨了眨眼，把眼眶里突如其来的水雾挤掉。她再怎么不肯承认，这一刻，从心口蔓延到四肢百骸的酸涩仍无法抑制。她可以不在乎伤害、凌辱，甚至不在乎死亡，却没法安然地享受另外一个人的好。

浑蛋，为什么要对我这么好？我会被宠坏的啊！她用力揉了揉泛红的眼角。浑蛋，这种时候弄这么煽情做什么？我们还没脱离危险，你不要现在就开始甜言蜜语好不好？

然而，苏沉澈像是根本没留意到她的不安，下一刻，沈知离就落入了他的怀抱。微凉的鼻尖蹭着她的脸颊，苏沉澈的动作很轻柔，他像捧着什么失而复得的珍宝，声音里却有着委屈：“知离……我好想你，你想我吗？不对，你一定不想我吧？我最近都没有打喷嚏。”不等沈知离说话，苏沉澈又小心翼翼地圈紧她的腰身，心疼地看向她，满眼的温柔疼惜，足以将人溺毙，“知离，你的腰又细了，脸也尖了……都是我的错，我应该再来早一点儿的，这样你就不会受伤了。”他旁若无人地说着，就好像眼睛里从来只有沈知离一个人。

沈知离动了动唇，却一个字也说不出口。

苏沉澈这种完全无视他人的行为毫无悬念地激怒了南疆王，他一掌便朝着苏沉澈劈来。

南疆王的手还未落下，已经被人架住，苏沉澈回头，满脸不耐烦地道：“还没轮到你呢，你能不能先等一等？我还有话没跟知离说完呢。”

南疆王冷笑道：“你们到地狱说去吧。”

苏沉澈眯起眼睛，缓缓松手放开沈知离：“你是在试探我的忍耐底线吗？”安置好沈知离，他站起身，琥珀色的眼眸仿佛镀了一层刀光，锋利而尖锐，强大的压迫感铺天盖地地袭来，苏沉澈的声音仍是温和的，却更令人害怕，“通缉我的知离，打断我对知离的表白，甚至伤害我的知离……

“在我眼里，你已经是个死人了。

“不可原谅。”

沈知离强迫自己镇静，朝着花久夜爬去。她没去看那些触目惊心的血迹，一边为花久夜把脉检查伤口，一边掏出伤药替他止血。

花久夜的头歪向一侧，面色惨白如纸。上药的间隙，花久夜咬住唇低声开口，沈知离分辨不清他说了什么，只得将耳朵凑近。

与此同时，南疆王一挑眉头道：“侍卫！”

话刚出口他就顿住，显然是发现了什么不对。

苏沉澈笑得明媚：“终于发现了吗？说起来多亏了令郎，他真的是个……呃，少见的好人。”

南疆王怒道：“你对云儿做了什么？”

苏沉澈微笑道：“放心，他还活着。”

南疆王握紧手杖，快速攻来：“你到底是什么人？”

苏沉澈拔剑挡开他的攻击，身形快得犹如虚影，腾挪之间显得游刃有余，那是快到极致的速度。

两人打斗间，一个手持判官笔的青衫男子自殿外步入，见状咳嗽了一声道：“主上，已经清理完毕，南疆王宫里二十三处暗哨、四十五名侍卫官员均已被控制，遭到反抗十余次、蛊毒自杀式攻击五六次，全部失败，附近守卫已经被调离正殿。”

苏沉澈边打边问，连点儿喘息都不带：“灭了南疆的话，有多大可能？”

青荇迅速回答道：“如现在这般短期控制不难，要灭掉的话，最多只有两成把握。”

苏沉澈：“那如果只是换王呢？”

青荇沉吟道：“这个也有点儿难度，因为南疆王子殿下十分得民心，每年都会巡游，如果换了的话，南疆内部的人手全部要撤换顶替。”

苏沉澈扬起嘴角，声音却蓦然冷了下来：“那就换吧。”

两人交手不过十招，孰强孰弱一目了染。

南疆王脸色一变道：“为什么……为什么蛊毒对你没用？”

苏沉澈也是一愣，才笑道：“我怎么知道？”

不过几句话工夫，苏沉澈的剑尖已经抵在了南疆王的脖子上，他只需用力一割，南疆王便会立即身首分离。

沈知离却突然叫了起来：“等等……”

苏沉澈温柔地回头问道：“知离，什么事？”

沈知离：“师兄想亲手为父母、妹妹报仇，可以吗？”

苏沉澈立即如小鸡啄米般点了点头，眼眸弯弯，谄媚地笑道：“当然可以，知离你说什么都好！”随即他示意青荇上前绑住南疆王。

花久夜艰难地站起身，额前的碎发遮掩了双目，让人看不清他的神情。不断有血顺着他的身体滴落，他一步一个血印，紧抿着唇，从苏沉澈身边走过，接着一言不发地掏出匕首，抵在了南疆王的颈脖上。

苏沉澈不置可否地收回刀，退到沈知离身边，小心地捧起她的手掌，用唇处理着上面轻微的擦伤。

沈知离无奈地抬手，望着花久夜轻轻叹了一口气——终于要结束了吗？

“你该死。”花久夜摇摇欲坠，握着匕首的手却异常牢固，嘴角漾起了不正常的笑容，“我不会让你死得这么轻松的。”

花久夜手里的刀割裂了南疆王的肩膀，他狠狠地削下一块肉，却又不让半点儿鲜血沾染上自己的身体。

南疆王痛哼一声，看着花久夜，忽然露出一个诡异的笑容：“花久夜，杀了孤，你永远不会知道你母亲在什么地方。”

花久夜一怔，随即说道：“她早就死了！”

南疆王：“如果孤说她没死呢？这个背叛了孤的人，孤还没有折磨够，怎么会这么容易就让她死去？”

花久夜的眼眸一下变得血红：“我不相信！”他的手却不由自主地一抖。

就在这短暂的一瞬，南疆王突然挣脱了身上的绳索，拽住花久夜。南疆王握住手杖的手晃动了几下，地面骤然翻转，露出一个巨大的洞穴，瞬间将两人吞噬。

沈知离猛地冲过去，腰却突然被人揽住，她这一迟疑，地面已经恢复如初，再不见两人的身影。沈知离忍不住道：“苏沉澈，你放开我……”

苏沉澈死死地抱住她的腰，噘嘴道：“不放！他就这么重要吗？”

沈知离怒急交加，偏偏这个人刚刚救过她，她发作不得，只得压制着脾气道：“当然重要！师兄是我唯一的亲人，对我来说，他跟我的亲哥哥一样重要，你懂不懂？他是为了救我才来这里的，如今身负重伤，还和南疆王在一起，如果不早点儿去救他，只怕他会九死一生……”

苏沉澈死不松手：“可是你去也是九死一生，他比你的命还重要吗？”

沈知离不经大脑，条件反射般道：“不是还有你吗？”

苏沉澈：“……”

沈知离：“我说了什么？”

苏沉澈的双眼瞬间变作桃心，他颤抖着声音道：“知离……你再说一遍好不好？我没有听错吧？你这是在依赖我吗？这表示你接受我了吗？你愿意嫁给我了吗？你愿意和我白头到老吗？你愿意帮我生一个小小苏吗？”

沈知离面无表情地道：“你先放开我！”

苏沉澈飞快地在沈知离柔软的唇上蹭了蹭，随即一个公主抱，抱起沈知离道：“走，我们去救小舅子！”

沈知离："放我下来……"

苏沉澈转头道："呃，青荇，查地道的事情就交给你了。"

青荇预料到一般，叹了一声道："我这就叫人来挖地面。"

沈知离有些不好意思地道："青堂主，麻烦你了。"

青荇笑了笑道："都是老熟人了，沈谷主不必这么客气，还望以后去回春谷看诊的时候，多给点儿优惠啊！"

沈知离还没来得及答话，就见苏沉澈戳了戳她的脸："知离，不用感谢他，感谢我就好了！"

沈知离看着苏沉澈那张突然之间变得欠揍的脸，道谢的话实在说不出口。

苏沉澈噘嘴道："知离，为了见你我受了好多伤的。"他掀起一只袖子，指着胳膊上面的伤痕，"你看……你看……你都不关心我。"

沈知离愣了愣，用手指摩挲着那些伤口，苏沉澈倒吸一口冷气，却没叫痛。这些是真的伤口，他真的……

苏沉澈目光灼灼地看着她，猛然领悟道："我明白了，你是因为觉得我是一家人，才不道谢的吗？"

沈知离："才不是！"

苏沉澈笑得像偷了腥的猫："知离，你好别扭啊！对了，你穿南疆的衣服好漂亮啊，看得我都移不开眼睛，等会儿走之前，我们多买几套衣服带回去好不好？"

沈知离抚额道："事关人命，你能不能正经一点儿？"

苏沉澈委屈道："我很正经啊！"说着，他突然一个抬腿踢起什么东西。

风声呼啸，伴随着一个物什入肉的声音，一人应声倒地，捂住大腿不住哀号起来。

沈知离："嗯？"

苏沉澈示意，青荇又任劳任怨地拖拽着那人过来。

苏沉澈抱着沈知离，又用力踢了那个男子一脚，温声问道："你是什么人？"

男子痛哭流涕地打滚道："我招了……我招了，你们放过我吧，我真的什么坏事都没做过啊！我只是伺候南疆王而已，真的……真的……"

按着脑袋从床上爬起来，还未睁开眼睛，沈知离就猛然掀被准备下床。师兄还在……

下一刻，沈知离已经被人硬生生地按了回去。苏沉澈献宝一样捧着一个削得坑坑洼洼的桃子递给沈知离，弯眸对她笑道："知离，我亲手削的桃子哦！"

桃子为什么要削啊？不是可以直接吃吗？等等，重点不是这个。

沈知离一把推开桃子，急切地道：“找到我师兄了吗？还有……”她按了按额头，“我怎么会睡着的？”

苏沉澈嘶嘴道：“你先把桃子吃掉嘛，不吃我不告诉你。”

沈知离沉默了一下，夺过那个桃子塞进嘴里，三两下啃干净，亮出桃核道：“可以了吗？”

苏沉澈：“没有吃干净。”

沈知离：“已经很干净了！你快说好不好？”

苏沉澈快速俯身，在沈知离的嘴角舔了舔，趁着沈知离反应不及，还嘟唇吸了一下，接着回身满意地道：“干净了。”

看着沈知离那张越来越黑的脸，苏沉澈正了正神色，用指拂开沈知离的额发，轻声道：“你只睡了一个时辰而已。还没找到你师兄，不过按照地道挖掘的速度，至多再过半个时辰，应该就可以挖通了。而且我们在南疆王宫抓到的那个人，他知道南疆地道的路径，到时他带路，应该很快就可以找到你的师兄了。所以，知离，不用担心了。”

沈知离垂下头，眉头皱得更紧：“一个时辰……”一个时辰已经够花久夜死去活来好几次了吧？

苏沉澈攥住沈知离的手，声音温和地道：“你现在担心也没用，若是南疆王想杀了你师兄，他已经死了。但南疆王现在最大的倚仗就是你师兄，怎么会这么快杀了他？”

他的手干燥温暖，和着他沉稳的声音，不知不觉带给她一种安心的感觉。

房间舒适洁净，花瓶里插了两株刚开的桃花，淡不可闻的香气浅浅弥散，沁人心脾。

良久，沈知离抬头定定地看着苏沉澈道：“谢谢……谢谢你来救我，谢谢你为我做的这些。”

苏沉澈抬眉道：“为什么突然道谢？”

沈知离：“没什么……我本来就应该跟你道谢的，不论你是出于何种原因，毕竟你帮了我，还帮了很多次，多到我都不知道应该怎么还……”她的声音越来越小，有些涩然，更多的是不知所措。

“你想还我吗？”手指摩挲着沈知离光洁的面颊，苏沉澈温柔地问。

沈知离点了点头。

苏沉澈：“其实这些都是我自愿的，无论是救你、帮你还是做其他事情，所以，你还不还都没关系的。”

沈知离抿唇不语。

“你是想听我这么说吗？”苏沉澈顿了顿道，“我想要什么其实你都知道的。”

沈知离眨了一下眼，移开视线，不知道该怎么回答。从第一次见面起，苏沉澈已经清楚地告诉过她，他喜欢她，所以他想要什么……

苏沉澈把沈知离的脑袋扭回来，琥珀色的眸子柔柔地望向她，他用额头抵住沈知离的额，不让她有半分逃脱的空间："知离，我用这些跟你换一个特权好不好？"

两人近在咫尺，沈知离甚至可以看见苏沉澈长而密的睫毛，一颤一颤的，仿佛刷在她的心上。她下意识地问道："什么？"

苏沉澈认真地道："无论发生什么事，无论是在什么情况下，都不要叫我滚，可以吗？"

他的眼眸里映着她的样子，宛如一道撩人心弦的柔波，只等她的一句回答便潋滟地荡开。

沈知离被蛊惑了，轻声道："好，我答应。"

苏沉澈笑了起来，笑意一点点染过他的眉眼，气氛无限美好。

只可惜这种美好注定是短暂的，就着那样的笑颜，苏沉澈一手揽过沈知离的腰，干净的小脸蛋凑近她，纯良地眨眼道："知离……我可以吻你吗？"

沈知离："不可以！"

苏沉澈："姑姑说，女孩子说不可以就是可以。"他扬唇一笑道，"那我不客气了哦！"

眼见苏沉澈越凑越近，沈知离挣扎着道："你滚……"她忽然顿了一下。

就在这一瞬间，苏沉澈已然贴上了沈知离的唇。

与之前的蜻蜓点水和强取豪夺不同，他温柔地一寸寸舔过沈知离的唇，像在品尝什么珍馐，专注而小心翼翼，带着无尽的怜惜。许久他才侵入她的唇中，但那温暖柔和的情愫，已经不知不觉透过亲吻一点点地传递过来，流淌进她的心底。

暧昧的呼吸拂过面颊，带来一阵酥麻感，沈知离推拒的手不知什么时候软了下来，心口是一片平和的安宁，此心安处是吾乡……

瓶中桃花伸展枝蔓，开得绚烂动人，空气里浅淡的香气泛着淡淡的甘甜，只是不知醉的是花还是人。

一炷香后。

青荇掂了掂手中的判官笔："沈谷主不用担心，我们一定会想办法救出贵师

兄的。”

沈知离感激地笑道：“麻烦了。”

青荇：“我还未感谢沈谷主那段时日照顾我家主上，应该很辛苦吧？”

沈知离：“还好吧。”

青荇：“不用勉强，我懂的！”他同情地看着沈知离。

沈知离：“……”你到底懂了什么？青堂主！

青荇又掂了一下笔，忽然道：“话说，沈谷主是认得南疆的王子吗？他竟然还在打听你如何了。”

沈知离这时才想起那个圣母王子，忙看向青荇道：“认得、认得，你没有把他怎么样吧？”

青荇笑道：“放心，只是将他软禁了而已。南疆这个王子看来甚得民心，我们说要来杀南疆王，老百姓都明里暗里地替我们引路，偏偏在我们要对这个王子下手之时，那些南疆的守卫竟然要以命相搏。”

沈知离松了口气：“他……应当是个好人，还望青堂主手下留情。”

青荇苦笑道：“这种事情，沈谷主其实你跟主上说一句，比跟我说一百句都管用的。”

沈知离：“呃，我知道了。”她的脸有点儿发热。

青荇看了一眼沈知离，突然忍不住道：“对了，沈谷主，你是发烧了吗？刚才你一出来脸就好红。”而且她是持续不断地脸红。

“啊？”沈知离张口，旋即以手握拳抵在唇边咳嗽了两声，“我没事……咯咯，大概是天气热。啊……青堂主，是在哪里挖地道？我去看看。”

待沈知离走远，翟凤才施施然走近，拍着青荇的肩道：“别告诉我你没看见啊？”

青荇不解地问道：“看见什么？”

翟凤八卦兮兮地低下头道：“咱家主上八成是又得手了。”

青荇更加不解：“得手？”

翟凤：“那不叫发烧，那叫脸红，你懂吗？脸红……脸红，而且你没发现她的唇比平时看起来更加润滑有光泽吗？以我多年掌管十二夜风月之地的经验来看，那绝对是被男人滋润的。”她摊手，耸肩道，“谁知道刚才主上单独在房间里对人家姑娘做了什么？”

青荇啊了一声，惊道：“可是雷统领说……”

不等他说出口，翟凤连忙捂住他的嘴，四下看了看，说道：“笨蛋，谁让你说出来了？万一被主上听到……这种事情等雷统领和姓叶的那个魔女接头回来之后自会解决的，我们还是别掺和这浑水了。”

青苻眨了眨眼，半晌妥协地叹气道：“这样沈姑娘未免太可怜了！”

翟风拖着青苻边走边道：“别管这么多闲事了，我们还有一堆事要做呢。主上要帅，最后收拾烂摊子的还不是我们？也不知道带的人手够不够，那么大个南疆王宫，主上说控制就控制，他以为是玩家家酒吗，还是说南疆是他家的后花园啊？真是麻烦死了！”她话语一顿，“不过沈姑娘看起来是挺坚强、挺聪明的，应该不会……反正说到底都是那个姓苏的造的孽！”她叹了口气，总结道，“老娘真是倒了八辈子的血霉，才摊上这么个主上！”

地道挖掘处。

沈知离愁苦地往下望了望，好深一个坑。

身边的男人局促地搓着手，一脸讨好地觍着脸笑道：“那个……大人，小人只知道地道内部的一部分构造，具体地道有多深也不是很清楚。”

苏沉澈笑得温和：“下地道没有楼梯吗？”

男人诚惶诚恐地道：“有的！”

尽管苏沉澈看起来十分好相处，但是不知为何，男人总是感受到一股浓烈的危险感，觉得苏沉澈的危险程度与南疆王相比只高不低。

苏沉澈笑得更加温和：“一阶楼梯约莫多高，你下了多少楼梯，难道不能估计出来吗？”

男人颤抖着道：“地……地道没灯，我也就下去过一次，真的不知道啊！”

这时突然有人道：“挖通了！”

沈知离弯腰想要向下探去，却被苏沉澈一把拦住。苏沉澈指着那男人，温声道：“你先下去。”

男人一愣，忙不迭地点头，就要下去。

苏沉澈：“等等……来人，给他找根绳子，拴在他的腰上，结我来系。顺便去准备火折子、火把之类的东西，再找两块湿布，呃，再给我弄点儿炸药吧。”

沈知离叫住他：“炸药……你要做什么？”

苏沉澈握住沈知离的手，微笑着道：“知道你肯定想下去，当然要做万全的准备。对了，知离，你有可以迎风而飘的迷药吗？我们先往里面撒一点儿，再吃了解药下去吧。对了，还可以往里面灌水看看，也不知道里面有多宽……”他随后继续做思索状。

沈知离顿时无语——这人真的好无耻啊！

地下阴暗，有人带路明显好走很多。沈知离不自觉地紧张起来，她很害怕，害怕下去之后看见的会是花久夜的尸体。

握住她的那只手收紧了力道，沈知离侧眸，见到的是苏沉澈的笑颜：“别担心，不会有事的。”

沈知离：“不知道为什么，听你说了之后，我觉得更加不安了。”

苏沉澈眨眼：“呵呵……”

三人走了约莫三炷香的时间，男人在一扇巨石门前停了下来，忐忑地道：“大……大人，前面就是地道的中心，王上十有八九在里面。”

苏沉澈颔首，男人十指嵌进门前的孔洞里按了几下，巨石门轰然升起，随之而来的是铺天盖地的箭矢。

苏沉澈立刻揽住沈知离挥剑格挡，箭雨过后，就见石门里面是一片空旷的平台，而那个男人已经没了踪影，地上只剩被砍断的绳索。

沈知离刚想追去，苏沉澈忙拉住她，同时手指一动，往平台中抛去一块石子。几乎在石子落地的瞬间，石门合起，里面乒乓作响。

沈知离：“我们这是被骗了吗？”

苏沉澈弯眸笑了笑，从怀里掏出一只肥白的鸽子，鸽子不满地用翅膀蹭了蹭脑袋，完全不想动弹。苏沉澈毫不留情地在它的屁股上打了个弹指，鸽子吃痛，扑扇着翅膀飞起，一副控诉的模样。苏沉澈作势拔刀，鸽子瑟缩了一下脑袋，肥硕的屁股一扭，乖乖朝着里面飞去。

地道深处。

男人伏跪在地上，恭敬地道：“王上，我把他们引进来了。”

“宫中的情况如何？”

男人道：“几乎全部守卫都被那些外来人控制了，我引进来的人是他们的领头的，那女子似乎不会武功，男子的武功倒是……”

“够了，孤知道了。”

南疆王躺在铺着兽毛的榻上，神情森然。男人不着痕迹地看了看一侧被捆绑着生死不明的花久夜，目光闪了闪，到底什么也没说。

翅膀扑簌的声音隔空传来，两人同时神色一凛，只听一声巨响，深处的石门被整个炸开。灼热的热浪冲进来，掀起滚滚浓烟，两个身影逐渐显现。

“知离，我说我的剂量不会用错的，夸我一下嘛！”

“好，夸你……这应该是最后一间了吧？师兄！”女子短促地叫了一声后，就快步朝着花久夜走去。

南疆王皱着眉头正要阻拦，就发现身前多了一把剑，他抬起头，见到了一张似笑非笑的脸庞。

沈知离解开花久夜身上的绳子，小心地为他把着脉。还好，花久夜的脉搏虽然微弱，但一息尚存。

沈知离将调配好的吊命药塞进花久夜口中，让他咽下。花久夜吞下药，身形一晃，整个人无力地靠在了沈知离的肩膀上。花久夜的分量不轻，他压在沈知离身上，沉甸甸的，却也是沉甸甸的存在感。

微弱的声音在沈知离的耳畔响起，好似随时会被风吹散：“不要……不要……我好疼……娘亲……”

沈知离心一软，她半揽住他，声音轻柔地道：“没事了，没事了。”

在她身后，打斗声更加激烈地传来。

反复挣扎了一会儿，花久夜掀开眼皮，突然扬唇一笑道：“妹妹，你还活着。”

沈知离摸了摸花久夜的额头，一片滚烫。大量失血加上发烧，导致他神志不清产生了幻觉……她必须赶快带他出去。

花久夜却不知从哪里来的力气，一把用力地抱住沈知离，脑袋蹭过她的肩窝，唇无意识地擦过她的脸颊，沈知离顿时浑身一僵。

花久夜呢喃：“娘亲死了……沈天行……沈天行……为什么不告诉我，为什么瞒着我……为什么要利用知……”

沈知离连忙捂住花久夜的嘴，小心地朝苏沉澈那里看去。

这还是人吗？只见苏沉澈飞起一脚，将南疆三踹飞，接着一通老拳连击，拳影快到几乎不可见，最后苏沉澈抬起左手，一个暴击把南疆王摔到了石洞顶上……

这是单方面虐打吧？沈知离明明记得走之前苏沉澈还没有这么厉害啊！

沈知离按着额头，对苏沉澈道：“别打了，快结束，我们回去。”

苏沉澈：“呃，好……知离，需要杀掉他吗？”

沈知离的心一沉。以南疆王的作为，死一千次都不足以补偿，可是……

“花久夜，杀了孤，你永远也不会知道你母亲在什么地方。”

沈知离叹息一声道：“先带他上去吧。”

花久夜伤得很重，如果不是他的身体底子好，人又年轻，这样的伤势他早就不知死多久了。南疆的药材和中原不能比，但胜在有些中原没有的种类，而且南

疆王宫里珍稀药材储量丰富，沈知离的方子才算开了下来。

昏昏沉沉中，花久夜一直在说胡话，前言不搭后语，精神也几度濒临崩溃。他有时叫着“娘亲”，有时叫着“妹妹”，有时也会叫着“知离”和“沈天行”，却不再带着怨恨，只有痛苦和悲伤。

其实沈天行并没有真的伤害过他吧？沈知离记得，那时的妖冶少年总是一脸悻悻又骄傲地说着我师父怎么怎么样。

会怨恨或许只是因为他觉得被欺骗了，其实有什么可觉得被伤害的呢？或许沈天行养他们两个徒弟的动机不纯，可他终究是养了，供他们的衣食住行，毫无保留地教给他们医术，甚至连武艺都对花久夜倾囊相授……

沈知离可以理解，曾经尊贵无双的南疆王子，在发现自己一心崇敬爱戴的师父所给的师徒情分不过是为了从他母亲手里换取东西时的心情，也可以理解他知道……沈知离终究只是一笑，所以他觉得沈天行是个可耻的骗子，但说到底，沈天行心里原本就只有那一个信念，也只有那一个人，他所做的一切都是为了那个人……

沈知离垂下眼眸，将神情隐在额发的阴影中。

花久夜还是没醒，他昏迷了几日，沈知离便守了他几日。他是沈知离在这个世上最后一个称得上亲人的人，她真的不想再失去他，就像很多年前她失去了养母……在这个世界上，如果没有值得自己倾心相信、可以当作依靠的人，该有多可悲？至少有一天她死了的话，还会有人为她送葬。

清醒时，沈知离就替花久夜喂药、擦汗，困了就靠在床榻边小憩。只是她醒来时，往往会发现自己睡在另一侧的床上，而苏沉澈正用可怜兮兮的眼神看着她，沈知离只能狠狠心不去看他。

原本苏沉澈是完全不想让她照顾花久夜的，被沈知离撂下一句“如果你不让我照顾他，他死了，我这辈子都不会原谅你”后就彻底偃旗息鼓。尽管这样，苏沉澈还是时不时地潜藏在四周偷窥，沈知离无可奈何，只能任由他去。

花久夜醒来的时候，沈知离还在熟睡。旭日初升，天边一抹霞光刚刚绽开。

察觉到身边的人起身，沈知离忙睁开眼睛去拉他的衣角。花久夜定定地看了她一会儿，神情软了下来，脱口而出的问题却还是：“南疆王在哪儿？”

料到他醒来第一件事肯定是去找南疆王，沈知离轻叹了一口气道：“你先穿好衣服，我带你去。”

南疆王在地牢。这地牢本是南疆王建的，他大概怎么也想不到有一天自己会被关进这里。

看见沈知离，已经换过的守卫连忙开门，领着她径直走到牢底。花久夜一直紧抿着嘴唇，攥紧手指，脸色煞白。

天色未大亮，只有稀薄的光线洒下。曾经意气风发的南疆王被架在石架之上，双手双脚皆被紧缚，完全动弹不得，一头显得极其蓬乱的长发纠结着披散在肩上。如果不是那张脸，沈知离几乎分辨不出那是南疆王。

花久夜上前狠狠掐住南疆王的腮骨："我的娘亲在哪儿？"

南疆王抬起混浊的双眸，忽然一笑："当然早死了。"

花久夜："那你跟我说……"

南疆王的腮骨在花久夜手中一寸寸断裂，发出令人毛骨悚然的声音，南疆王却像丝毫没有感觉，只睁着一双眼睛平淡地看着他。

在花久夜停下之后，南疆王才从喉咙里挤出含混的声音："当然是骗你的，蠢货。"

花久夜的手滑到南疆王的喉骨处，额发掩盖下来，他表情阴冷地道："那我现在就让你生不如死，我要一点点折磨你，再慢慢杀死你。"

南疆王："折磨我？就像我折磨你母亲、你妹妹一样？"

花久夜一拳过去，南疆王的脸一歪，血从嘴角流了下来，清脆的一声响后，一颗牙和着鲜血迸射而出，南疆王却咯咯笑了起来。花久夜抬起手，一拳又一拳，发泄般狠狠地捶在南疆王身上，他几乎用尽全力，直到双臂无力，才停了下来。

沈知离拉住花久夜的手："够了，杀了他吧。"

花久夜直直地站着："不，直接杀了他太便宜他了。"

沈知离："可是……现在痛苦的不是你吗？"她看向花久夜的眼睛，"杀了他，一切结束。跟我回回春谷，忘记这些吧。"她的声音仿佛带着蛊惑人心的力量，"还记得我们过去在回春谷的日子吗？那些无忧无虑的日子，春天的飞花细柳、夏天的池塘盛莲、秋天的……"

花久夜垂眸，不知在想些什么，良久，仿佛下了很大的决心，声音低沉地道："好，我杀了他。"

他握住身侧的匕首，手缓缓抬起。

"等等。"另一侧被关着的男人道，"你不能杀了他。"

花久夜的手连停都没停。

男人脱口道："他是你的亲生父亲！所以你不能杀他，你这是弑父！"

花久夜和南疆王同时道："胡说！"

花久夜声音冷冽地道：“为了保住他的命，你连这种可笑的谎言都说得出口？”

南疆王的胸膛剧烈地起伏着：“我只有云儿一个儿子，他不是我的儿子！”

男人连声道：“真的，是真的，当年王妃她……”

花久夜的匕首从男人的咽喉上切过，声音戛然而止。

“我不想知道，我也不需要知道！”嘴上这么说着，花久夜的眼眸中却还是闪过一丝复杂的情绪。

匕首再抬起来时，花久夜的手已有些颤抖。南疆王，他最大的仇人，是他的父亲，这怎么可能？绝对不是！绝对不可能！

此时的南疆王不再说话，闭上了眼睛，摆出只求一死的姿态，神情无比平和。

画面像是一下定格，花久夜的面容上隐约带着狰狞之色，他却迟迟下不了手。

这样不行……沈知离咬了咬唇，深吸一口气，从花久夜手里一把夺过匕首，插进了南疆王的咽喉里。她的切入点极准，南疆王瞬间被封喉，鲜血飞溅开来。

沈知离丢开匕首，哆嗦着唇道：“没事了，别再想了。”

沈知离很害怕，这辈子她只救过人，从没杀过人，可是无论如何，她不想让花久夜背上弑父的痛苦。如果一定要有人结束这一切，不如由她来动手。

她抬起头，发现花久夜仿佛失了魂魄一样看着她。

沈知离怔了一下，擦着身上的血迹，对他笑道：“没事了，一切都结束了。”

花久夜喃喃道：“结束了……”

沈知离刚想开口，花久夜突然抱住她，眼眶里有晶莹的东西毫无预警地流了下来。那一瞬间，他哭得像个孩子。

沈知离又是一愣，随即放松身体，回抱住他。

花久夜的脆弱没能持续多久，只过了短短一瞬，他就推开沈知离，站起身头也不回地走了出去。他抹干泪痕，神情已恢复如常，只是眼角仍有些红。

沈知离没有追过去，这个时候让他独处未尝不是一件好事。

她正想出门，耳边响起了咕噜咕噜的声音。地上倒着的那个男人竟然还没有死，花久夜的匕首只割开了他的咽喉，却不致命，不过他失血过多，离死也不远了。

沈知离走到他身边，男人一把抓住她的衣袖，喉咙不断滚动着，似乎想要说什么。最后他用手指蘸着地上的鲜血写了两个大字“救我”，接着从怀里掏出了一包东西递给沈知离，眼里满是恳求之意。

沈知离叹了一口气，知道自己的圣母情结又爆发了。

忙活了半天把人从鬼门关拖了过来，沈知离才有空去看那人给她的东西，是个相当陈旧的卷轴。卷轴不大，里面是一张诏书和几张薄薄的纸笺，纸笺用细笔书写，底下是几个人的签名和手印。

待看完，沈知离倒吸了一口凉气——竟然是这样……

蛊王殿的地牢和南疆王宫的地牢并不建在一处。

沈知离握着手中的纸去找青荇，把事情的原委告诉了他。青荇听完对她道：“这倒没什么，历代的蛊王殿向来不问政事，对南疆王室也从来都是不屑一顾的，我派些人跟着你去就是了。”

沈知离点了点头，谢过青荇，又有些疑惑地回头道：“今天怎么不见你家……”

青荇挠头道：“雷统领来了，他躲难去了。”

苏沉澈还需要躲难？沈知离的疑惑明明白白地写在了脸上。

青荇叹气道：“沈谷主听说过十二夜就应该知道，十二夜分为四堂一部，花堂堂主翟凤和我你都认得，她专司钱、权、美色，我则是负责打探、传递消息，另外雷、雨两堂也各司其职，而这剩下的一部，是十二夜中专管监督刑罚的暗部。我们再怎么也不敢违抗公子的命令，但是雷统领没这个限制，每次雷统领见到公子的第一件事，就是抓着公子往死里打……”

沈知离：“好仰慕！”

青荇又叹道：“雷统领和公子自幼相交，吃过的苦比我们多多了！”

沈知离：“能理解。”

见青荇有发表长篇大论的势头，沈知离及时阻止道：“青堂主，从长计议的事情就不用现在说了，可以先让人带我去一趟蛊王殿吗？”

两人还没走出门，青荇像是想起什么，突然叫道：“沈谷主……”

沈知离：“什么事？”

青荇却一下子支支吾吾起来，似乎很是挣扎。

沈知离急着离开：“青堂主，如果你现在想不起来，那改天再说吧。”

青荇：“不用，我现在就说……”他看向沈知离，眼中流露出一种异样的情绪，像是同情。

沈知离不解，我有什么可让人同情的吗？

“沈谷主，雷统领想见你，有些关于公子的事情，他想跟你说。”

苏沉澈的事情？这算什么大事？沈知离笑了笑道：“我知道了，等我回来就去找雷统领。”

青荇默默地看着沈知离走远，一脸苦相地想，这种黑脸的角色，果然还是要留给雷统领大人。

蛊王殿上次被花久夜捣毁得差不多了，至今还没有重建完毕。

沈知离怀着复杂的心情走了进去，对比南疆王宫，蛊王殿的守卫实在薄弱得可以。她支使着苏沉澈的手下打晕其中一个守卫，问清歌吹此时正在百蛊殿做研究，便朝着地牢走去。

沈知离推门而入时，感受到了一股腐朽而酸臭的气息。还未走到那间牢房，她已听得一个沙哑难听的声音道："小姑娘，你怎么又来了？"

沈知离："你怎么知道是我？"

那人道："你身上的药味隔着老远就能闻到，我当然知道。"

沈知离深吸了一口气："你真的完全不记得你到底是谁了吗？那如果我告诉你，你是……"

那人扒着栏杆，突然激动地道："你知道我是谁？"

沈知离握着纸笺的手紧了紧。她知道，她的确知道，只是……这个人真的是南疆的前代王、花久夜的父亲吗？

沈知离抿了一下唇，道："能不能把他救出来？"

身后的黑衣男子有些苦恼地道："这玄铁恐怕我们也没办法弄开，不过这上头有钥匙孔，如果拿到钥匙的话……"

那人往后靠了靠，失笑道："小姑娘，你的好意我心领了，不过……"

沈知离握紧拳，斩钉截铁地道："我会救你出来的。"

这个人是不是花久夜的亲生父亲都没关系，当然她宁可相信这个人就是花久夜的父亲。

百蛊殿在整个蛊王殿的最深处，守卫明显比外面强上许多，硬碰硬想必又会是一场恶战。沈知离思忖了片刻，在门口站定，大声地叫道："歌吹大人！能不能出来一下？小女子有事找你！"

黑袍人："……"

这个办法很管用，没多久，歌吹就施施然地从里面走了出来。他看了沈知离一眼，依然一副面瘫样，开场白也没变："花久夜在哪儿？"他真的好执着。

沈知离："歌吹大人，我可以跟你做个交易吗？我想跟你换地牢里的那个人，无论用什么代价换都可以。当然，如果不方便……"

歌吹："没什么不方便的，南疆王室与我无关，我想交换的东西只有一样。"

沈知离没想到歌吹居然这么好说话。还没感慨完，沈知离就听见歌吹继续道：

纸样C
粘 贴 处 3
粘 贴 处 1
粘 贴 处 4
纸样D
粘 贴 处 3
粘 贴 处 2
粘 贴 处 4

公子无礼
维和粽子

小灯笼制作方法：

1.用剪刀将4张纸样剪下（不要遗漏灰色的粘贴处哦）；
2.用剪刀沿着纸样C和纸样D侧面的虚线剪开，往背面方向折叠；
3.将纸样C和纸样D的首尾粘连，围成圆环；
4.将纸样A和纸样B的背面分别粘在纸样C、D的粘贴处3和4上。

成品展示：

（流苏、绳子等材料需自备哦）

纸样A

纸样B

"我要蛊皇。"

沈知离一怔，条件反射地想到了花久夜。可是花久夜说过，他身上那几十种蛊毒都是靠着蛊皇压制的，一旦失去蛊皇……

"我跟你换。"沈知离愕然地转头，看见花久夜已经换洗一新，斜靠在栏杆上，伸着两条长腿，勾唇冷笑，重复了一遍沈知离的话，'我用蛊皇跟你换地牢里的人。"

沈知离："师兄，你怎么在这儿？"

一颗蛇头从花久夜的身后探出，花久夜用手温柔地摸了摸蛇头："来带走我的蛇，顺便跟他做交易……"

沈知离急了："你别冲动啊，蛊皇给了他，你怎么办？"

花久夜挑眉道："能怎么办？给就给呗。"

沈知离："那你的蛊毒……花久夜，我好不容易救活你，你的命是我的啊！你怎么能这么随随便便地就……"

花久夜抬手，一锭银子呈抛物线状砸到了沈知离的头上："蠢货，你那个猪脑子都在想什么？"

头被砸痛，沈知离捂着脑袋，却发现地上滚落的竟然是银子。花久夜用银子砸她？有没有搞错啊？银子是用来干这个的吗？浑蛋！败家子！

沈知离默默地弯腰拾起银子，那边花久夜已经将一个草席裹着的东西踢向了歌吹："新鲜热乎的蛊王，死了不到十二个时辰，蛊皇应该还存活着，找个寄主就是了。"

草席掀开了一角，露出南疆王那顶贵重的王冠。沈知离这才想起来，有蛊皇的不止花久夜一人，南疆王的身体里也有。

歌吹看见后，面瘫脸上闪过一抹兴奋的神情，然后他弯腰解开草席，从怀里取出一把匕首开始在尸体上忙活。不多时，他就露出了满足的笑容，然后丢过来一串银钥匙。

花久夜接过钥匙，一言不发地向地牢走去。

沈知离试探道："花久夜……你……为什么要救地牢里的人？"

花久夜顿了一下脚步，随即淡淡地道："他有那块玉佩，那是我母亲贴身藏在心口的玉佩，这世上能认出来的只有我和……"

沈知离松了一口气，好在他还不知道，如果知道了，他会难过吧？

他从前总爱跟她吹牛，说自己的母亲如何漂亮，比她这个丑八怪漂亮一千倍、一万倍，然后又说他的父亲如何英武不凡、聪明睿智，把他的父母描述得天花乱坠，好似神仙下凡。最后他总结，他们简直比师父还师父。如今……

沈知离默默地看着花久夜用钥匙打开男子身上的锁链，那人诧异地道：“你们居然真的弄到钥匙了，歌吹怎么会……”

花久夜一边道“别废话”，一边手脚麻利地抽出嵌进那人身体里的部分锁链。当真是血肉模糊，那人却连哼都没哼一声。

那人身上所有的锁链都被打开了，血也流了满地。沈知离掏出伤药替他止血时，那人摸着头不好意思地笑道：“身上没穿多少衣服……小姑娘，你别看得这么认真嘛，我会害羞的。”

沈知离选择无视他。

这人真的不像花久夜的爹，倒像是那谁的爹，那谁……

“知离！”

沈知离停下动作，屏息凝神地听着。呃，刚才是她的幻听吗？不管了，继续。

“知离、知离！你在哪里啊？”

好像真的是那个傻子。

她还没想完，地牢的门就被猛然踹开，苏沉澈大踏步走进来，直奔沈知离面前。双手握住沈知离的肩膀，苏沉澈定定地上下打量着她，确定她安然无恙后，一个拥抱把沈知离紧抱在怀里。

沈知离：“松手。”

苏沉澈声音委屈地道：“刚才找了你好半天都没有找到，好担心……”

这个人就是有本事让你想踹他。

沈知离：“你先放开我。”

苏沉澈耍赖道：“不放，抱着好舒服，让我多抱一会儿嘛。”

沈知离咬牙切齿地说道：“大庭广众的，你……”

苏沉澈松开她的肩膀，认真地看着她：“那不在大庭广众之下，就可以了吗？”

沈知离：“……”

四周一片死寂，一阵爆笑声传来，所有人同时看向发声处。

倒在地上那个刚刚被救回来、模样凄惨到看不出是什么东西的大叔，忍不住指着苏沉澈大笑道：“哈哈哈，少年人，我喜欢你，有兴趣做我儿子吗？”

苏沉澈：“……”这厮什么来历？

就在这个尴尬的时刻，两个令场面更加尴尬的人走了进来。

叶浅浅一脚将摇摇欲坠的地牢大门踹飞，眯起眼睛道：“果然在这里。”

雷影径直走进来，看了一眼苏沉澈，又看了一眼沈知离，最终对沈知离伸手，面无表情地道：“沈神医是吗？久仰大名，我是十二夜暗部统领，我叫雷影。”

第十六章

南疆的终结

在沈知离愣怔之时，另外一边已经打起来了。

叶浅浅踹开门的瞬间，花久夜身边盘着的小花游过去，在苏沉澈的背后重重地咬了一口。苏沉澈手疾眼快地捏住蛇头，花久夜抬腿踹了过去，苏沉澈侧身闪开。花久夜眼眸一眯，直接用手上刚拆下来的玄铁链招呼过去。苏沉澈挥剑格挡，浅色的琥珀瞳仁里锋芒一闪。

沈知离抚额，真不想管这两个人，但是……

她无奈地道："苏沉澈，你住手，师兄身上的伤还没有好。"

苏沉澈于百忙之中噘嘴道："知离……为什么我先住手啊？"

花久夜不屑地撇嘴道："就算伤没好我也能揍你。"

跟着进门的青荇和翟凤见状，纷纷对花久夜投去同情的目光。

倒在地上的某大叔唯恐天下不乱，很开心地道："少年人，真是有精神啊，好生令人羡慕。"

沈知离抽搐着嘴角转过头道："大叔，你现在的状态是极度虚弱的，大夫觉

得你还是先休息一会儿比较好。”说着她将一根银针插过去，大叔怨念了一下，靠在墙上睡了过去。

就算在全盛时期，花久夜也未必是现在的苏沉澈的对手，受伤了更是无法匹敌，没过多久就落了下风。眼神一沉，花久夜正想从怀中掏东西下阴招，只见一道黑色身影迅速加入战局，二打一，战局立刻发生改变。

花久夜立刻无语，这人是从哪里来的，怎么下手比我还狠？他跟这个姓苏的有仇吗？

雷影面无表情地道：“不出力就不要挡在这里碍事。”

花久夜一摸铁笛，从战局里退了出来，双手环胸，勾起嘴角，似笑非笑地道：“两位继续。”他还是病人嘛，看他们两败俱伤好了。

上下打量了一下花久夜，沈知离皱眉道：“你的伤口没崩开吧？”

花久夜的神色不自觉地柔和了一些，他轻轻摇头，又忽然绽开不良的笑容：“师妹，你不担心他吗？”

沈知离：“担心谁？”

花久夜抬下巴示意不断挥剑将整个地牢破坏得乱七八糟的苏沉澈。

沈知离果断地摇头。她对苏沉澈凌虐南疆王的那一幕仍记忆犹新，担心苏沉澈，吃饱了撑的吧？

花久夜抱起小花，温柔地抚顺它身上的鳞片：“师妹，那我们走吧。”

同一时刻，雷影一边往死里使招，一边叫道：“青荇、翟风。”

青荇无奈地道：“这个不好吧？”

翟风讪笑道：“雷统领，你们这种高层的事情，我们小虾米就……”

雷影连听都没听，直接道：“上不上？”他的声音之冷酷让人闻之一颤。

于是，一对一又变成了三对一的局面。

苏沉澈接下攻击，温柔地笑道：“青荇、翟风，主上记下来了哦！”

青荇和翟风同时觉得背脊一寒，握着武器的手也同时一颤。

就在这时，突然响起一个冷硬的女声：“闪开。”冲天的杀气弥漫过来，仿佛硬生生地将地牢内的光线遮蔽起来。

青荇和翟风意识到不对，忙狼狈地退开，雷影也扬唇向后一跃。

只见一身妖娆红衣的叶浅浅动了两下腮帮，抄起手里的九环大刀，脚下生风，整个人高高跃起，挟着无可躲避的滔天气力，狠狠地朝着正中的苏沉澈砍去。苏沉澈轻松地侧身躲开，叶浅浅手腕一转，刀朝着沈知离劈去。

沈知离错愕不已，但那刀来得太快，根本容不得她反应。接着，她只觉得身体一轻，被人环抱着重重摔向一侧。沈知离爬起来，确认了倒在地上的花久夜没事后，才转眸对叶浅浅怒目而视。然后……然后……苏沉澈为什么会倒在地上？

青荇首先小心地走到苏沉澈面前，如丧考妣道：“主上……这……这不会是……”

叶浅浅把嘴里的甘蔗吐了出来，将刀反架到肩上，美艳的面容上露出疲倦的神情：“他没死，我用的刀背。”

翟风也走过去，戳了戳苏沉澈一动也不动的躯体：“这个，我们要怎么把他带回去？”她抬起头，“青荇，你背吧。”

叶浅浅把刀插到身后的刀鞘里，道：“这有什么麻烦的？”她弯腰揪起苏沉澈的衣领，拖着他不顾一路的障碍就朝外走去，路过沈知离身边的时候，她抬眉道，“介意我把他带走吗？”

沈知离如梦初醒，突然好同情苏沉澈。怎么办？以前他都是这么过的吗？

清醒了一下，沈知离才想起自己应该生气，怒道：“你刚才……”

叶浅浅一副觉得很麻烦的样子，但还是皱眉解释道：“我没想砍你。”她的目标从始至终就是苏沉澈，“你没意见我就走了。”说着，不等沈知离反应，叶浅浅就这么拖着苏沉澈的衣领绝尘而去。

沈知离：“……”

等等，她还有问题没问呢，叶浅浅要不要这么嚣张啊？虽然她现在跟苏沉澈没什么关系，而且好像他们两个认识比她更早，叶浅浅还礼貌地问了她同不同意，但是她怎么突然有种沦为配角的感觉？算了，苏沉澈一时半刻应该死不了，她还是先把师兄扶起来，再去看看吧。

另一侧，青荇和翟风也用十分怀念的眼神目送两人远去。

青荇深思道：“当年叶魔女好像还没这么凶残啊！”

翟风摸了摸下巴，一脸八卦兮兮地看向雷影：“雷统领，你和叶魔女到底是……是……怎么勾……不对，熟悉的啊？”

出乎意料，雷影竟然回答了。雷影用一种说“今天天气很好的”口吻道：“我们讨论了七百多种把苏沉澈折磨到生不如死的方法。”

青荇：“七百多种？”

翟风：“这是共同爱好吗？”

沈知离扶起花久夜，花久夜倒真的不像有事的样子——也许是受伤太多的缘故，所以他对这点儿小伤已经没什么感觉了。他舔了舔唇唤道：“师妹。”

沈知离：“什么事？”

花久夜抱过小花：“为什么每过一段时间，我总有一种想把看到的人杀光的感觉？”

沈知离："大概是生理期吧。"

花久夜咳嗽了一声："师妹，你今天生理期吗？"

沈知离有些不好意思地道："没……你问这个干什么？"

花久夜："回去生孩子。"

沈知离："……"

见花久夜拉起倒在地上的某大叔，带着沈知离要走，雷影闪身到沈知离面前："沈神医，能跟你单独聊聊吗？"

花久夜很不爽地看着雷影："有什么事情需要单独聊？我们赶着回去。"

沈知离抚额，示意花久夜别插话，皱了一下眉道："聊苏沉澈？"

雷影颔首。

沈知离沉思了一下道："现在不是说话的时候。"她指了指某大叔和花久夜，"我这里还有伤员，等过了晚膳时间再说吧。"

雷影和沈知离约在南疆王宫内的一个池塘边见面。吃完晚膳，沈知离才姗姗而来。清风明月、涟漪粼粼，倒是个适合幽会的地方。

雷影抱着剑站在湖边，宛如一棵树。沈知离走过去，雷影缓缓转身，一双漆黑犹如暗夜的眸子看了过来，深沉得好似可以容纳万千世界。这个场景，怎么有点儿像约会了？

雷影眼眸深邃地凝视着她："吃饱了吗？"

沈知离："饱了。"

她刚才果然是错觉，苏沉澈身边的人怎么可能有正常的？就算有正常人，也都被苏沉澈带得不正常了！

雷影改抱剑为握剑，走近沈知离道："那我就开门见山了。"

沈知离："好。"

沈知离敛了神色，默默地屏住呼吸。她早就觉得苏沉澈的一见钟情来得蹊跷，若论容貌，就算再怎么不想承认，她也确实比不上叶浅浅。除了这个，她不会武功，原本回春谷谷主的身份也因为花久夜的到来而发生了改变。可是苏沉澈不但没有半点儿想要离开她的意思，反而一次次救她于危急时刻。她不是不感动，只是这些事情带了蹊跷，总让人不安。

雷影："这件事我说了你可能不信。"

沈知离："没事，你先说吧。"

雷影："若我说了，你有任何不悦之处，都是苏沉澈的错。"

"我知道了。"沈知离有点儿急了，"我等半天了，你倒是快说啊！"

雷影深吸一口气，问：“沈神医应当听过七情丹吧？传闻……”

沈知离恍然大悟。她当然听过，不只听过，在明月宫时她还曾经许诺过替筱叶公子制作一枚七情丹，可是……最后她还是没有这个机会。

她突然莫名地有点儿难过。

她黯然的表情落入雷影眼中，却是另外一个意思。雷影叹道：“沈神医，我知道这件事或许……”

沈知离抬头道：“什么事？”

雷影面无表情地道：“你有没有在听我说话？”

沈知离：“喀喀……你继续。”

雷影：“我再说一遍，传闻中收集齐世上至淫的七样东西，可以制出一枚七情丹，在丹药里加上一滴血，服食后的那个人会爱上血的主人……”

沈知离心里一跳：“这个传闻是真的？”

雷影叹道：“目前来看或许不能全信。”

沈知离：“怎么说？”

雷影：“主上吃了那枚药丸，但是……他爱上了你。换言之，沈谷主，主上之所以突如其来地爱上你，十有八九是因为那枚药丸。”

沈知离沉默了一下，忽略心里一闪而过的异样情绪，道：“你怎么知道他一定吃了？”

雷影动了动唇道：“因为那药是我亲手喂给他吃的。”

沈知离用一种很可怕的眼神看着雷影。

雷影额上的青筋跳了两下：“你在想什么？不是你想的那样！”

沈知离按住雷影的肩膀：“不要激动……如果真的是七情丹，那你告诉我，里面放的是谁的血？”她顿了顿又道，“总归不可能是我的血吧？那时候我见都没见过你家主上，与十二夜也毫无接触，最后又怎么会让苏沉澈对我……”

这个问题似乎很难回答，雷影又思索了一下，才面无表情地开口：“那份七情丹的药方是从一本古籍里得到的，但偏偏缺了最后几页，也就是有关如何指定具有药效作用的人是没有记载的。所以，我们只是按照传闻，在丹药炼制的过程中加入了一滴血液。主上当时吃完丹药没有任何反应，我们只当药效没有发作，然后主上跌落悬崖，没料到他竟然会对沈神医你一见钟情，我才觉得可能是药效延缓发作。至于那滴血液……听说主上苏醒之前都是沈谷主负责治疗，那是否有血液……”

沈知离按着额头回忆起来。苏沉澈苏醒之前，是她替苏沉澈剖胸、取骨、接好、缝合的……

沈知离愣了一下，问："替他缝合伤口的时候不小心戳到手指，这种算不算？"

雷影深沉地点了点头。

沈知离默默地看着自己的手指，不知为何，回想起苏沉澈第一次醒来时的场景。

"姑娘，幸会。

"能冒昧问一句，你是……我的娘子吗？

"还有……姑娘，虽然这么说有些失礼，但……我觉得我似乎对你一见钟情。"

阳光跳跃着照在苏沉澈的脸上，散发出柔和的光晕，他弯起眼睛微笑，笑容干净而真诚，如同冬日里最温暖澄澈的阳光，琥珀色眼睛里的情意不加掩饰。

原来一切都是假的吗？都只是因为苏沉澈吃错药了？

雷影："为今之计，只有让主上再服下解药。"

沈知离抬头："解药？"

雷影："那古籍虽然不全，但是也写了如何配置七情丹的解药。相同的药材，只需要按照相反的顺序炼制，分量一分不少一分不多，让中了七情丹的人服下，不到半个月，他就会逐渐遗忘由于七情丹而带来的爱恋。"

逐渐遗忘……逐渐遗忘爱恋……苏沉澈会忘掉对她的喜欢吗？他不会再缠着她卖萌，不会再想尽办法吃她的豆腐，不会再一遍一遍地叫着"知离"，不会委屈地对她噘嘴，也不会露出星星眼……

沈知离想了想，终究只说出一个字："哦。"

雷影："至淫的七样东西，其中五样我们都有多的准备，唯独北海吞天蛟的爱液以及南山之巅的紫薇贪狼草必须现取。我已找人去寻，不出三个月应当就能取回，届时还望沈神医代为配制七情丹的解药。"

沈知离蓦然问道："为什么找我？"

雷影："配制七情丹的神医已经死了。"

沈知离："不配！"

雷影额上的青筋又跳了两下："不是我杀的，他是下山采草药的时候不小心掉下去摔死的。"

"那也不配。"沈知离平静地道，"我为什么要帮你们配制解药？"

雷影似乎早就预料到沈知离会说这样的话，从怀中掏出一张字条递给沈知离，淡定地道："待主上的七情丹药效解开，这上面写的庄园产业便都划入回春谷名下，也当是感谢沈神医这些日子对我家主上的照顾。"

沈知离看了一眼字条上的内容，两只眼睛瞬间跳成钱币符号，接着她不断地在脑内计算这些产业换算成银两应该有多少。

雷影双手抱臂，仿佛怕沈知离反悔一般迅速道："那就这样说定了。"说罢，他转身便要离开。

雷影还未走出去多远，衣角便被人扯住，回头发现是沈知离。

雷影："沈神医还有什么事情吗？"

沈知离漆黑的双瞳定定地看着他："我还没有答应。"

沈知离藏在袖中的手已攥紧，指甲几乎嵌入手心。良久，她把字条放回了雷影的手上。

雷影看着手中被攥得发皱的字条，皱眉道："沈神医，你何必自欺欺人？主上对你的感情不过因为七情丹，而且他并不适合你，魔教很快要对中原武林开战，依主上的地位，必然是应对魔教的中流砥柱……"

沈知离打断他道："我知道。"

雷影："那为什么……我明白了，是字条上写的东西不够吗？"

沈知离抿了抿唇，似乎在想什么，随即笑道："不是，只是我突然不想收银子了。等找好所有药材，你再来找我吧，解药我会配的。"

雷影看着她，似乎要从中看出什么，但沈知离自始至终都是那个样子。他压下心中的不忍，道："那就麻烦沈神医了。"

沈知离："还有别的事情吗？"

雷影摇头，转身便走。

片刻后，空寂的冷湖边只剩下沈知离一个人。清风徐徐，波纹清冷。她缓缓抱着膝盖蹲坐在地上，垂下眼眸。沈知离心疼地想，我真是傻掉了，那么多银子，刚才干吗装大气不要？好心疼、好心疼……可是，她真的不想有朝一日，苏沉澈知道她是为了银子才去给他配解药。很多东西可以用银子来换，但有些东西真的不能……她也不想让它们沾染上铜臭。

第二天一早，地牢里的大叔和花久夜并排躺在床上，睡得七扭八歪，两人身上都裹着厚厚的纱布。沈知离检查了一下，确认两人都没事，才轻手轻脚地出门。

事情的真相如何，她还得问最清楚的人。沈知离又去找了歌吹，据传歌吹对着南疆王的尸体研究了一晚没合眼，沈知离在门口等了几个时辰，才见到歌吹。歌吹的神色很疲惫，但双眼精光闪闪。

沈知离说明来意，从怀里取出她得到的那些纸笺，摊在歌吹面前。

歌吹看了一眼道："你想知道哪些？"他显然心情不差。

沈知离："有关师兄的部分吧。"

花久夜曾经是南疆王子，在前任南疆王在位的时候，这位样貌出挑的王子，年幼时一直受尽荣宠，有宠爱他的父王和母妃，有可爱娇俏的妹妹。在南疆这个

国度，花久夜几乎称得上要风得风、要雨得雨。

花久夜十一岁那年，南疆王妃结识了奇人沈天行，将王子托付给了沈天行历练。然而就在这几年里，南疆王室发生巨变，南疆王被自己的亲弟弟联合长老殿篡位，自身被囚禁，他的妻女落入弟弟手中。

多年后，花久夜被现任南疆王派出抓捕他的人发现，带回南疆百般凌辱。歌吹看中花久夜身体里的蛊皇，便和现任南疆王结下约定。歌吹从前任南疆王身体里取出蛊皇给现任南疆王种上，并且给前任南疆王下夺魂蛊使他遗忘一切，现任南疆王将花久夜交给歌吹处置。

未料花久夜偷学蛊术，竟然杀了守卫逃出南疆，在歌吹手下四大蛊师的追杀下还能逃脱。

听完这些事，沈知离沉默了好一会儿才问："那地牢里那个真的是前任南疆王？前任南疆王妃呢？她真的死了？还有……师兄到底是谁的儿子？"

歌吹："你的问题太多了，我累了。"

沈知离："……"

歌吹喝了口水，转身又要回去。

沈知离："等等……我问最后一个问题。现在的南疆王子花宵云，是不是也被你下了夺魂蛊？"不然他怎么会连自己的妻子和女儿都忘了？

歌吹："哦，那个不是，只是随便一个小蛊，夺魂蛊很珍贵的。"他丢给沈知离一个瓶子，"把这个服下去过两天就好了。"说完，他卷起那些他亲笔签名并按了手印的纸笺，继续回去忙活了。

沈知离回去时，看见青荇正在大包小包地搬东西。

沈知离："这是……"

翟凤掐腰道："速度快点儿、快点儿……"她转头对沈知离笑道，"没什么，就是一些南疆特产，难得来一次，不带点儿回去多遗憾啊！对了，过两日我们就回中原了，沈谷主你也快回去整理东西吧。"

沈知离愣了愣："那南疆这边……"

翟凤："过几天我们的人手都会撤出南疆。南疆王死了，自然是他的儿子顶上嘛，反正我们又没动他儿子，还好吃好喝地养着。"

这是什么逻辑？你们明明杀了人家的爹。哎！不对，南疆王好像是我杀的。

"师妹，要出去逛逛吗？"花久夜活动了一下手脚，从屋里走出来。

沈知离："师兄，你起来了？那……某大叔呢？"

花久夜眯起眼睛道："敢跟我抢床铺……"

沈知离大惊："你做了什么？"

花久夜："没什么，把他踹地上了，那人睡得跟死猪一样。"说着他拉过沈知离，"走，别管他了，我们出去转转。"

南疆各处摊贩，卖的都是中原没有的奇异物件。之前沈知离一直没来得及好好逛逛，花久夜对这些如数家珍，一个个给沈知离讲了起来，包括哪里做的成衣最好看，哪里的菜最好吃，哪里卖的小东西最有趣，哪里有新奇可乐的表演可以看。

沈知离看着满街穿戴银饰的男女和身边一边嫌弃一边不自觉露出怀念神色的花久夜，心情不自觉地好了起来。

抱着一堆买来的东西回去，沈知离想起另外一件事。犹豫了许久，她才下定决心道："师兄，这个……"

沈知离掏出和纸笺一起的那份诏书递给花久夜。那是前任南疆王写的传位给花久夜的诏书，就情理而言，花久夜才应该是名正言顺的南疆王。

花久夜摊开诏书，看了好一会儿。

沈知离忐忑地问："师兄如果想要……"

花久夜突然一笑，手掌用力，将诏书撕了个粉碎，接着冷声道："你是想让我留在南疆做王？"

沈知离一时不知道该说什么。

花久夜："你也看到了，南疆根本不需要我。"他望向远处，"百姓只要安居乐业，王是谁对他们来说一点儿也不重要。虽然那个畜生猪狗不如，但他的王当得还不算差，治下比我父王当年还要好，我何必再去争夺那些我根本不在乎的东西？还有……"他斜睨着沈知离，"是谁说要带我回回春谷，过什么无忧无虑的日子，什么春天的飞花细柳、夏天的池塘盛莲、秋天的……"

沈知离讪笑道："那就回去……回去吧。"

花久夜摸着沈知离的头，露出一个堪称毛骨悚然的温柔笑容："这才乖，把师兄往外赶，你是想死吗？"

啪的一声，花久夜的手被人打落。

沈知离抬头，就看见一张更加温柔的脸。

苏沉澈一把将沈知离拉了过来，琥珀色的眼睛里漾满了情意。完全无视身边不断散发阴沉气息的花久夜，苏沉澈道："知离，跟我回家好不好？"